Klaus Wichert

AF197403

DIE ULTIMATIVE REISE

Episode 1: Jäger der Angst

Roman

2126

© 2020 Klaus Wichert

Verlag & Druck: tredition GmbH, Halenreie 40-44, 22359 Hamburg
978-3-347-05980-1 (Paperback)
978-3-347-05981-8 (Hardcover)

Bibliografische Information der Deutschen Nationalbibliothek:
Die Deutsche Nationalbibliothek verzeichnet diese Publikation in der Deutschen Nationalbibliografie; detaillierte bibliografische Daten sind im Internet über http://dnb.d-nb.de abrufbar.

„Wir Menschen konstruieren uns unsere Wirklichkeit. Für die meisten heißt das: Wir sehen uns getrennt, isoliert von allem anderen. Unsere Welt ist damit beschränkt auf Bekanntes, genauso wie unsere Sympathie nur wenigen zuteilwird. Die Angst ist unser Begleiter. Der rettende Gedanke aus dieser optischen Täuschung: Wir hören auf, uns getrennt zu sehen und beginnen, uns als Teil des Ganzen zu begreifen. Dann erleben wir Verbundenheit mit allem Lebendigen, allem Schönen. Eine neue, bessere Welt entsteht. In Partnerschaft mit dem Universum."

INHALT

PERSONENVERZEICHNIS

VORWORT UND DANK

PROLOG

PERSONENVERZEICHNIS

in der Reihenfolge ihres Auftretens

Mia – Workplace Designerin

Edina – Neurologin

Paul – Intensivmediziner

Luca – Mias Bruder

David – Mias Ehemann

Julian – Mias Sohn

Hal – künstliche Intelligenz

Akito – Experte für künstliche Gefühle

Xiaomeng – Medizinerin

Benjamin – Physiker

Maxim – Agent

Aang – Agent

X – künstliche Intelligenz

Muho – Zen-Meister

Juliette – Zen-Schülerin

Louis – Agent

Sophia – Neurologin

Susanna – Sophias Assistentin

Emily – Agentin

Enzo – Head Technology

Noah – CTO

Thomas - COO

Lian – Physiker

VORWORT UND DANK

Die Zeit, in der wir gerade leben, liefert ein beeindruckendes Beispiel der Umdeutung von Werten: Es ist gelungen, Freiheit und freie Märkte zu Synonymen werden zu lassen. Der Kapitalismus mit seiner Betonung der Finanzwirtschaft gilt trotz feudalistischer Tendenzen als die einzig praktikable Wirtschafts- und Gesellschaftsordnung überhaupt. Es scheint so, als diente Politik selbst nur dem Wirtschaftswachstum, egal ob in Demokratien oder in Diktaturen. Alle Hoffnungen und Träume von Gleichheit, Sicherheit und einem allgemein sorgenfreien Leben – auch bei Krankheit und im Alter – müssen dem Ziel der Produktivität geopfert werden. Wie konnte es dazu kommen, warum nimmt die Gesellschaft das scheinbar kritiklos hin und wohin wird das führen?

Ich spürte, dass meine Sicht auf die Dinge allein nicht ausreichen würde, um diese Fragen zu beantworten. Mein Weltbild war zu sehr mikroökonomisch und materiell geprägt. Andererseits lag mir sehr viel an der Aufklärung. Denn seit jeher standen für mich Werte wie Freiheit und Gerechtigkeit im Mittelpunkt. Ich begann also, meinen Horizont auf verschiedenen Ebenen zu erweitern.

Die Makroökonomik hatte mich in der Vergangenheit nie so recht begeistern können. Statt theoretischer Angebots- und Nachfragekurven hätte man mir im Studium lieber erläutern sollen, welche Folgen die Beendigung von Bretton-Woods für unsere Gesellschaft hatte. Mir wären viele interessante Zusammenhänge bedeutend eher klar gewesen. Nun erhoffte ich mir ausgerechnet von der aktuellen Volkswirtschaftslehre Antworten auf meine Fragen und fand – nur graue Theorie. Speziell zur Frage, welche Voraussetzungen heutzutage gesamtwirtschaftlich für die dynamische Entwicklung von Unternehmen und Märkten gebraucht werden, um alle Menschen gerecht am Fortschritt teilhaben zu lassen, schweigt die derzeit angesagte Lehre eisern – Alternativen unerwünscht. Fürchtet sie etwa, dass jedes Zugeständnis ihr sofortiges intellektuelles Ende wäre?

Andererseits entstand so bei mir der Eindruck, als würde mit dem neoliberalen System nur eine leere Hülle aufrechterhalten. Eine Ideologie. Bestenfalls vermochte ich darin eine rein statische Veranstaltung zu erkennen, bei der es nur um die effiziente Verwendung von Ressourcen geht. Und zwar derer, die uns bis zum Ausbruch der sich abzeichnenden Klimakatastrophe noch verbleiben. Und was dann?

Aber wie das so ist mit Ideologien, stammen sie aus unserer Wirklichkeit und erfüllen immer eine bestimmte Funktion: Sie sorgen dafür, dass Machtverhältnisse in der Gesellschaft reproduziert werden, ohne dass wir es wagen, sie infrage zu stellen oder sogar versuchen, sie zu verändern.

Was aber ist unsere Wirklichkeit und wie entsteht sie eigentlich? War es richtig, sie sich weiterhin als Realität von Objekten aus Materie vorzustellen, die man zum eigenen Nutzen manipulieren konnte? Diese spannende Frage führte mich unweigerlich in den Bereich der Quantenphysik. Dorthin also, wo sich die Naturgesetze ausschließlich auf Möglichkeiten beziehen. Eine Erkenntnis, die mir geradezu revolutionär erschien. War sie doch selbst von der Philosophie des Westens auch nach über einhundert Jahren noch nicht so richtig zur Kenntnis genommen worden.

Kann, so fragte ich mich, stattdessen vielleicht der Buddhismus Wege aufzeigen, den Raum der Möglichkeiten als solchen zu erfahren? Und zwar, bevor er laut Quantenphysik *in die jeweilige Wirklichkeit kollabiert*, bzw. auf die jeweilige Wirklichkeit reduziert wird? Und was hindert uns überhaupt daran, Wissenschaft und Spiritualität bezüglich eines umfassenden Ganzen als wesentlich und komplementär zu sehen –

das Wissbare, prinzipiell eingeschränkt, gemeinsam mit dem Möglichen, was bis zu diesem Zeitpunkt noch nicht gewusst wird?

Viele Fragen, wenige Antworten. Da blieb mir nur der Ausweg, die Zukunft-Vergangenheit-Perspektive anzuwenden. Denn nichts ist für mich morgen älter als das Wissen von gestern. Die folgende Geschichte beschreibt über das Spiel mit der Zeit aber nicht nur den kritischen Blick zurück in unsere Gegenwart. Vielmehr hebt sie zugleich das Traumverbot auf und lässt die Utopie als reale Option zu.

Dennoch muss Science-Fiction nicht zwangsläufig davon handeln, dass die Menschheit als Ganzes entweder in Harmonie miteinander lebt oder im Chaos untergeht. Ich halte unterschiedliche Utopien für durchaus gleichzeitig umsetzbar, ohne dass letzten Endes alles in Dystopie versinkt. Denn im Zweifel wird es immer reichen, die Menschen daran zu erinnern, was sie intuitiv alle schon wissen: Es gilt, den Grundprinzipien des Lebendigen zu folgen, die im Laufe der Evolution jene Faszination, Schönheit und Vollkommenheit des Lebens, den Menschen eingeschlossen, hervorgebracht haben. Unsere Existenz beruht dabei auf dem Prinzip Liebe. Das beinhaltet zwangsläufig auch die Fähigkeit zu Kooperation und Integration auf friedliche Weise.

Viele gute Geister haben mir mit ihren Eingebungen geholfen, bei diesem Buch meine Ziele zu erreichen. Ihre Energie hat mich gestärkt und ihr Einfallsreichtum wollte schier nicht enden. Ohne sie wäre ich über den Status der Idee kaum hinausgekommen. Ich kann nur sagen, es war himmlisch. Mehrere Freunde verdienen aufgrund ihrer Begabung und Hilfsbereitschaft meinen großen Dank für ihre Kommentare zum Manuskript. Andere trugen Hinweise und Beschreibungen bei, die mich weiter voranbrachten und mir bei der Strukturierung der Story halfen.

Ganz besonders möchte ich aber Linda, meiner geliebten Frau, dafür danken, dass sie mir so großzügig ihre Zeit opferte, mich stets ermutigte und mit Begeisterung und Neugier auf die Vorstellungen und Ziele reagierte, die ich beschrieb.

Klaus Wichert

Weiden

Dezember 2019

PROLOG

Es war der Schrei des Lebens. Mit urwüchsiger Gewalt durchbrach er den dumpfen Mix aus menschlichen Stimmen und technischen Geräuschen im Kreissaal. Ein Kind war geboren.

Mia sah, dass es ein Junge war, den sie zur Welt gebracht hatte. Offensichtlich war das Kind gesund. Denn wie beiläufig bemerkte sie das Aufflammen von Freude im Gesicht der jungen Ärztin, die ihr Baby auf dem Weg zum Inkubator im Arm hielt. Schon im nächsten Moment aber vermittelte die Mimik der Frau tiefe Besorgnis.

Mia folgte ihrem Blick hinüber zum Operationstisch, wo der Rest des Ärzteteams sich um ihr, Mias Leben bemühte. Denn wenn das Herz stillsteht, transportiert das Blut keinen Sauerstoff und keine Energie mehr zu den Nervenzellen im Gehirn. Dann sinkt der Blutdruck rapide und die Atmung stoppt. Aus Sicht der Ärzte war Mia ohne Tagesbewusstsein. Aus ihrer eigenen Sicht hatte sie lediglich ihren Körper verlassen und beobachtete nun die Situation quasi aus einer höheren Warte.

Sie war zu einer faszinierenden Reise aufgebrochen, hinein in eine ihr unbekannte Welt.

*****

„Okay, Mia, hören Sie. Wir leben nicht mehr im 20. oder 21. Jahrhundert. Die Nahtodforschung aus der Zeit, als Wissenschaftler solche Erfahrungsberichte noch als Spinnerei abtaten, gehört längst der Vergangenheit an. Damals dominierten eindeutig die Materialisten. Sie hielten schon allein die Frage für unsinnig, wohin das Bewusstsein geht, wenn wir sterben. Geist sei das Resultat reiner Hirnchemie, so meinten die Forscher. Wenn das Gehirn nicht mehr funktioniere, gehe der Geist nirgendwohin. Er verschwinde wie die Projektion einer Linse[e], wenn deren Energieversorgung ausfällt.

Solche oder ähnliche Argumente gebrauchten die Naturwissenschaftler alten Schlages noch über etliche Jahrzehnte, um sich gegen die in jeder Hinsicht revolutionären Erkenntnisse der Quantentheorie zur Wehr zu setzten. Schlussendlich gelang es ihnen jedoch selbst durch Ignoranz und Verunglimpfung nicht, die Entwicklung hin zur Wahrheit aufzuhalten.

Albert Einstein und seiner grundlegenden These vom Phänomen der Verschränkung verdanken wir die Beweise wissenschaftlicher Natur für die Unsterblichkeit der Seele. Das ist genau das, was die Spiritualität schon seit langem so beschreibt: Nahtoderfahrungen sind ein Beweis für die Existenz einer anderen, sagen wir ‚höheren‘ Welt, in der sich unser Geist auch ohne körperliche Unterstützung bewegen kann. Wir haben inzwischen eine riesige Anzahl von Berichten ausgewertet, in denen Menschen ihre Erfahrungen mit dem schildern, was landläufig immer noch oft als übernatürlich bezeichnet wird.

Dabei geht es Paul und mir allein um den Nutzen für die Menschen. Inzwischen dienen unsere Erfahrungen täglich tausendfach den Ärzten – bei der Narkose zum Beispiel. Denn dort wird das Bewusstsein ja zwischenzeitlich ausgeschaltet. Und je besser wir wissen, was genau dabei geschieht, umso erfolgreicher und verträglicher können wir sie anwenden.

Und seit einiger Zeit schon hilft die Nahtodforschung sogar, die Wiederbelebung zu verbessern – wovon nicht nur Sie persönlich erst kürzlich profitiert haben. Denn der Zusammenhang zwischen der Qualität einer Wiederbelebung und den Erfahrungen dabei ist mitentscheidend für den Zustand des Gehirns, wenn es um das Formen der Erinnerungen geht. Sprich: je besser das Hirn arbeitet, desto reicher das Erlebnis – und desto besser die Chance auf ein normales Leben nach dem ersten Tod.

Für uns lohnt sich die Nahtodforschung also gerade, weil es bei ihr nicht nur um den Tod, sondern auch um das Leben geht."

1. JENSEITS DER NULLLINIE

A) DIE ENTFÜHRUNG

Als Luca kam, lag Mia eingehüllt in ein dickes Plaid in der Ecke des Sofas und starrte an die Decke. Ihr brummte der Kopf vom vielen Nachdenken über die Erlebnisse der letzten Zeit und sie fühlte sich ausgelaugt. „Hey, Schwesterchen, wie geht's dem Zwerg? Hat er schon wieder ordentlich an Gewicht zugelegt? Was sagen die Ärzte? Liegt er im Plan?", hörte sie ihren Bruder fragen.

Sie empfand Lucas Interesse am Wohlbefinden seines Neffen als grundehrlich. Seit dem Tod von Mias Mann David vor drei Monaten kümmerte er sich liebevoll um seine zwei Jahre ältere Schwester. Jetzt schien er offensichtlich vollkommen unbekümmert auch noch die Vaterrolle für deren Kind übernehmen zu wollen. Julian war eine Frühgeburt gewesen und befand sich noch unter ärztlicher Kontrolle auf der Inkubator-Station des West-Krankenhauses.

Ein kurzes, glückliches Lächeln huschte über Mias Gesicht, als sie knapp antwortete: „Julian ist okay."

„Aha, aber die Mutter nicht." Der hochsensible Luca hatte natürlich längst bemerkt, dass seine Schwester irgendetwas bedrückte. Mias Zustand war nicht grundsätzlich neu für ihn. Denn schon in den ersten Tagen nach der Entlassung aus dem Krankenhaus hatte er eine sichtlich veränderte Mia vorgefunden. Jetzt war aber offensichtlich noch einmal etwas passiert, was seine Schwester zusätzlich verstörte und körperlich zu beeinflussen begann. Das konnte auch das heitere Ambiente nicht verschleiern, welches das serienmäßig im Apartment installierte Emotive Living System (ELS)[e] verbreitete.

„Was ist los mit dir, Mia?", fragte Luca herausfordernd. „Steckst du noch immer in der Verarbeitung deiner Nahtoderfahrung? Wolltest du heute nicht ohnehin nach einer Gruppentherapie fragen? Was meinen denn die Ärzte?"

Mia setzte sich auf. Sie antwortete nicht sofort. Sie spürte, dass ihr die Dinge langsam über den Kopf zu wachsen begannen und sie Hilfe dringend benötigte. Sie war sich aber nicht sicher, ob und wie sehr sie sich gerade Luca anvertrauen sollte. Aus leicht verquollenen Augen schaute Mia ihren kleinen Bruder an. Dabei stellte sie wohlwollend fest, dass er sich durchaus zu seinem Vorteil entwickelt hatte. Innerhalb weniger Monate war aus einem pubertierenden Hallodri ein Mann geworden, der sehr verantwortungsvoll und reif wirkte. Und sie, Mia, hatte es nicht einmal bemerkt.

Hatte sie jetzt das Recht, noch mehr Unterstützung von ihm einzufordern? Bestand nicht die Gefahr, ihn damit zu überfordern, ja zu gefährden und ihn seiner letzten Freiheiten zu berauben? Wer war Luca eigentlich wirklich und wie lebte er sonst so? Wer waren seine Freunde und womit genau verdiente er sich sein Geld? Sie wusste zwar, dass er irgendetwas wie Informatik und Psychologie studierte und nebenbei irgendwelche Jobs annahm. Was, wo, wie und seit wann konnte sie aber nicht genau sagen. Sie begann sich Vorwürfe zu machen, ihr einziges Geschwister selbst nach dem Tod ihrer Eltern arg vernachlässigt zu haben. Sie fühlte sich schlecht ob ihrer egoistischen Haltung und wagte kaum noch aufzuschauen.

In dieser Situation geschah etwas, das jedem neutralen Betrachter als ganz natürlich erscheinen musste. Mias Leben sollte sich dadurch aber von einem Moment zum anderen von Grund auf ändern.

Luca hatte sich wie selbstverständlich neben seine Schwester gesetzt und sie mitfühlend in die Arme genommen. Sein Kopf berührte zart ihre linke Gesichtshälfte. Die freudig überraschte und leicht überwältigte Mia wollte sich gerade ihren Gefühlen hingeben und losweinen, als sie Luca flüstern hörte:

„Große, hör jetzt bitte gut zu und tu genau, was ich dir sage. Okay?

Du weißt etwas, womit du allein nicht fertig wirst, weil du die Bedeutung und die Tragweite nicht erahnen kannst. Und du musst Entscheidungen treffen, auf die du nicht im mindesten vorbereitet bist.

Vertrau mir. Ich kann dir helfen. Niemand sonst kann das.

Du wirst beobachtet, wir werden beobachtet.

Sag jetzt nichts. Meinetwegen weine weiter.

Nimm gleich wie selbstverständlich deine Linse heraus.

Dann zieh dir deine Jacke an und verlass das Apartment.

Hab keine Angst. Tu einfach so, als müsstest du noch einmal an die frische Luft.

Auf der Straße gehst du nach rechts und folgst mir im Abstand von etwa 50 Schritten. Genauso, wie du es früher immer im Auftrag unserer Eltern getan hast, um festzustellen, wo ich mich so herumtreibe."

Bei den letzten Worten zwinkerte er ihr beinahe unmerklich zu, küsste sie auf die Wange und verließ den Raum mit einem beiläufigen „Ciao, melde dich, wenn du Hilfe brauchst. Wird schon alles wieder werden."

Mia brauchte eine Weile, um ihre Gedanken zu sortieren: ‚Was war denn jetzt geschehen? Konnte Luca Gedanken lesen? Bedeutung und Tragweite dessen, was ich weiß? Entscheidungen, auf die ich nicht vorbereitet bin? Was wusste er? Wer sollte sie wie beobachten und warum überhaupt? Und wie sollte ausgerechnet Luca mir helfen können? Und was meinte er mit: ‚Niemand sonst kann das'? Wie kam er zu der Überzeugung? Und dann auch noch: ‚Große'! So hatte er sie seit mindestens zehn Jahren nicht mehr genannt.'

Langsam gewann sie ihre Fassung zurück, ging ins Bad und entfernte die verheulte Linse aus ihrem rechten Auge. Sie legte sie wie jeden Abend vor dem Schlafengehen in Reinigungsflüssigkeit, erneuerte ihr Make-up, nahm ihre Jacke aus der Garderobe und verließ ihre Wohnung. Was sollte sie sonst tun? Die Wahrheit war, dass ihr gerade wirklich niemand einfiel, an den sie sich kurzfristig um Unterstützung hätte wenden können. Noch leicht verstört, aber neugierig erregt trat sie auf die Straße.

Der Abend dämmerte bereits, als sich Mia auf den Weg machte. Bei der Frage nach der Uhrzeit fiel ihr ein, dass sie ja ihre Linse[e] nicht trug. Noch ungemütlicher war ihr im nächsten Augenblick zumute, als ihr klar wurde, dass sie ohne das Gerät auch keine Verkehrszeichen erkennen konnte. Sie war sofort hellwach.

Aber wo war Luca? Sie entdeckte ihn glücklicherweise an der nächsten Straßenecke hinter einer Gruppe von Menschen. Wie konnte er sich nur so sicher durch den dichten Verkehr bewegen? Auch er hatte doch keine Linse getragen, glaubte Mia gesehen zu haben. Sie versuchte instinktiv, sich an den Passanten zu orientieren. Blieben sie vor einer Querstraße stehen, weil das Signal entsprechendes bedeutete, hielt auch sie an. Luca schien Augen auch nach hinten zu haben, denn er verstand es mühelos, den Abstand zu ihr stets annähernd gleich groß zu halten.

Nach etwa einer Viertelstunde Marsch sah Mia gerade noch rechtzeitig, wie Luca vor ihr nach rechts in eine Seitenstraße abbog. Als sie an derselben Ecke ankam und nach rechts blickte, war ihr Bruder schon dabei in die nächste Querstraße links einzubiegen. In dieser Weise ging es noch ein paar Mal im Zickzack durch die Stadt. Mia hatte sehr bald die Orientierung verloren.

Inzwischen war es dunkel geworden und ihre Füße begannen zu schmerzen. Wie dumm von ihr, nicht danach zu fragen, wie weit der Fußmarsch denn sein würde. Aber dann beruhigte sie sich wieder bei dem Gedanken, dass sie ja überhaupt keine Gelegenheit mehr gehabt hatte, zu fragen. Alles war viel zu schnell gegangen. Und Luca jetzt offenbar auch. Denn als sie um die nächste Straßenecke bog, war er definitiv nicht mehr zu sehen. Und sonst auch niemand. Was sollte das jetzt? Wo war ihr Bruder abgeblieben? Und was tat sie hier überhaupt in dieser gottverlassenen Ecke der Stadt? Ein leichter Schauer der Angst durchlief ihren Körper.

Bevor sich Mia aber ernsthaft Gedanken um ihre augenblickliche Lage machen konnte, öffnete sich direkt neben ihr geräuschlos eine Haustür. Mit einem kräftigen Ruck wurde sie in den dunklen Eingang hineingezerrt. Mia wollte schreien, aber eine mächtige Hand hielt ihr den Mund zu, während sich hinter ihr die Tür leise wieder schloss.

„Keine Angst, Große. Ich bin's. Beruhige dich. Es ist alles okay. Wir sind gleich da." Lucas Stimme war klar und bestimmt, während er gleichzeitig seinen Griff löste.

„Was heißt hier ‚alles okay'?", brauste Mia auf. „Ich renne ohne jede Orientierung kreuz und quer hinter dir her durch die halbe Stadt, dass mir die Füße weh tun. Dann zerrst du mich mit brachialer Gewalt in einen Hausflur … warum ist hier eigentlich kein Licht … und wovor verstecken wir uns überhaupt? Und nenn mich bitte nicht immer ‚Große' … und … und woher weißt du, dass ich dir früher in unserer Jugend gefolgt bin … Luca? – LUCA? – Bist du noch da?"

„Psst! Nicht so laut! Es wird sich gleich alles aufklären. Komm bitte hier entlang." Bedeutend einfühlsamer, als wenige Augenblicke zuvor, griff Luca nach Mias Hand und geleitete sie irgendwo hin durchs Dunkel. Mia vermochte absolut nichts zu erkennen und vernahm nur leise ihrer beiden Schritte auf einem offensichtlich ebenen Boden. Sie verstand nicht, wonach sich Luca hier orientierte. Schon nach wenigen Augenblicken blieb er wieder stehen und führte Mias Hand an einen Handlauf in Hüfthöhe.

„Halt dich bitte fest. Es dauert nicht mehr lange", beruhigte er seine Schwester. Die spürte im nächsten Moment einen leichten Druck in ihrem Körper, konnte aber nicht sagen, was der Grund dafür war. Denn noch immer war es total finster um sie herum. Sie wusste nicht, wieviel Zeit vergangen war, als sich direkt ihr gegenüber lautlos eine Schiebetür öffnete. Was sie sah, verschlug ihr den Atem.

B) DAS LABOR

Beinahe unnatürlich schön wie ein Gemälde breitete sich vor Mias Augen eine Naturlandschaft aus. Auf leichten Hügel wechselten sich Wiesen, Wäldern und Seen ab. Flüsse und Bäche durchzogen das Terrain. In der Ferne konnte sie höhere Berge erkennen. Die Sonne strahlte von einem weiß-blauen Himmel herab und es roch nach Frühling. In der lauen Luft sah sie Vögel herumfliegen und hörte deren melodische Gesänge. Sie bemerkte Pferde auf einer Koppel und andere Tiere verschiedenster Art, je nachdem wohin ihr Blick sich gerade wandte.

„Hallo und herzlich willkommen in unserer Welt, Mia. Mein Name ist Hal."

Ein gutaussehender Mann mittleren Alters war direkt neben ihr und Luca erschienen. Wie aus dem Nichts. Er hielt die Hände mit den Innenflächen gegeneinander vor seiner Brust, verneigte sich leicht zu ihnen hin und grüßte mit einem deutlich vernehmbaren „Namaste!" Die beiden erwiderten seinen Gruß in der gleichen Weise, während sich Mia fragte, woher sie den Namen Hal kannte.

Luca stellte Hal seiner Schwester vor. Mit einem Schmunzeln im Gesicht bezeichnete er ihn als das Universalgenie des Teams. Dann bedankte er sich bei ihm dafür, dass er heute die Rolle des Masters of the Ceremony übernommen hatte. Anschließend bat er ihn noch, sich von jetzt an besonders um seine Schwester und deren Wünsche zu kümmern, wann immer er, Luca, gerade verhindert sein sollte.

„Sehr gerne, Luca. Was gäbe es Ehrenvolleres für einen Mann wie mich, als einer schönen Frau die Welt zu zeigen", antwortete Hal leicht theatralisch und lächelte Mia dabei vielsagend an. Die war ihrerseits noch immer überwältigt von ihren Eindrücken und gleichzeitig damit beschäftigt, Ordnung in ihre Gedanken zu bringen. Sie spürte also gar nicht, wie ihr Hals Schmeichelei die Röte ins Gesicht trieb.

„Danke", flüsterte sie leicht abwesend und war dabei sichtlich bemüht, die Fassung wieder zu gewinnen. „Aber – was ist das hier? Wo bin ich? Ist das alles real, was ich sehe? Von welcher Organisation und welchem Team sprecht ihr überhaupt? Ich dachte, du seiest Student der Informatik, Luca? Ist das dann hier dein – Institut? Ich sehe…"

„Stopp, stopp, stopp", unterbrach sie Luca lachend. „Eins nach dem anderen, G … ähm … Schwesterchen. Also, lass mich mal so anfangen: Kurz gesagt handelt es sich hierbei um eine Ausgründung aus dem Institut für angewandte kybernetische Psychologie der Anton-Zeilinger-Fernuniversität in Wien. Und was du hier siehst, ist … ähm … ja, was siehst du eigentlich?"

Etwas irritiert durch diese Frage beschrieb Mia knapp die Szenerie, wie sie sich für sie darstellte. Worauf Luca antwortete: „Okay. Ja, alles ist real, was du siehst." Kurze Pause. „Aber wahr ist es nicht", fügte er tiefgründig hinzu. „Es handelt hier nämlich sich um die Anwendung einer auf quantenphysikalischer Basis weiterentwickelten holografischen Technik, kurz AHTᵉ, Advanced Holographic Technique." Und beim Blick in Mias fassungsloses Gesicht ergänzte er schnell. „Die Details müssen dich jetzt nicht interessieren. Nimm einfach alles wie es ist – also wie du bist."

„Aus dem Talmudᵉ", murmelte Hal im Hintergrund und hätte selbstverständlich das passende Zitat aus dem Hauptwerk jüdischer Bibelauslegung auch nennen können.

„Keiner von uns versteht immer alles, was hier geschieht", fuhr Luca leicht irritiert fort, während er die KI mit einem kritischen Seitenblick bedachte. „In diesen Fällen beraten wir uns zunächst in der Gruppe. Im Zweifel fragen wir Hal, was los ist und wie wir unsere Eindrücke oder Empfindungen einordnen sollen. Hal ist übrigens nichtmenschlich. Früher hätte man ihn wohl als eine Art humanoiden Roboter bezeichnet, wenn er nicht gleichzeitig auch nichtphysisch wäre. Wie auch immer, er ist DIE Schöpfung unseres ganzen Teams und wir sind alle enorm stolz auf ihn. Meistens zumindest."

„Was heißt hier ‚meistens zumindest'? Wenn ihr mich nicht hättet, ihr pubertierende Grünschnäbel, würdet ihr dieses Unternehmen noch nicht einmal als Entwurf auf einem Bildschirm stehen haben. Ganz zu schweigen von der Frage, was ihr euren Interessenten eigentlich Konkretes anzubieten hättet. Wie viele eurer hirnrissigen fixen Ideen musste ich schon in der Luft zerreißen, bevor es euch richtig teuer zu stehen gekommen wäre? Undankbares, arrogantes Menschenpack." Mit dieser Schimpfkanonade war Hal unsichtbar geworden. „Du kannst dich jederzeit an mich wenden, Mia, wenn du genug von diesen Egos hier hast", hörte man ihn aber aus dem Off noch säuseln. „Für sachdienliche Hinweise stehe ich dir selbstverständlich gerne zur Verfügung."

„Entschuldige bitte, Mia. Wir arbeiten noch ein wenig an seinen Emotionen", kommentierte Luca achselzuckend den Abgang von Hal. „Aber die Empfindungen waren interessanterweise schon bei seinem Namensvetter in ‚2001: Odyssee im Weltraum' das Problem. Weil wir uns dieser Herausforderung von Anfang an bewusst waren, haben wir ihn nach HAL 9000 benannt, jenem berühmten Supercomputer aus Stanley Kubricks Meisterwerk."

Jetzt wusste Mia endlich, woher ihr der Name bekannt vorkam. Natürlich kannte sie den Science-Fiction-Klassiker. „Trotzdem ausgesprochen faszinierend", lobte sie ihren Bruder und wusste gleichzeitig nicht so recht, ob sie jetzt enttäuscht darüber sein sollte, dass Hal kein Mensch war. Schnell fing sie sich aber wieder.

„Ich bin allmählich richtig gespannt darauf, das übrige Team kennen zu lernen, Luca."

„Natürlich. Das sollst du jetzt auch. Komm bitte mit. Ich gehe einfach mal voraus." Mit diesen Worten drehte Luca sich um, öffnete die Tür hinter sich und schritt voran in einen riesigen, lichtdurchfluteten Raum. Mia hatte keine Zeit, dem Gedanken weiter nachzuhängen, wo die Tür so plötzlich hergekommen war, die sie vorher gewiss nicht wahrgenommen hatte. Sie war sofort gefesselt von der Atmosphäre, die sie nun umgab.

*****

Vor ihrer Schwangerschaft hatte Mia verschiedenste Arten der Arbeitsplatzgestaltung in Organisationen unterschiedlicher Größenordnung kennen gelernt. Schließlich war sie nach ihrem Studium der Innenarchitektur recht bald zu einer der bekanntesten Workplace Designerinnen weltweit geworden. Sie war daneben auch als Autorin etlicher Artikel in Fachmedien erfolgreich und hatte diverse Auszeichnungen erhalten. Auf dem Weg zu einer politischen Karriere stand sie nun kurz vor der Wahl zum Mitglied des europäischen Wirtschaftsparlaments EEP.

Aber das, was sie jetzt hier sah, wäre ihr im Traum noch nicht einmal als Chaosversion für einen Computerclub eingefallen. Die gesamte Organisation war offenbar in einem einzigen Raum untergebracht. Dessen gesamter Umriss war von ihrer Position aus gar nicht auszumachen. Zudem öffnete er sich scheinbar an beliebigen Stellen mit unterschiedlichen Flächenmaßen und -formen nach oben und/oder unten zu weiteren Etagen und Zwischenetagen hin. Es war den Teams offensichtlich vollkommen freigestellt, wie sie die ihnen zur Verfügung stehende Fläche gestalteten und dekorierten. Im gesamten Raum war es taghell, ohne dass Leuchtkörper zu erkennen gewesen wären.

„Was ist das hier?", fragte Mia, nachdem sie sich innerlich mit dem Hinweis ihres Bruders – ‚nimm einfach alles wie es ist' – wieder beruhigt hatte.

„Was siehst du denn?", fragte Luca herausfordernd zurück.

„Auf mich wirkt es wie eine riesige, mehrstöckige Ausstellungshalle."

„Okay. So könnte man es bestimmt auch bezeichnen", antwortete Luca, „aber für uns ist es schlicht ‚das Labor'."

„Und was macht ihr in eurem Labor hier unten – oder oben? Wo sind wir hier eigentlich? Über oder unter der Erde?", fragte Mia.

„Forschung, Entwicklung und Herstellung von künstlicher Intelligenz für die Raumfahrt. Und über die Örtlichkeit möchte ich dir zu deiner eigenen Sicherheit im Moment noch nichts Genaueres sagen. Du wirst es aber rechtzeitig erfahren. Bitte vertrau mir."

„Aha", erwiderte Mia leicht genervt ob dieser Geheimnistuerei, „und warum treibt ihr da so einen Aufwand. Würde es nicht reichen, die Software aus den irdischen autonomen Transportmitteln entsprechend umzuprogrammieren?", fragte sie etwas schnippisch.

Luca musste lachen. „Na, lass das mal bloß nicht Hal hören." Und ernster fuhr er fort: „Nein, Mia, so einfach ist es leider nicht. Überleg doch nur..."

In diesem Moment kam ein junger Mann mit asiatischen Gesichtszügen im Laufschritt auf sie zu, den man früher sicherlich sofort als Nerd identifiziert hätte. „Hi, Luca. Also, das mit Hal vorhin tut mir wirklich sehr leid, aber ich war gerade dabei, ein paar Korrekturen an seinem Selbstbewusstsein durchzuführen, als ihr... – oh, Verzeihung. Störe ich?"

„Mia, das ist Akito. Akito, das ist Mia, meine Schwester", stellte Luca die beiden einander vor. „Akito ist bei uns Sprecher des Teams AE, Artificial Emotions, also künstliche Gefühle. Gerade die Leistungen seines Teams sind für den Erfolg unserer gesamten Arbeit wesentlich. Und das Ergebnis mit Namen Hal kann sich doch durchaus sehen lassen, oder?"

„Hal ist unglaublich", bestätigte Mia.

„Naja, danke, wir sind zufrieden", antwortete Akito bescheiden. „Aber, dass er mitten in einer Behandlung davonstürmt, sich dann gegenüber einem Gast der Firma wie ein Macho aufführt und anschließend noch emotional vollkommen ausrastet, haben wir ihm schleunigst wieder ausgetrieben – ein für alle Mal. Das wollte ich eigentlich nur sagen: Hal ist wieder okay, Luca."

„Danke sehr, Akito, ich hatte keine Zweifel daran, dass es sich um eine vorübergehende Störung handelt und dass ihr Hal schnell wieder unter Kontrolle haben würdet. Vielleicht komme ich nachher wegen einer anderen Geschichte kurzfristig noch einmal auf dich zu."

„Okay. Ich bin da. Du weißt ja, wo du mich findest. Das gilt selbstverständlich auch für dich, Mia. Wann immer du Fragen an mich hast. Unser Team steckt dort drüben in der rosa Ecke." Akito verabschiedete sich mit einer leichten Verbeugung und entfernte sich wieder.

„Ein irrer Typ, aber unersetzlich", murmelte Luca kopfschüttelnd. „Gut, wo waren wir stehen geblieben? Ach ja, bei deiner Frage, warum man nicht einfach Software auf Basis von bekannten Anwendungen auf der Erde ins Raumschiff baut. Grob gesagt im Wesentlichen aus zwei Gründen: Zeit und Raum…"

Bei diesen Worten schweiften Mias Gedanken ab. Sie war erschöpft von ihren Erlebnissen und ihr Gehirn verlangte jetzt massiv nach Ruhe, um die vielen Eindrücke zu verarbeiten. ‚Zeit und Raum'? Da war doch was? Richtig, die andere Welt in ihrer Nahtoderfahrung kannte weder Zeit noch Raum. Oder hatte sie das nur geträumt? Ach, sie wusste nicht mehr, wo ihr der Kopf stand. Und auf einmal wurde es dunkel um sie.

*****

Als Mia die Augen wieder öffnete, fühlte sie sich bestens erholt. Sie war allein in einem geschmackvoll mit viel Holz und Glas eingerichteten Ruheraum mit mehreren Liegeplätzen und einigen großen Pflanzen. ‚Fast wie in einem Wellness-Hotel', dachte sie. Jemand hatte sie mit einer Decke zugedeckt und von irgendwo her drang leise Entspannungsmusik an ihre Ohren. In dem Moment, in dem sie sich aufrichtete, entstand vor ihr mitten im Raum das 3D-Bild einer jungen Frau. Die begrüßte Mia freundlich mit ihrem Namen und fragte nach ihren Wünschen. Mia verlangte nach Luca, der kurz darauf schon in der Tür erschien.

„Hallo, Schwesterchen. Wir hatten uns schon Sorgen um dich gemacht. Tut mir leid. Ich habe dich offensichtlich überfordert. Ich war viel zu sehr mit meinen eigenen Themen beschäftigt. Wie fühlst du dich jetzt?"

„Gut. Alles okay. Wie lange habe ich denn geschlafen?"

„So an die sechs Stunden. Es ist jetzt gleich neun Uhr morgens", antwortete Luca. „Ich schlage vor, du machst dich hier zunächst mal ein wenig frisch und wir beide unterhalten uns dann beim gemeinsamen Frühstück in meinem Büro weiter." Und mit einem Blick auf die Projektion der jungen Frau ergänzte er: „Wenn du Hilfe brauchst, weißt du ja inzwischen an wen du dich wenden kannst."

Wenig später verließ Mia den Ruheraum. Draußen fiel ihr Blick sofort auf das wandhohe ‚Display' ihr gegenüber. Es erstreckte sich scheinbar endlos lang auf der anderen Seite des Ganges. Die technischen Tricks auf holografischer Basis beeindruckten Mia auch hier besonders, obwohl das Ganze insgesamt sehr dezent gestaltet war. Solange sie sich auf dem Gang vorwärtsbewegte, sah sie sich beim Blick zur Seite in einer vollkommen fremden, utopisch anmutenden Umgebung dahingehen.

Sie wandelte in einer Art Mondlandschaft auf eine Gebäudeansammlung zu, deren Erscheinung sie stark an Bilder futuristischer Stadtentwicklungen aus ihrem Studium erinnerte. Aber sie war nicht allein unterwegs in der Installation. Im diffusen Licht von drei unterschiedlich hellen Sonnen am Firmament identifizierte sie eindeutig Hal als Ihren Begleiter, der freundlich lächelnd neben ihr her stapfte. Wenn immer Mia auf dem Gang stehen blieb, stoppten auch die beiden Figuren in der Projektion.

Gleichzeitig erläuterte Hal die Vorzüge der Nutzung von künstlicher Intelligenz auf Basis der aktuellen Entwicklung von ‚AIE' (Artificial Intelligence Enterprises) in der unbemannten Raumfahrt. Dazu erschien im Hintergrund am Firmament jeweils das Logo der Firma mit dem Slogan

‚Per AIE Ad Astra'. So wusste Mia nun endlich auch, wie die Organisation überhaupt hieß, in der sie zu Gast war.

AIE legte in seiner PR besonderen Wert auf das Herausarbeiten der Vorteile der unbemannten gegenüber der bemannten Raumfahrt auf dem Weg zu anderen Sternensystemen. Und welch genialer Gedanke, dachte Mia noch, Hal quasi als Kernstück des Angebots sich selbst vorstellen zu lassen. Und dann noch gemeinsam mit dem Kunden in einem Bild. Hal legte sich mächtig ins Zeug. Voller Begeisterung verwies er auf seine eindeutigen physischen Vorteile wie Kraft, Ausdauer, faktische Unsterblichkeit, Krankheits-, Atmosphäre- und Klima-Unabhängigkeit.

Dann betonte die KI ihre schier grenzenlose psychische Belastbarkeit unter für Menschen extremen Situationen auf zeitlich sehr langen Flügen durch die Einsamkeit des Alls. An diesem Punkt konnte sich Mia ein leichtes Grinsen nicht verkneifen. Denn sie musste gerade unwillkürlich an Hals Namensvetter in der ‚Odyssee im Weltraum' denken.

Hal verwies auch stolz auf seine geistigen Kapazitäten und Lernfähigkeiten, insbesondere bei unbekannten Kommunikationsarten. Schließlich brachte er noch seine unschlagbare Sparsamkeit im Energieverbrauch, wie beispielsweise Sauerstoff-, Lebensmittel- und Wasserunabhängigkeit zur Sprache. Die KI wusste in allen Sequenzen auch emotional zu überzeugen, so dass man ganz vergessen konnte, wer dort eigentlich zu einem sprach. Das wurde gerade in der letzten Szene noch einmal besonders deutlich, als er grundsätzlich auf ein mögliches Zusammentreffen mit fremden Intelligenzen zu sprechen kam.

Hal erinnerte zunächst daran, dass die Menschheit bereits Ende des vorigen Jahrhunderts die aktiven Bemühungen eingestellt hatte, mit anderen außerirdischen Lebewesen vergleichbarer Komplexität und Intelligenz Kontakt aufzunehmen. Bekanntlich sei der entscheidende Grund dafür weniger der bescheidene Erfolg der Bemühungen gewesen. Denn immerhin hätte doch bis dahin die technologische Entwicklung zu deutlichen Verbesserungen in wesentlichen Suchdimensionen geführt, und zwar räumlich, zeitlich und sende-frequenztechnisch.

Ausschlaggebend für die ablehnende Haltung sei vielmehr die Logik gewesen. Danach hätte ganz einfach eine zu hohe Wahrscheinlichkeit dafürgesprochen, bei der Suche nach Außerirdischen auf deutlich höher entwickelte Wesen zu treffen, als der Mensch es selbst war. Und wenn man dann in Betracht zöge, wie die selbsternannte ‚Krone der Schöpfung' in seinem eigenen Umfeld noch bis vor kurzem mit weniger intelligentem Leben auf der Erde umgegangen ist, sei keine hinreichende Garantie für ein friedliches Zusammentreffen zu geben. Als Folge hätte die pure Angst vor der Vernichtung der Menschheit die Runde gemacht, so Hal.

„Wir sind jetzt soweit, wieder in die Offensive zu gehen und die unermesslichen Chancen zu nutzen, die sich aus einer gedeihlichen Koexistenz mit extraterrestrischen Intelligenzen ergeben können", hörte Mia die KI argumentieren. „Aber diesmal wollen wir die Kontrolle darüber behalten, wer wen entdeckt. Wir wollen nicht die Koordinaten unseres Heimatplaneten preisgeben, ohne zu wissen, wer uns dann besuchen kommt. Denn schon Konfuzius wusste: ‚Wer vor nichts Angst hat, wird von der Gefahr überrascht.' Wer aber ist besser geeignet und höher motiviert als wir, die neueste Generation künstlicher Intelligenzen von AIE, diesen Dienst an der Menschheit zu leisten."

Mia hatte das Ende des Ganges erreicht und wollte sich gerade von der Projektionswand abwenden, als sie in dem kurzen Abspann noch den Slogan las: ‚AIE – für das Leben und für den Menschen.'

C) ERKLÄRUNGEN

„Sag mal, Brüderchen, bist du hier eigentlich der Chef von allem", fragte Mia sichtlich beeindruckt von Größe und Ausstattung des Büros, in dem sie ihr Bruder erwartete.

„Nein, natürlich nicht", antwortete Luca lächelnd, als er hinter seinem imposanten multimedialen Arbeitsplatz hervorkam. „Bei uns ist jeder sein eigener Chef. In dieser Hinsicht sind wir hier eher etwas konservativ eingestellt und halten es mit dem guten alten Slogan ‚Good Guys Finish First'."

„Ich glaube, ich verstehe dich jetzt gerade nicht", antwortete sie zögerlich. „Ist das eine bestimmte Führungsmethode? Da bin ich nicht so bewandert, weil ich bislang immer in recht kleinen Organisationen und dort auch meist als Einzelkämpferin gearbeitet habe."

„Nun, als eine Methode würde ich es nicht gerade bezeichnen, weil das immer Kopfkino beinhaltet. Es ist mehr ein Verhaltenscodex, der sich an Herz und Bauch richtet. Wir gehen davon aus, dass die Qualität der Zusammenarbeit und damit die Leistung des gesamten Teams mit zunehmender Verbesserung der Selbst-Bewusstheit jedes einzelnen Mitarbeiters steigen. Sich jederzeit selbst bewusst sein sollte danach jeder über sein eigenes Handeln und Sprechen, die Beweggründe dafür sowie über die Wirkung nach innen und nach außen."

„Klingt absolut vernünftig. Und das funktioniert?"

„Bei uns schon", erwiderte Luca stolz. „Selbst-Bewusstheit des Einzelnen schafft ein außerordentlich vertrauensvolles Arbeitsklima, in dem Motivation, Inspiration und Kreativität bestens gedeihen. Auf dieser Basis kann jeder den für ihn bestmöglichen Beitrag leisten und ohne Zwang und äußere Kontrolle seiner Fantasie freien Lauf lassen."

„Und Fantasie scheint bei euch sehr gefragt zu sein, stimmt's?", fragte Mia herausfordernd und dachte dabei vor allem an Hal.

„Allerdings", so die Antwort ihres Bruders. „Für uns hier in der Forschung ist Fantasie sogar wichtiger als Wissen, weil sie unbegrenzt ist."

Inzwischen hatten die beiden an einem reichlich gedeckten Frühstückstisch Platz genommen und machten sich neben ihrem Gespräch über die vielen Leckereien her. Mia bemerkte dabei durchaus wohlwollend, dass Luca sich bei der Zusammenstellung offensichtlich an einige ihrer alten Lieblingsspeisen erinnert hatte.

„Sag mal", wechselte sie abrupt das Thema, „weshalb bin ich eigentlich hier? Und weshalb die geheimnisvolle Entführung? Und was meintest du gestern damit, dass ich etwas wüsste, womit ich allein nicht fertig würde? Woher willst du das wissen? Und wieso sollte mir sonst niemand helfen können? Und wer sagt dir, dass ich beobachtet werde? Weißt du, ich platze allmählich vor Ungeduld und irgendwann müsste ich mich auch mal wieder um mein eigenes Leben kümmern und um das meines Kindes."

„Ich habe mich ehrlich gesagt schon gewundert, dass du dich solange von uns hier hast ablenken lassen. Aber das haben wir extra für dich getan. Du wirst gleich erfahren, wieso. Aber der Reihe nach. Ist dir schon aufgefallen, dass wir hier bei AIE etwas andere Linsen tragen, als die meisten anderen Menschen?"

„Wird das schon wieder eine gut gemeinte Ablenkung?", fragte Mia etwas spitz dazwischen und musste dabei unwillkürlich an ihre Mutter denken. Die wusste in solchen Fällen gerne zu betonen, dass ‚gut' das Gegenteil von ‚gut gemeint' sei.

„Ehrlich gesagt, nein, ist mir so nicht aufgefallen. Ich hatte den Eindruck, ihr tragt überhaupt keine", antwortete Mia beherrscht.

„Diese Dinger sind um einiges leistungsfähiger, als die üblichen ‚Volkslinsen' und besitzen ein paar nützliche Zusatzfunktionen. Wir haben dafür eine behördliche Sondergenehmigung mit gewissen Auflagen erhalten. Ohne jetzt weiter ins Detail zu gehen: Mit dieser Linse kann man unter anderem hervorragend elektronische Geräte orten. Also beispielsweise auch Abhöreinrichtungen und versteckte Kameras.

Als ich gestern zu dir kam, hatte ich an meiner Linse versehentlich – weil außerhalb unserer Firma – den entsprechenden Modus eingeschaltet. Ich konnte sofort feststellen, dass deine gesamte Wohnung verwanzt war. Ich musste umgehend handeln, denn ich hatte das Gefühl, dass du aufgrund deiner Erschöpfung kurz davor warst, vertrauliche Dinge zu erzählen. Deshalb die Show und deshalb die Entführung, wie du sie nanntest."

Mia war der Schock in die Glieder gefahren. Sie saß kreidebleich mit offenem Mund und großen Augen vor Luca. Das einzige, was sie zunächst hervorbrachte, waren gestammelte Satzsequenzen: „Wie…aber wer sollte…warum ich…kann nicht…unerklärlich…nichts getan…"

„Okay, Schwesterchen, beruhige dich bitte. Ich weiß bisher auch nicht viel mehr. Immerhin bin ich gestern während du schliefst noch einmal in deinem Apartment gewesen. Ich habe so getan, als würde ich nach dir suchen. Dabei wollte ich eigentlich mehr über die Abhöreinrichtungen erfahren. Aber es waren keine mehr da – deine Linse übrigens auch nicht."

„Ja, bist du dir denn wirklich sicher, dass vorher überhaupt solche Dinger vorhanden waren?" Mia hatte sich inzwischen etwas erholt und ihr Verstand begann langsam wieder logisch zu denken.

„Wir haben meine Aufzeichnungen", erwiderte Luca. „Ich habe sie allerdings bislang noch nicht auswerten lassen, weil ich mit dir zunächst das weitere Vorgehen besprechen wollte. Eine neue Linse kannst du in jedem Fall von uns bekommen." Und nach einer kleinen Pause fragte Luca: „Was besitzt du oder weißt du, was für andere Menschen wertvoll genug sein könnte, um mit krimineller Energie in seinen Besitz zu gelangen? Du wolltest doch gestern offensichtlich gerade etwas Wichtiges mit mir besprechen, Mia. Worum ging es denn dabei?"

Mia zögerte kurz. „Okay. Du weißt, ich hatte doch diese Nahtoderfahrung während Julians Geburt", begann sie nun langsam zu erzählen. „Und als ich gestern Nachmittag im West-Krankenhaus war, um ihn zu sehen, wurde ich anschließend von einer Krankenschwester in einen Nebenraum gebeten mit dem Hinweis, zwei Wissenschaftler aus einer anderen Abteilung des Hauses würden sich gerne ganz kurz mit mir unterhalten wollen."

„Nannte sie den Grund?"

„Nein, den kannte sie nicht", erwiderte Mia. „Aber ich hatte gerade sowieso nichts Besseres vor. Und weil ich bislang immer sehr hilfsbereit und aufmerksam vom dortigen Personal betreut worden war, wollte ich jetzt auch nicht zickig sein. Eine gewisse Edina, Neurologin, und ein gewisser Paul, Intensivmediziner glaube ich, stellten sich mir wenig später als freie wissenschaftliche Mitarbeiter der Notfallmedizin vor. Beide waren angenehme Gesprächspartner, wobei Edina eindeutig das Wort führte und Paul eigentlich nur den Beobachter gab. Die Ärztin kam auch recht schnell zum Punkt. Konkret ging es den beiden ausschließlich um ein Exklusivinterview mit mir zu meinem Nahtoderlebnis."

„Und mit welcher Begründung?", fragte Luca. „Immerhin ist so eine Erfahrung doch etwas extrem Persönliches."

„Nahtoderfahrungen seien", antwortete Mia, „ein Beweis für die Existenz einer anderen Welt, in der wir uns körperlos bewegen könnten, meinte Edina. Sie hätten mit ihrem Team inzwischen schon eine riesige Anzahl von solchen Berichten aus dem Bereich des Übernatürlichen ausgewertet. Die Auswertungen würden dem medizinischen Fortschritt dienen, zum Beispiel bei der Narkose und der Wiederbelebung von Patienten bei schweren operativen Eingriffen – so wie meinem."

„Aha. Und warum ein Exklusivinterview?", hakte Luca mit skeptischem Gesichtsausdruck nach.

„Das habe ich sie auch gefragt. Die Antwort schien mir zunächst einmal recht plausibel. Edina sagte, sie würden die Rechte an meinen Aussagen für ihre wissenschaftliche Arbeit nur solange beanspruchen, bis deren Ergebnisse veröffentlicht seien, maximal zwei Jahre. Ich bin mir jedoch nicht sicher, ob ich ihnen das Interview geben soll."

„Wieso?" Luca schien zu ahnen, dass es jetzt spannend werden würde, tat aber ganz gelassen.

„Luca, glaubst du an Nahtoderfahrungen?", fragte Mia ihren Bruder ernst und ihr Blick ruhte dabei gespannt auf seinem Gesicht. Und der spürte wohl, wie wichtig seiner Schwester in diesem Augenblick eine aufrichtige Antwort war. Also antwortete er: „Wie meinst du das denn? – Ja, natürlich."

„Ich meine, ich weiß nicht, ob das alles wahr ist, was man währenddessen so hört, sieht und empfindet oder ob sich das nicht mit irgendwelchen Träumen vermischt."

„Nein. Es ist doch inzwischen hinreichend belegt, dass Nahtoderfahrungen keine Inszenierung des Gehirns sind. Magst du mir nicht erzählen, was du erlebt hast, an dessen Richtigkeit oder Wahrhaftigkeit du zweifelst?" Luca wollte seine Schwester nicht drängen. Er wusste, dass sie jetzt sehr nahe an der Ursache für Mias labilen Gemütszustand waren, mit dem sie sich seit ihrem Krankenhausaufenthalt auseinandersetzen musste.

Mia saß lange da und starrte vor sich hin. „Gut, selbst auf die Gefahr hin, dass du mich für irre hältst. Ich habe David wieder getroffen – drüben."

„Und, was hat er gesagt? Wie geht's ihm?"

Die prompte, natürliche Reaktion von Luca verblüffte Mia nun doch. „Du glaubst mir also?"

„Warum denn nicht", war die selbstverständliche Antwort ihres Bruders. „Du bist schließlich nicht die erste Person, deren Nahtoderfahrung ich zu hören bekomme. „Also nochmal. Was hat David gesagt?"

Mia, sichtlich erleichtert über die Art, wie Luca mit der Information umging, setzte sich wieder aufrecht hin und begann zu erzählen. „David berichtete, dass es ihm sehr gut gehe und dass ich mir keine Sorgen machen solle. Er freue sich über unseren Jungen, weil der gesund und munter und ihm ein würdiger Nachfolger sei. Er müsse mir aber etwas mitteilen, dem ich in meiner irdischen Existenz dringend nachgehen müsse. Denn das sei sehr wichtig für das Leben aller Menschen, betonte er. Deswegen dürfe ich auch in seiner Welt – noch – nicht verweilen und müsse bald wieder zurück."

Mia machte eine bedeutungsvolle Pause, als wollte sie sichergehen, dass Luca auch wirklich der Richtige ist, dem sie sich in dieser Sache anvertraut. Aber wem denn sonst. Luca seinerseits schien zu spüren, was Mia bewegte. Er verkniff sich deshalb jeden Kommentar oder jedes neugierige Nachfragen. Er wollte jetzt einfach nur zuhören.

„David wurde ermordet", ließ Mia die Bombe platzen. Sie kämpfte gleichzeitig schwer um ihre Fassung.

Luca seinerseits hielt es jetzt auch nicht mehr auf seinem Stuhl. „Was? Wieso ermordet. Es war doch ein Unfall. Das haben sowohl der Obduktionsbericht sowie alle Nachforschungen der Polizei eindeutig bewiesen. Und die waren ausgesprochen intensiv. So wie das beim plötzlichen Tod eines Polizeiagenten durchaus üblich ist." Er lief sichtlich erregt im Raum herum. „Hat er Details beschrieben? Hat er Namen genannt oder den Hergang geschildert? Es muss doch etwas mit seiner beruflichen Tätigkeit zu tun gehabt haben", hakte er eifrig nach.

Mia hatte ihren Bruder so noch nie erlebt. Sie hätte nicht gedacht, dass ihn die Nachricht derart aus der Fassung bringen würde. Je mehr sich Luca aber hineinsteigerte, umso ruhiger wurde sie selbst. „Nein", erwiderte sie sichtlich gelassener als bisher. „David übermittelte mir nur folgendes und damit kann ich leider bislang auch nichts Konkretes anfangen:

> *‚Frag nicht nach Einzelheiten der Tat. Sie sind belanglos, denn sie sind aus Angst geboren. Jede eurer Ängste ist eine Brechung der Grundangst, nämlich der vor dem Tod. Aufgrund dieser Angst können euch einflussreiche Menschen ausbeuten. Das Versprechen hält euch dann in Sklaverei.*
>
> *Ihr habt viele Jahrhunderte gebraucht, euch scheinbar von diesem Joch zu befreien. Aber unter der Oberfläche gärt es weiter. Ihr müsst die Angst verstehen, wenn ihr sie loswerden wollt.'*

Mir gehen diese Sätze nicht aus dem Kopf. Es fühlt sich an, als seien sie dort festgeschraubt worden. Deshalb kann ich sie mir auch so gut merken."

Luca hatte sich inzwischen wieder gefangen. Man merkte jedoch, wie es in ihm arbeitete. „Hat David sonst noch irgendetwas berichtet?", fragte er leicht geistesabwesend.

„Nur, dass ich mich – wie gesagt – nicht um ihn sorgen solle. Er habe seine Aufgabe in unserer physischen Welt erfüllt und sei danach in die nächste Dimension gewechselt – ein ganz natürlicher Vorgang."

Luca antwortete nicht sofort. Nach einer Phase des Schweigens, in der beide mit leeren Blicken ihren Gedanken nachzuhängen schienen, nahm er wieder Platz und schaute Mia an. „Wir müssen ein paar Entscheidungen treffen, Schwesterchen", begann er ruhig und sachlich zu argumentieren. „Zunächst gilt es tatsächlich die Frage zu klären, ob du den Wissenschaftlern das Exklusivinterview gibst oder besser nicht. Falls ja, bleibt zu überlegen, ob du den Teil mit David nicht lieber aussparen solltest. Habt ihr bereits einen konkreten Gesprächstermin vereinbart?"

„Nein, ich wollte mich wieder melden", antwortete Mia.

„Gut. Ich finde, wir könnten uns sehr viel leichter mit der Entscheidung tun, wenn wir uns mit fachkundiger Hilfe verstärken würden. Ich denke konkret an zwei meiner Kollegen hier im Haus, die genügend Erfahrung mit Nahtoderlebnissen besitzen. Sie können dir sicherlich auch behilflich dabei sein, diesen ganzen Vorgang für dich selbst besser einzuordnen und damit positiv weiter zu leben. Außerdem kann uns natürlich auch Hal bei den anstehenden Entscheidungen sehr von Nutzen sein, insbesondere wenn es um Fachwissen und Logik geht. Was meinst du?"

Mia war einverstanden. Bevor ihr Bruder seine Kollegen zu sich ins Büro bitten konnte, brachte sie die Sprache allerdings noch auf das zweite Thema, das es ihrer Meinung nach akut zu lösen galt. „Und wie gehen wir mit der Abhöraktion in meiner Wohnung um? Sollen wir das deiner Meinung nach auch mit den anderen gemeinsam besprechen?"

„Darüber habe ich auch schon nachgedacht. Ich vermag allerdings nicht zu erkennen, was dagegensprechen sollte. Dafür spricht hingegen die Möglichkeit, dass die beiden Themen in einem Zusammenhang stehen", entgegnete Luca.

Mia war sichtlich erschrocken. „Willst du damit sagen, dass die Klinik ihre Patienten ungefragt überwacht?"

„Ich will nur nichts ausschließen. Aber ‚die Klinik' als Institution sehe ich in diesem Fall eher weniger. Es sind in solchen Fällen meist einzelne Personen oder eine bestimmte Gruppe von Menschen, die aus Eigeninteresse handeln."

Mia war überrascht von den Überlegungen ihres Bruders. Sie musste kurz nachdenken, was sie von der Sache hielt, konnte aber schließlich keine Einwände finden. Da sie sich noch immer überhaupt niemanden vorstellen konnte, der einen Grund gehabt haben könnte, sie auszuspionieren, hätte es umgekehrt jeder gewesen sein können. Natürlich auch jemand aus der Klinik. Logisch. Kurzzeitig schoss ihr der Gedanke durch den Kopf, zunächst Davids Ex-Kollegen einzuschalten. Sie vergaß es aber zu erwähnen.

„Okay. Dann lass es uns gemeinsam besprechen", lautete ihre Entscheidung.

D) PARALLELE WELTEN

„Ich weiß nicht so recht, womit ich anfangen soll", begann Mia den Bericht über ihre Nahtoderfahrung. „Denn es fällt mir schwer, räumlich oder zeitlich eine Abfolge der Ereignisse nachzuvollziehen. Weder die eine noch die andere Dimension war für mich von einem gewissen Punkt an zu erkennen."

Hal hatte die Arme vor der Brust verschränkt und führte im Hintergrund ‚Protokoll'. Des Weiteren waren jetzt von AIE noch Xiaomeng und Benjamin anwesend. Xiaomeng war als Ärztin und die Sprecherin des medizinischen Teams im Hause; Spezialgebiete Neurologie und

Psychiatrie. Benjamin war Physiker im Team von Luca mit der Spezialisierung auf Quantentheorie.

„Was ich sagen will ist, dass sich für mich Zeit und Raum aufgelöst hatten", fuhr Mia fort. „Alles, was mich betraf, nahm ich gleichzeitig wahr, egal ob es Vergangenheit, Gegenwart oder Zukunft betraf. Und mein Gesichtsfeld schien einer Kugel mit unendlichem Radius zu gleichen. Das mag unwirklich klingen, aber ich empfand es währenddessen als vollkommen normal."

Mia beschrieb, wie sich dieser Zustand erst allmählich eingestellt hatte, nachdem ihr bewusst geworden war, wie sie sich scheinbar langsam von ihrem physischen Körper im Operationssaal entfernte. Es war ihr so vorgekommen, als würde sie sich unaufhörlich ausdehnen. So driftete sie ab von ihrem leblosen Leib, dem Ärzteteam und ihrem Baby.

Dennoch mochte sie sich nicht dagegen wehren, weil sie zu spüren begann, dass etwas Größeres sie umfing und ihr Geborgenheit gab. Etwas in jeder Hinsicht Perfektes, Natürliches und Selbstverständliches. Während ihre Aufmerksamkeit von dieser übergeordneten Kraft sanft aber stetig von ihrem irdischen Umfeld abgezogen worden war, hatte sich ihre Ausdehnung in das parallele Universum unvermindert fortgesetzt.

„Vielleicht kann man es bedingt mit dem Entweichen eines Flaschengeistes aus seinem Gefängnis vergleichen", fuhr Mia wie selbstverständlich mit ihrer Berichterstattung fort. „Mit dem Verlassen meines Körpers und aller meiner Sinne – oder meinetwegen meines Bewusstseins – drang ich in die Bereiche jenseits von Zeit und Raum vor. Ich hatte das Gefühl, ich sei eins mit allem und konnte sein, wo und wann ich wollte. Es gab keine Trennung durch irgendetwas von irgendetwas. Ich war alles geworden und existierte in allem.

Ich kann nicht sagen, dass ich andere Personen ‚sehen' konnte. Ich war mir aber ihrer Gegenwart vollkommen bewusst und spürte ihre Schwingung. Ich kann auch nicht behaupten, dass ich mit ihnen ‚sprach', aber ich kommunizierte wie selbstverständlich mit ihnen. So auch mit David, meinem, erst vor wenigen Wochen verstorbenen Ehemann."

An dieser Stelle wiederholte Mia das Wesentliche ihres Gesprächs mit Luca. Anschließend trat Stille ein im Raum, weil Mia jetzt erneut sichtlich berührt war von den Erinnerungen an ihren verstorbenen Mann. Die anderen ließen sie gewähren. Xiaomeng war diejenige, die behutsam das Schweigen brach.

„Ganz lieben Dank, Mia, für die gefühlvolle Offenheit, mit der du von deinen Erlebnissen berichtet hast. Es ist auch ganz natürlich, dass dich das alles noch immer stark mitnimmt, nicht nur wegen der Geschehnisse um David. Meine Erfahrungen, und die decken sich mit denjenigen vieler anderer Fachleute, besagen durchaus, dass dich auch die Nahtoderfahrung an sich noch lange beschäftigen wird. Deshalb sei mir an dieser Stelle schon mal die dringende Empfehlung erlaubt, die Geschehnisse mit einem Psychotherapeuten aufzuarbeiten.

Wenn Benjamin und ich heute noch ein paar wenige Fragen an dich haben, dann nur deshalb, um deine Erlebnisse besser einordnen und dir mit Rat und Tat zur Seite stehen zu können." Und nachdem sie Mias kritisch hilfesuchenden Blick zu ihrem Bruder bemerkte, fügte sie verständnisvoll lächelnd hinzu: „Mia vertrau uns bitte. Wenn wir jetzt ausschließlich in der anderen Dimension ohne Zeit und Raum miteinander kommunizierten, würdest du wissen, dass das nichts mit Argwohn unsererseits zu tun hat. Denn dann wären wir uns gemeinsam bewusst, dass alles so ist wie es ist. Und ich spüre auch, dass alles wahr ist, was ich von dir gehört habe. Das ist die eine Seite. Benjamin?"

„Die andere Seite ist die physische Umgebung, in der wir uns aktuell befinden und agieren", ergänzte nun der Angesprochene. Er war dabei sichtlich bemüht, die Stimmung im Raum etwas aufzulockern. „Wir sind hier zwar weit davon entfernt, Wissenschaft als Selbstzweck zu verstehen, Mia. Denn Wissenschaft wird nach wie vor maßgeblich von Menschen gemacht und unterliegt deshalb ganz natürlich dem, was sich in der Zukunft oft als Irrtum erweist. Sie bildet aber die Basis, von der aus wir gemeinsam uns mit Hilfe unserer KI-Modelle zur Lösung deiner Probleme vorarbeiten. Das Problem kennen ist dabei wichtiger, als die Lösung zu finden, denn die genaue Darstellung des Problems führt uns erfahrungsgemäß automatisch zur richtigen Lösung…"

„…wusste schon Albert Einstein", kommentierte Hal trocken aus dem Hintergrund.

„Vielen Dank, Hal. Sehr aufmerksam", stellte Benjamin mit dem Gesichtsausdruck eines Schülers fest, der beim Schummeln ertappt wird. „Hatte ganz vergessen, dass du so belesen bist. Na gut, dann werde ich eben auf andere Art und Weise versuchen müssen, bei Mia Eindruck zu schinden. Die Position des charmanten Gastgebers ist ja leider auch schon besetzt," ergänzte er mit einem süffisanten Lächeln und einem Augenzwinkern in Richtung Hal, bevor er wieder zum Ernst der Lage zurückkehrte.

„Im Sinne der zuvor erwähnten Bedeutung der Problembeschreibung für die Lösung wäre es also zunächst nötig, das Problem überhaupt zu definieren."

„Ich denke", meldete Hal sich jetzt zu Wort, „das zunächst alles davon abhängt, wofür sich Mia entscheidet."

Nur recht kurz flammte daraufhin in der jungen Frau der Gedanke auf, dass es ja so kommen musste: Jetzt war natürlich sie der Grund für die ganze Misere und fiel Luca und seinen Freunden nur unnütz zur Last.

Als würde sie jemand beruhigen und stärken, drängte sie jedoch sofort das aufkommende Schuldgefühl selbstbewusst zurück, schaute Hal erwartungsfroh an – und wartete schweigend auf seine Erklärung.

Der lächelte sie wissend an und fuhr fort: „Denn sie wurde von ihrem Ehemann David darum gebeten, keine Nachforschungen zum Hergang des Mordes an ihm anzustellen."

2. ELITENVERWAHRLOSUNG

A) AUF DEM REVIER

Maxim befand sich dort, wo er mit Abstand am liebsten war, im Bett. Neben ihm lag – und das galt bei ihm immer als das entscheidende Wohlfühlkriterium – eine ausgesprochen attraktive Frau. Maxim war sichtlich mit sich und der Welt zufrieden. Er beschäftigte sich mit den wohlproportionierten Rundungen der schlafenden Frau und lies zärtlich seine Finger über die unbedeckten Stellen ihres nackten Körpers streichen. Die vergangene Nacht hatte in sexueller Hinsicht alle seine Erwartungen deutlich übertroffen und er musste aufpassen, dass er sich nicht noch in dieses prächtige Geschöpf hier verliebte. Aber so dumm würde er nicht sein. Erstens gab es für ihn auf Gottes schöner Erde noch unendlich viele begehrenswerte Alternativen zu erobern und zweitens war ihm die gegebene Konstellation zu heikel.

Denn schließlich wusste er noch nicht mit letzter Gewissheit, in welchem Verhältnis sie zu einer Gruppe von Leuten stand, die er und sein Team gerade observierten. Es ging um verdächtige Kapitalkonzentrationen, die in einem Algorithmus seiner Dienststelle den Verdacht auf manipulative Beeinflussung von politischen Entscheidungen erregt hatten. Die Hintergründe lagen noch im Dunkeln und über die handelnden Personen und/oder Organisationen gab es bislang nichts weiter als Vermutungen.

Maxim hielt nicht viel von der Anwendung moderner Technologie zur Verbrechensaufklärung. Schon gar nicht in diesem Stadium. Das war ihm zu viel Logik. Er bevorzugte unkonventionelle Methoden, um in einem Fall vorwärts zu kommen. Das gestaltete sich nicht immer fair und selten vollkommen regelkonform, aber meist sehr erfolgreich. Fairness war ja sowieso ein Fremdwort in diesem Geschäft, wie er fand. Und um mögliche Auseinandersetzungen mit seinen Vorgesetzten machte sich der Agent keinen Kopf. Erst recht nicht über disziplinarische Maßnahmen, die ihm eventuell drohten.

Jedenfalls konnte Maxim jetzt gerade mal wieder hervorragend das Angenehme mit dem Nützlichen verbinden. Er musste seiner Informantin nur noch ein paar wenige Details entlocken. Denn ihm fehlte noch irgendein konkreter Hinweis, den er lösungsorientiert verwenden konnte. Aber die Nacht war ja auch noch nicht vorbei. Das schien jetzt auch die Frau mit den Modelmaßen zu ahnen. Sie öffnete, wohl nicht zuletzt durch Maxims Streicheleinheiten geweckt, ihre großen blauen Augen.

*****

„Mahlzeit. Unter welcher Laterne hast du denn gepennt", lautete am nächsten Morgen im Büro die spöttische Begrüßung durch Maxims Kollegen und besten Freund, Aang.

„Was heißt ‚gepennt'? Schön wär's. Ich war voll im Einsatz, Mann", gab Maxim übertrieben erbost zurück, während er sich an seinem Schreibtisch direkt gegenüber von Aang erschöpft in den Stuhl fallen ließ.

„Klar doch. Im vollen körperlichen – na, wenn's sich gelohnt hat?"

„Kann man wohl sagen."

„Erzähl. Aber – wenn's geht – bitte nur die sachdienlichen Hinweise." Aang war sehr gespannt. Er kannte seinen Kumpel zu gut, um bei diesem Auftritt auch nur eine Sekunde daran zu zweifeln, dass Maxims Einsatz erfolgreich gewesen war.

„Also gut, wenn's dich interessiert. Ja, wo soll ich anfangen?", fragte der sich übertrieben selbstbewusst.

‚Immer dieselbe Show', dachte Aang. Aber je mehr man Maxim bitten musste, umso ergiebiger stellte sich in der Regel das dar, was er erreicht hatte. „Am besten mit dem Brauchbarsten", antwortete er also ergeben.

„Hast du schon mal was von DNS gehört?", fragte Maxim gespannt und lehnte sich dabei voller Erwartung mit dem Oberkörper vornüber auf die Schreibtischplatte.

‚Puh, jetzt auch noch die Frage-und-Antwort-Tour', stöhnte Aang innerlich und gab gelangweilt zurück: „Desoxyribonukleinsäure, ein in allen Lebewesen und DNS-Viren vorkommendes Biomolekül und Träger der Erbinformation, also der Gene."

„Hast du aber schnell gefunden in deiner Linsen-Bibliothek. Wunderbar. Leider falsch. Kannst dich aber trösten, denn das habe ich zunächst auch gedacht."

„Danke. Und was soll es dann sein? ‚Did Not Start' vielleicht? Muss ich dir jetzt wirklich alles einzeln aus der Nase ziehen?" Aang wirkte jetzt schon mal ein wenig genervt. Das gehörte jedoch ebenfalls zum Ritual und hatte nichts Persönliches zu bedeuten.

Immerhin wurde Maxim jetzt redseliger: „Mein … ähm … Informant … hat das Kürzel erwähnt. Was es genau heißt, hat er leider nicht gesagt. Schien er auch nicht zu wissen und ich fand es in dem Moment auch nicht so entscheidend. Naja, Verwirrung steigert das Interesse. Gemeint ist in jedem Fall eine junge High-Tech-Schmiede. Wir sollten zügig versuchen, mehr Details darüber zu bekommen, weil mehrere unbekannte Gönner seit kurzem wohl jede Menge Kapital da reinschieben."

„Darum kümmere ich mich", meinte Aang. „Vielleicht magst du mal lieber direkt an deinem … Informanten … Vielleicht bekommst du ja doch noch etwas mehr über die Gönner heraus." Eine Art von Arbeitsteilung, wie sie beiden seit je her am liebsten war. „Sonst noch was?"

„Was soll das denn heißen?", brauste Maxim erbost auf. „Reicht das etwa nicht? Jetzt hau bloß ab zu deinem Blecholli und klär die paar letzten offenen Fragen. Euer Genie da im Keller wird doch wohl herausbekommen, wer oder was sich hinter dem Kürzel verbirgt. Dann können wir den Laden endlich hochgehen lassen, bevor…"

*****

Aang war längst aus dem Büro hinaus und hinter ihm hatte sich die Tür geschlossen. Er begab sich zügig zwei Etagen tiefer ins Zentrum des Gebäudes. Hier hatte das FBECI[e] seine Informationseinheit. Kern des Ganzen bildete ein AHT-System der zweiten Generation, also mit einer integrierten MP–Funktion (materialized participation) und mehreren simultan nutzbaren Arbeitsplätzen. Aang fand einen freien Raum und meldete sich an, denn das System verlangte aus Sicherheitsgründen nach physischer Anwesenheit des Nutzers. Nach erfolgter Anmeldung wurde aus demselben Grund auch Aangs Linse ausgeschaltet und er konnte mit der Arbeit beginnen.

Als erstes wählte er sich einen Guide aus. Seine Lieblings-KI war ein älterer Herr, den Aang einfach X nannte. X trat vor ihn und begrüßte ihn höflich mit der Frage, womit er helfen könne.

„Hallo X. Ich benötige Informationen über eine neue High-Tech-Organisation mit der Bezeichnung ‚DNS'. Bedeutung des Kürzels unbekannt. Adresse, Eigentumsverhältnisse, verantwortliche Personen, wirtschaftlicher Erfolg, Anzahl Beschäftigte, Beteiligungen und Niederlassungen würden mir zunächst einmal reichen", kam Aang direkt zum Punkt.

Ebenso schnell und präzise erfolgte die Antwort von X: „Es existieren keine Daten zu irgendeinem passenden Objekt."

Aang war nur sehr kurz irritiert. Innerlich hatte er fast mit dieser Antwort gerechnet. Er wusste auch, dass er nicht nach alternativen Schreiboder Sprechweisen zu fragen brauchte. Die hatte X mit Sicherheit abgeprüft. Er sagte deshalb: „Okay X, hab's fast befürchtet. Dann müssen wir uns mal auf Umwegen dem Ziel zu nähern versuchen."

„Sehr gerne, Aang. In welcher Branche genau soll denn die Organisation offiziell tätig sein oder welchem Zweck soll sie inoffiziell dienen?"

‚Immer wieder ausgesprochen pfiffig, dieser X', dachte Aang. ‚Fast möchte man meinen, er könne Gedanken lesen.' „Ja, X, das würde ich auch gerne wissen. Außer dem vagen Begriff ‚High-Tech' ist mir nichts bekannt. Ich versuche deshalb mal, meinen persönlichen Hintergrund zu dem Thema zu erläutern. Vielleicht fallen dabei ein paar Begriffe, die uns weiterbringen."

„Ganz bestimmt", antwortete X.

B) SPURENSUCHE MIT KI

Aang begann etwas weiter auszuholen. Er zeigte sich zunächst erstaunt darüber, dass es immer noch Menschen auf der Erde gab, die sich offensichtlich für etwas ganz Besonderes hielten. Unter Einsatz von sehr viel Geld und Energie würden sie heimlich versuchen, mittels längst überholter Denkmuster und Machtstrukturen maßgeblichen Einfluss über andere zu erlangen.

„Diese Erscheinungen sind grundsätzlich nicht neu und gehören zur Geschichte der Menschheit", begann X seine Erläuterungen. Die Ursache liege in der Psyche des Menschen begründet, meinte die KI. Und weiter: „Der Mensch neigt seit jeher zu Vergleichen. Das wiederum resultiert aus der Dualität, mit der er sich selbst in seinem Weltbild zu positionieren trachtet. Erfährt er nun bei einem Vergleich Unterlegenheit, so versucht er diese durch Machtstreben auszugleichen. Nur Schwäche will stark sein, nur aus Minderwertigkeitsgefühlen steigt folglich der Wunsch auf, überlegen zu sein."

„Das ist der ganze Unterboden aller Macht-Politik auf der Welt?", fragte Aang ungläubig.

„Ja. Viele Studien belegen, dass Menschen seit jeher soziale Normen umso weniger beachten, je mehr Macht sie gewinnen. Wenn Führungspersonen ihre Ziele ohne Rücksicht auf moralische und rechtliche Grenzen verfolgen, dann spricht man von Machiavellismus, der in der Psychologie auch als Persönlichkeitseigenschaft bekannt ist. Personen mit diesem Charakterzug sind primär auf Ansehen und Einfluss bedacht. Sie suchen stets den eigenen Vorteil und nutzen Mitmenschen kaltherzig für ihre Zwecke aus."

„Okay, verstanden", unterbrach Aang die KI. „Kann ich zum Nachlesen davon etwas in mein persönliches System überspielt bekommen?"

„Sehr gerne doch. Du wirst ohnehin anschließend die gesamte Session auf deinem Account wiederfinden."

„Gut. Was mir weiter unklar ist: Heute hört man doch vom Machiavellismus eigentlich nichts mehr. Wann und wodurch wurden denn derartige Erscheinungen in unserer Gesellschaft zurückgedrängt?", setzte Aang jetzt nach.

„Das Umdenken begann Anfang des vergangenen Jahrhunderts verbreitet und vertieft einzusetzen. Dafür gab es verschiedene Ursachen," fuhr X fort und freute sich sichtlich, zur Illustration nun nicht mehr ausschließlich auf computer-animiertes Material zurückgreifen zu müssen.

Mit Original-Videos und digitalen Filmsequenzen durchmischte er virtuos seinen Vortrag und veranschaulichte beeindruckend realitätsnah die weitere gesellschaftliche Entwicklung. „Ein entscheidender Auslöser war der maßgeblich durch menschlichen Einfluss verursachte Klimawandel. Es gab zwar seinerzeit schon eine große Anzahl entsprechender Erkenntnisse der Naturwissenschaft. Die wurden allerdings von einer kritischen Masse der Weltbevölkerung und der Staatschefs viel zu spät entscheidend anerkannt, weshalb es in den 2050-er Jahren dann zu der bekannten Klimakatastrophe kam: Verursacht durch Treibhausgase wie CO_2 beschleunigte sich die Erderwärmung stetig. Die Folgen sind bis heute noch erkennbar: Vor allem ein höherer Meeresspiegel aufgrund der Gletscherschmelze, größere Dürrezonen und häufigere Wetter-Extreme."

Erst allmählich bemerkte Aang, dass es nicht nur der Vortrag von X an sich war, der ihn so fesselte. Er spürte sich plötzlich mitten im Geschehen: Er fühlte den Wind, der extrem heftig und kalt mit eiserner Gewalt die nächste überdimensionale Welle aus dem Meer herantrieb. An einen Strand, der ohnehin schon in Erosion war. Aang wurde förmlich mitgerissen von flüchtenden Menschen um ihn herum und kam erst auf einer kleinen Anhöhe atemlos wieder zum Stehen. Sein Blick fiel dahinter auf eine weite, ausgedörrte Steppenlandschaft.

„Denn die Politik schaffte es zu jener Zeit nicht, Maßnahmen gegen die für die Menschheit selbstzerstörerische Anreicherung der Erdatmosphäre durch Treibhausgase umzusetzen", fuhr X unbeirrt fort. „Weder gelang es ihr, vor allem in den wirtschaftlich entwickelten Staaten die Nutzung fossiler Energien, also der Brennstoffe, wirkungsvoll zu reduzieren, noch weltumfassend die Entwaldung zu stoppen oder etwa die Viehwirtschaft zu verringern - mit entsprechenden Rückwirkungen auf die Lebens- und Überlebenssituation von Menschen und Tieren. Dabei hätte es lediglich eines gesunden Menschenverstandes bedurft, um zu erkennen, dass in allen Fällen die kurzsichtigen Interessen der Wirtschaft einer weltweiten Umsetzung langfristiger Klimaschutzmaßnahmen diametral entgegenstanden. So ging seinerzeit das Wort um von der quartalsweisen Bonusoptimierung egomanischer Vorstandschefs."

„Ja, aber Entschuldigung, so blöd kann doch niemand sein, dass er sehenden Auges den Ast absägt, auf dem er sitzt", wandte Aang erbost ein, denn inzwischen war auch er wieder aus der virtuellen Realität aufgetaucht. „Woher hatte die Wirtschaft überhaupt diesen lebensfeindlichen Einfluss?", fragte er und erinnerte sich an seine ökonomische Ausbildung. „Sicherlich wusste man doch auch damals schon, dass es ihr ureigener Sinn und Zweck ist, die Bedürfnisse der Gesellschaft mit dem geringstmöglichen Ressourcenverbrauch zu befriedigen? Und überhaupt: Warum gab es denn damals noch keine Ökonomie, die wie heute dem Gemeinwohl verpflichtet ist?"

„Die Bedingungen dafür waren noch nicht erfüllt", gab X zunächst schlicht zur Antwort, um dann aber erläuternd nachzulegen, „oder, um es mit unserem heutigen, weiterentwickelten Erkenntnisstand auszudrücken:

Das Bewusstsein war bereit, sich in die Lüfte zu erheben. Aber die Gesellschaft erlaubte es noch nicht.

Zumindest galt das für die seinerzeit maßgeblichen Herrschaftsformen und politischen Systeme auf der Erde, denn sie hatten alle ein gemeinsames Problem. Ich möchte es mal als eine Art Inkonsistenz zwischen Denkweise, Technologie und zukünftigen Erfordernissen bezeichnen."

„Wie muss ich das denn verstehen?" Aang wusste noch nicht so recht, worauf X hinauswollte, spürte aber, dass die Diskussion irgendwie in die richtige Richtung führte. Ihm war dabei klar, dass die KI in gewissen Belangen eindeutige Vorteile gegenüber dem Menschen besaß. Das allein schon aufgrund ihrer technischen Voraussetzungen hinsichtlich Konstruktion, Programmierung und Vernetzung. Besonders deutlich wurden die Pluspunkte, wenn es um das Analysieren, Kombinieren, Realisieren und Prognostizieren von gegebenen Strukturen ging. Das betraf speziell Strukturen auf der Grundlage von herkömmlicher und quantenphysikalischer Biochemie. Es gab für die KI allerdings definierte Grenzen in Bereichen wie Ethik, Recht und Spiritualität. So war es beispielsweise schwierig für sie, das Potenzial bestimmter Entwicklungen als bedrohlich einzustufen, die sich nach seinem Informationsstand eindeutig im Rahmen der vorgegebenen Bestimmungen bewegten.

„Zu Beginn des 21. Jahrhunderts entsprach das Weltbild noch immer verbreitet dem einer mechanistischen, materiellen Technik", antwortete X und visualisierte sich und Aang wie zum Beweis auf einer Brücke über einer mit lärmenden und übelriechenden Automobilen verstopften Einfallstraße einer großen Metropole des Jahres 2020.

„Aber meines Wissens", brüllte Aang förmlich gegen das Getöse an, „waren doch die Grundlagen für die neue Technologie zu dem Zeitpunkt schon weit über hundert Jahre alt. Und wandte man sie nicht beispielsweise in Form von Mikroelektronik in der Kommunikation, komputationaler Biotechnologie in der Forschung oder auch bei Atomwaffen in der Rüstung bereits an? Wieso hing das Denken der Menschen dann noch immer im 19. Jahrhundert fest?"

„Die wirklich neue Denkweise", so X, „hatte noch nicht Fuß gefasst, weil den Menschen der Unterschied zwischen Technik und Techno*logie* nicht bewusst war. Denn ‚*logie*' deutet auf eine Lehre hin, die allerdings noch nicht existierte und zu deren Verständnis und Anwendung es Lehrern bedurft hätte, die es aber auch nicht gab."

„Also", resümierte Aang, „glaubte man scheinbar ernsthaft, man könne das 21. Jahrhundert mit seiner modernen Technologie mit Hilfe einer zweihundert Jahre alten Denkweise bewältigen. Das konnte ja nicht gutgehen. Wie kam es bloß zu dieser arroganten und ignoranten Einstellung?"

Als Antwort zitierte X lakonisch den Erfinder der Quantenphysik, Max Planck, demzufolge die Wahrheit nie triumphiert, sondern deren Gegner lediglich aussterben.

„Dann haben die Gegner einer reformierten Denkweise aber ziemlich lange überlebt. Wie haben die das denn geschafft?" Aang ließ nicht locker und bohrte immer weiter bei X.

Der so Herausgeforderte blieb vollkommen gelassen. „Sicherlich spielten zwei Weltkriege hintereinander in der ersten Hälfte des 20. Jahrhunderts denjenigen in die Karten, die weiterhin besonders an der Materie hingen. Denn wenn die Welt herum in Trümmern liegt, ist es nur verständlich, wenn man sich zuerst um einen hinreichenden Zugewinn an materiellen Dingen kümmert, um sein Leben neu zu gestalten. Da bleibt wenig Interesse für jemanden, der mit der Vorstellung hausieren geht, dass es überhaupt keine Materie gibt. Denn Materie ist greifbar und gleichzeitig begreifbar. Man kann sie in der Hand halten, weil sie eine begrenzte Oberfläche hat, und kann sagen, das ist meins. Dann kann man mit dem Tauschen beginnen, was uns historisch gesehen zum Geld bringt."

„Auch Geld ist Materie", gab Aang zu bedenken.

„Ja, aber eine Form, mit der man sich ebenso gut Macht und Einfluss kaufen kann. Es kommt nur darauf an, schneller und besser zu sein als der andere. Das nennt man dann Wettbewerb – egal wozu. Die Wettbewerbsfähigkeit wurde so gegen Ende des 20. Jahrhunderts zum erklärten Leitmotiv. Markant, aber ziellos. In einer vollkommen verklärten und falschverstandenen Vorstellung von Freiheit erfasste das ökonomische Denken kapitalistischer Prägung nach und nach alle Lebensbereiche und entzog sich zusehends jeglicher Kontrolle."

„Aber der Kommunismus war ja auch keine Lösung gewesen, wie sich gezeigt hatte", wandte Aang ein und wunderte sich über sich selbst, dass ihm das wieder eingefallen war.

„Der Kapitalist versucht, Geld zu horten", entgegnete X, „der Kommunist ist dagegen. Er möchte, dass niemand die Erlaubnis hat, Geld zu horten, außer dem Staat. Aber seine Sorge gilt ebenfalls dem Geld. Er denkt auch ständig über Geld nach. Damit gehört auch seine Denkweise ins 19. Jahrhundert."

„Immerhin", wandte Aang ein, „hatte der Kapitalismus aber doch auch gewisse Erfolge bei der Steigerung des allgemeinen materiellen Wohlstands, soweit mir bekannt ist."

„Eine prosperierende Wirtschaft in einem Land bedeutet nicht zwangsläufig größeren Wohlstand für alle seine Bürger. Niemand glaubte mehr ernsthaft daran, dass der Reichtum irgendwann zu den unteren Schichten der Gesellschaft durchsickert, wenn es nur den oberen Zehntausend gut genug geht. 'Wealth will trickle down' war also, wie sich gezeigt hat, alles andere als eine brauchbare Vision dessen, was eine nachhaltige Entwicklung erforderte", konterte X. „Bis in die frühen zwanziger Jahre des 21. Jahrhunderts hinein war vielmehr die soziale Ungleichheit in den westlichen Ländern derart gewachsen, dass sehr viele Menschen aufgrund ihrer prekären Einkommensverhältnisse nur noch hoffen konnten, dass wenigstens 'Health will trickle down'."

Aang konnte sich eines Lächelns nicht erwehren ob der Wortspielerei der KI.

Der seinerseits fuhr sachlich ernst fort: „Und das lag nicht allein daran, dass Männer und Frauen für gleiche Arbeit damals noch längst nicht überall gleich bezahlt wurden. Auch war – zumindest in den westlichen Industrienationen – die vornehmlich von Frauen ausgeführte kostenlose Haus- und Pflegearbeit letztendlich nicht allein entscheidend…"

„Obwohl", warf Aang ein, „schon schlimm genug."

„… für sie soziale Ungleichheit. Vor allem erwies sich, dass die externen Kosten ökonomischer Wertschöpfung, also Ressourceneinsatz, -verbrauch und -zerstörung, in der Betrachtung gesellschaftlicher Wohlstandsschaffung vehement ausgeblendet wurden. Außerdem fand auch der Zusammenhang zwischen ökologischer Nachhaltigkeit und sozialer Gerechtigkeit keine Beachtung. Dabei führten umweltpolitische Maßnahmen in der Regel zu höheren Preisen, die wiederum die einkommensschwachen Haushalte überproportional stark belasteten.

Man muss es als perfide bezeichnen, dass die Ausgebeuteten durch dieses System am Ende selbst zur Ausbeutung gezwungen wurden. Denn natürlich waren die prekarisierten[e] Gesellschaftsschichten auf günstiges Benzin ebenso angewiesen wie auf günstige Energie aus Kohle- und Atomkraftwerken, auf günstige Kleidung, Elektronik und dergleichen aus Billiglohnländern und auf günstiges Fleisch aus industrieller, totbringender Massentierhaltung[e]. Sie konnten bei all dem Elend also gar nicht anders, als auch noch unethisch zu konsumieren und die ausbeuterischen Arbeits- und Produktionsverhältnisse zu unterstützen."

„Okay", kommentierte Aang. „Ganz offensichtlich spielte die Ökonomie zu jener Zeit eindeutig die dominante Rolle. Die daraus erwachsenden gesellschaftlichen und ökologischen Probleme wurden nachrangig behandelt. Wenn ich nicht irre, hat sich dann aber nur wenig später schon die Reihenfolge zu ändern begonnen. Was war denn der Auslöser dafür?"

„Man kann sagen, dass mehrere Ereignisse und Entwicklungen zeitlich in etwa zusammenkamen. Dazu komme ich im Einzelnen gleich noch. Grundsätzlich hatten sie alle eins gemeinsam, nämlich eine massiver werdende Kritik am seit Jahrzehnten herrschenden Neoliberalismus", stellte X sachlich fest.

„Ah", unterbrach ihn Aang. „Dieses Geschäftsmodell im eindeutigen Interesse des Finanzkapitals also."

„Tatsächlich", fuhr X erklärend fort, „handelte es sich hierbei um eine Ideologie der Neuordnung des gesamten Denkens, die sich keineswegs auf ein bestimmtes Wirtschaftsmodell beschränkte. Sie veränderte allerdings den Menschen selbst einem ökonomischen Bild entsprechend. Denn mit ihren Hauptzielen – Steuersenkungen, Privatisierung und Sozialstaatsabbau – unterwarf sie alle Bereiche des Lebens einer finanziellen Verwertung: Politik, Medien, Recht, Gesundheitswesen, Altersversorgung, Bildung, Arbeit, Gewerkschaften, Familie, Kultur, Verwaltung. Kein bedeutsamer Bereich wurde ausgespart.

Selbst große Teile der Wissenschaft ließen sich instrumentalisieren. So geschah es damals beispielsweise in der Ökonomik, die eindeutig vom Wirtschaftsliberalismus geprägt war. Hier gab nicht etwa die Realität den Rahmen für die wissenschaftliche Arbeit vor, sondern alles wurde einfach an einem idealisierten marktwirtschaftlichen Gleichgewichtsmodell ausgerichtet. Dieses Modell ging in der Tat davon aus, dass es nur einen einzigen, unsterblichen Konsumenten-Arbeiter-Besitzer gibt, der mit perfekter Voraussicht und rationalen Erwartungen seinen Nutzen für eine unendliche Zukunft maximiert, während er gleichzeitig von wettbewerbsfähigen Unternehmen bedient wird. Jeder wissenschaftliche Versuch jedoch, dieses in den Köpfen der Ökonomen verankerte Hirngespinst in Frage zu stellen, war zum Scheitern verurteilt."

„Spannend. Das System leistete sich also ein Fach, dessen Objekt in der Mitte der gesellschaftlichen Probleme stand, sich aber um diese Probleme offenbar nur am Rande kümmerte?", fragte Aang ungläubig.

„So muss man die Situation wohl beschreiben. Und das hatte darüber hinaus noch erhebliche Auswirkungen. Denn da das Erkenntnisinteresse des Faches gar nicht auf dem wissenschaftlichen Versuch bestand, die Welt zu verstehen, herrschte quasi Willkür. Politik und Gesellschaft waren in allen wirtschaftlichen Fragen schlecht informiert und ständig der Beeinflussung durch Dritte ausgesetzt."

„Die Welt als Wille und Vorstellung", konnte sich Aang einen spitzen Kommentar nicht verkneifen.

„Naja, jedenfalls", so X weiter, „bestand zu jener Zeit für die Massen kein ernsthafter Zweifel mehr daran, dass ein Zusammenhang zwischen Reichtum und Einfluss existierte. Und zwar derart, dass auch Entscheidungen der Parlamente auffallend häufig mit den Einstellungen der oberen Einkommensschichten, also der Eliten, übereinstimmten. Das war sicherlich nicht zuletzt ein Verdienst des ausufernden Lobbyismus. Der wurde zwar erkannt, aber nicht ernsthaft bekämpft.

Beim Volk machte sich vielerorts der Eindruck breit, dass die von ihnen gewählten Vertreter sie nicht mehr verstünden und auf ihre Sorgen und Probleme nicht genügend eingingen. Dies führte unweigerlich zu einem stetig wachsenden Vertrauensverlust der Öffentlichkeit gegenüber Politik, Wirtschaft und Medien. Massive Veränderungen in der Gesellschaftsordnung des Westens waren die Folge. Denn diese drei Bereiche wurden in der aufgeklärten Bevölkerung gesamthaft dafür verantwortlich gemacht, dass der Neoliberalismus mit seinen fatalen Folgen für die Umwelt und die wachsende Armut in der dritten Welt nicht eingedämmt werden konnte. Der Weg zurück in einen feudalen ‚Gutsherren-Kapitalismus' schien vielen vorgezeichnet.

Mit dem Niedergang von Moral und Gesetzestreue waren schließlich auch die gesellschaftlichen Auswirkungen in den Top-Etagen der Entscheider angekommen. So häuften sich zeitweise die Skandalmeldungen aufgrund eines unethischen Ökonomieverständnisses der Gewinnmaximierung um jeden Preis. Fast hätte man sich seinerzeit an Nachrichten über Betrug oder unethische und gesellschaftsschädigende Handlungsweisen beim Ausnutzen von sogenannten ‚Gesetzeslücken‘ oder mangelnder Kontrolle gewöhnt. Das Wort von der ‚Elitenverwahrlosung‘ machte bereits die Runde."

Begleitend zu diesen Ausführungen von X fanden er und Aang sich mitten in New York auf dem Times Square im Jahre 2018 wieder und lasen die Headlines der Nachrichten überall ringsum auf den riesigen Videoleinwänden und Ticker-Bändern: ‚*Wie Banker und Investoren die Staatskasse plünderten: Cum-Ex- und Cum-Cum-Geschäfte‘, ‚BSE und Tiermehl: Zehn Jahre ‚Rinderwahnsinn‘ in Deutschland‘, ‚Pferdefleischskandal: Gefängnis für niederländischen Händler‘, ‚Betrugssoftware in immer mehr Diesel-Autos weltweit entdeckt‘, ‚Entwicklungshilfe landet in Steueroasen‘, ‚Große Konzerne zahlen in der EU fast nirgendwo den gesetzlich vorgeschriebenen Steuersatz‘, ‚Münchhausens Enkel: Qualitätsjournalismus aus dem Märchenwald‘, ‚Krebsmittel-Betrügereien im Gesundheitswesen‘, ‚Pharmakonzern verlost teure Krebsmittel an Kinder‘...*

*****

„Wo waren denn da die kirchlichen Organisationen? Die gab es doch damals noch, oder?" fragte Aang.

„Gewiss", antwortete X. „Allerdings hatte die katholische Kirche am Ende des 20. und zu Beginn des 21. Jahrhundert selbst sehr stark mit der Aufarbeitung von sexuellem Missbrauch durch viele ihrer Priester zu tun. Die Vergehen, insbesondere an Kindern und Jugendlichen, waren zahlreich und die Meldungen über solche Vorkommnisse wollten lange nicht abreißen. Aber nicht nur die Tatsache an sich, sondern vor allem die mangelnde Konsequenz bei der Aufarbeitung der Taten führten dazu, dass immer mehr Gläubige der Organisation den Rücken kehrten. Ein denkbar schlechter Zeitpunkt also, um glaubhaft Moral und Ethik bei anderen anzumahnen."

„Aber war der westliche Kapitalismus wirklich jemals das bevorzugte Kritikziel christlicher Kirchen gewesen?", wollte Aang wissen.

„Eigentlich nicht", erwiderte die KI. „Die Ausnahme bildeten Kriegsbeteiligungen und Waffenlieferungen in Spannungsgebiete. Derlei Verurteilungen waren üblich, weil besonders medienwirksam. Weniger augenfällig war gemeinhin, dass sich die Kirchen als nicht unbedeutende Eigentümer von Wertpapieren und Grundbesitz mit dem herrschenden System gut arrangierten. Aber das verschaffte ihnen als Volkskirchen immerhin noch etwas Überlebenszeit. Trotzdem war um 2030 binnen einer guten Dekade die Zahl der Priester in Europa bereits um die Hälfte gesunken."

„Und warum?"

„Ja, wer sollte denn noch Priester werden", fragte X zurück, „wenn junge Leute immer seltener im Glauben erzogen wurden? Wer wollte überhaupt in einer Institution mitarbeiten, die ihre Glaubwürdigkeit nicht zuletzt durch die Missbrauchsfälle selbst stark ramponiert hatte. Dass gleichzeitig Priester, die sich offen zu Frau und Kind bekannten, wegen der Verletzung der Zölibatspflicht ihren Beruf verloren und vor die Tür gesetzt wurden, verstand so recht niemand.

Und so lösten sich die Pfarreien bis 2050 großflächig auf. Neben Klöstern fanden sich die heute bekannten christlichen Kreise und Gruppen, in denen weiter das Wort Gottes bedacht und die Eucharistie gefeiert wurde. Letztlich war es für die Menschen nicht entscheidend, dass die

Kirchen als Institutionen überlebten. Vielmehr ging es ihnen vornehmlich um die christlichen Werte und das Wissen um die Existenz einer höheren Instanz. Angst vor dieser Entwicklung hatten damals nur diejenigen, denen die Form immer schon wichtiger war als der Inhalt."

„Hm. Ich verstehe. Und die Medien?"

„Für die meisten kritischen Zeitgenossen damals eher eine Enttäuschung ohne Ende. Sie wurden ihrem Anspruch, die ‚Vierte Gewalt' im Staat zu sein, also den Mächtigen auf die Finger zu klopfen, immer seltener gerecht. Größtenteils durch eigenes Verschulden hatten sich die Leitmedien selbst ihrer Glaubwürdigkeit beraubt und in die Abhängigkeit von privatwirtschaftlichen Interessen begeben. Weil die Berichterstattung Objektivität vorgaukelte, während regelmäßig Ideologie die Feder führte, litt nicht nur ihre Kritikfähigkeit gegenüber der Finanz- und Wirtschaftselite. Auch eine schwindende Distanz zur Politik verstärkte in der Öffentlichkeit zunehmend den Eindruck einer unübersehbaren Orientierung an den Interessen der Eliten.

„Vom Informations- zum Gesinnungsjournalismus also?"

„Ja, in gewisser Weise schon. Denn aus dem hehren Vorsatz eines wahrheitsliebenden Herausgebers eines Nachrichtenmagazins, ‚Sagen, was ist', schien eher ‚Sagen, was gefällt' geworden zu sein."

„Wieso ‚schien'?"

„Nun, es gehört zweifelsfrei zu den frühen Erkenntnissen der Quantenphysik, dass Information ein wesentlicher Grundbaustein der Welt ist. So forderte Anton Zeilinger schon vor weit über hundert Jahren zu Recht, dass wir uns irgendwann von dem naiven Realismus einer von selbst, das heißt ohne unser Zutun und unabhängig von unserer Beobachtung existierenden Welt, trennen sollten. Heute haben die Menschen das Wissen darum, dass sie Teilhabende und nicht Teile eines

Kosmos sind, der sinngemäß die Beziehung und nicht das Dingliche betont. Sie haben es inzwischen verinnerlicht, dass sie Mitschöpfer sind und die zukünftige Entwicklung damit also auch von ihnen abhängt. Damals war dieses Gedankengut nur einigen wenigen Experten vertraut. Es ist aber nicht auszuschließen, dass diese Leute die Medien für ihre Pläne entsprechend benutzten."

*****

„Was bereitete den Menschen auf der Welt zu jener Zeit denn am meisten Sorgen?", erkundigte sich Aang jetzt.

„Das, was damals der Masse der Menschen auf der Welt am nächsten ging, war die Ungleichverteilung bei Einkommen und Vermögen. Kurz gesagt: Die Schere zwischen Arm und Reich ging immer schneller weiter auseinander", erklärte X. „Ständig mehr Menschen besaßen zusammen weniger Geld und immer weniger gemeinsam immer mehr als der Rest. Und die von der Teilhabe am Wirtschaftswachstum Ausgeschlossenen fühlten sich dabei auch noch deswegen ungerecht behandelt, weil die Gewinne und Lasten nicht gleichmäßig verteilt wurden: Während ein kleiner Teil der Reichen die Erträge der Globalisierung in immer höherem Maße abschöpfte, trug der stärker wachsende Großteil der Bevölkerung die Last unsicherer Arbeitsbedingungen und Einkommen. Ich hatte bereits auf die Hintergründe hingewiesen."

„Angst und Vertrauensverlust also, stimmt's?"

„Natürlich. In der Mitte der Gesellschaft machte sich zu Recht die Sorge breit, in die Armut abzurutschen. Dorthin also, wo ohnehin der Zweifel schon längst die Hoffnung abgelöst hatte. Ein Grundpfeiler des Kapitalismus begann zu wackeln und aufgeschreckte Zeitgenossen fragten sich schon: Lohnt sich Leistung wirklich noch? In den entwickelten Ländern der Welt glaubte bald nur noch jeder zehnte, dass das System auch für ihn arbeiten würde. Denn die große Mehrheit partizipierte nicht am Produktivitätsfortschritt, weil die Gleichverteilung zwischen Arbeit und Kapital nicht geregelt war. Das Mistrauen gegenüber den gesellschaftlichen Institutionen war grenzenlos."

„Und wie äußerte sich das?"

„Um 2020 herum lebte Rund ein Drittel aller Beschäftigten in Europa in Unsicherheit. Obwohl sie Arbeit hatten, teilweise sogar mehrere Jobs gleichzeitig, kamen sie nur knapp über die Runden. Nicht nur in Deutschland oder Frankreich wuchs die Kluft zwischen Arm und Reich. Selbst in Schweden, das vielen noch als ‚Sozialparadies' galt, wurde die soziale Schere immer größer. Jeder fünfte Rentner lebte damals dort bereits unter der Armutsgrenze; Frauen waren besonders betroffen. In Spanien waren mehr als die Hälfte der unter 30-Jährigen prekär beschäftigt. Die wachsende Angst vor der Armut führte zu einem Gefühl des sozialen Ausschlusses und auch zu Zweifeln an der Demokratie. Populistische Parteien profitierten.

Teils aus Protest, teils aber auch aus Überzeugung, hatte in den westlichen Demokratien eine Wanderung der Wähler von den etablierten bürgerlichen Volksparteien hin zu den Nationalisten eingesetzt, also an den rechten Rand des politischen Spektrums. Wer sich dadurch allerdings ein Eindämmen des Neoliberalismus und seiner Folgen für Mensch und Natur versprochen hatte, der lag total daneben. Diese Parteien bedienten in der Regel opportunistisch nur Glaubenssätze und Vorurteile, die im Wesentlichen mit dem Schüren zweier Ängste zu tun hatten: Zum einen sahen sie die Gefahr einer drohenden Überfremdung ihrer jeweiligen Kultur. Als zweites malten sie das Gespenst unübersehbarer zukünftiger Kosten für ihre eigenen Mitbürger an die Wand, die ihnen durch das Fehlverhalten des Auslands aufgebürdet werden sollten."

„Schon wieder die Angst", konnte sich Aang einen Kommentar nicht verkneifen.

„Nicht thematisiert", setzte die KI ungerührt ihre Ausführungen fort, „wurde hingegen, dass in den wirtschaftlich starken Ländern der Neoliberalismus selbst die Flüchtlingsbewegungen in Richtung Europa und Nordamerika provozierte. Denn seine Handelspolitik gegenüber den Ländern der Dritten Welt trug dort durch die Gewinnabschöpfung der eigenen Unternehmen maßgeblich zur Ausbeutung von Mensch und Natur und kriegerischen Auseinandersetzungen um Ressourcen bei."

„Hat das denn nicht massiv den Friedens- und Umweltparteien in die Karten gespielt?"

„Ja, auch ökologische Parteien gewannen selbstverständlich in jener Zeit an Zulauf. Von entscheidender politischer Bedeutung wurden sie aber immer nur dann, wenn sie sich in ihren Zielen und ihrem gesamten Auftreten den bürgerlichen Parteien annäherten. Das Herangehen an die wachsenden ökologischen Probleme in der Weise radikaler Aktivisten hätte ihnen mit Sicherheit nicht die nötigen Mehrheiten verschafft. Auch sie hatten also auf dem Weg an die Macht den Menschen und das Leben hintangestellt."

„Wasch mich, aber mach mich nicht nass", kommentierte Aang verständnisvoll nickend. „Und aus welcher Richtung kam dann letztlich der entscheidende Impuls zu gesellschaftlicher Veränderung? War es politisch mehr rechts oder eher links?"

Man konnte förmlich Aangs wachsende Ungeduld spüren. Man schrieb gerade das Jahr 2126. Die Welt hatte sich in den vergangenen 100 Jahren so sehr verändert wie noch niemals zuvor in einer vergleichbaren Zeitspanne. Und mit ihr die Natur und natürlich die Menschen: Ihr Umgang zu sich selbst und miteinander, ihre Wünsche und Träume, ihre Gepflogenheiten und letzten Endes ihre Gesellschaftsordnung, die ein einvernehmliches, friedliches Leben für alle auf diesem Planeten gewährleisten sollte. Es fiel ihm daher trotz exzellenter virtueller Realität in der Präsentation von X sichtlich schwer, sich stets in die teils verwirrenden Umstände von damals hineinzuversetzen und sie zeitgemäß zu beurteilen. Schließlich konstruiert sich jede Gesellschaft ihre Wirklichkeit selbst.

Was er aber trotzdem von X zu erfahren hoffte, war ein aktueller Grund für einen möglichen Rückfall in das alte Denken. Was mochte gewisse Zeitgenossen nur dazu bewegen, das Rad der menschlichen Entwicklung zurück drehen zu wollen und wo waren die zu finden? Was waren ihre Erkennungsmerkmale? Die Folgen des dualen Denkens, dieser fatalen Vorstellung vom Getrenntsein, waren doch überall auf der Erde noch deutlich zu sehen. Allein der Klimawandel hätte etwa 70 Jahre zuvor beinahe zu einer nicht mehr aufzuhaltenden Katastrophe für die gesamte menschliche Existenz geführt. Immerhin hatten in Folge dieser Ereignisse wenig später auch viele Menschen die Erde für immer verlassen bzw. verlassen müssen.

$$*****$$

Aangs Gedanken schweiften ab und wanderten zurück in die Zeit des ‚Exodus der Eliten'e. Er hatte jüngst aus persönlichem Interesse an einer sehr aufschlussreichen Veranstaltung zu diesem Thema teilgenommen.

Wie üblich, war es eine interaktive Session gewesen. Sie wurde von einer KI in der Weise begleitet, dass diese jederzeit auf individuelle Fragen der Teilnehmer aus aller Welt einging und ihre Argumentation entsprechend anpassen und um weitere Informationen ergänzen konnte. Jeder Teilnehmer gewann so den Eindruck, er hätte eine Einzelsitzung. Man konnte allerdings auch auf einen Dialog mit der KI ganz oder teilweise verzichten, sich virtuell im Forum aufhalten oder sich bestimmten Teilnehmergruppen oder mit einzelnen Interessenten kommunizieren.

Selbstverständlich war die ganze Veranstaltung sowohl live, als auch individuell zeitversetzt zu verfolgen.

„Speziell war", so die KI in ihrer einleitenden Darstellung, „diese Epoche zwischen 2065 und 2085 vor allem schon deswegen, weil es zum ersten Mal geschah, dass Menschen bewusst die Erde ohne die feste Absicht verließen, jemals wieder zurückzukommen.

Zwar hatte es auch zu jener Zeit schon hin und wieder Raumfahrer gegeben, die große Teile ihres Lebens willentlich in den Randbezirken des Sonnensystems verbrachten. Aber die hätten zumindest jederzeit die reelle Chance gehabt, vor ihrem Lebensende zur Erde zurückzukehren. Damit durften die allermeisten Auswanderer jetzt nicht rechnen. Trotz teils erheblich verbesserter Technologie, die die letzten Raumschiffe der Aussiedler immerhin schon auf annähernd halbe Lichtgeschwindigkeit beschleunigte, war an eine Umkehr kaum zu denken. Die angesteuerten Exoplaneten lagen ganz einfach zu weit von unserem Sonnensystem entfernt und die Energiereserven hätten beim damaligen Entwicklungsstand für einen Rückflug einfach nicht ausgereicht.

Und was am Ziel ihrer Träume genau auf sie wartete, wussten diese Menschen ohnehin nur näherungsweise. Beobachtungen aus Weltraumteleskopen oder unbemannten Sonden wurden zu Wahrscheinlichkeitsrechnungen über die Bewohnbarkeit der ausgewählten Planeten zusammengeführt. Entscheidendes Kriterium war in jedem Fall der möglichst sichere Nachweis von Wasser. Das garantierte zumindest das Vorhandensein zwei der wichtigsten Bausteine des Lebens, der Elemente Wasserstoff und Sauerstoff.

Noch bis weit ins 21. Jahrhundert hinein konnten Exoplaneten oft nur nach Faktoren wie Masse, Radius und Dichte klassifiziert werden. Auf der Dichte basierend wurden dann Vermutungen über die chemische Zusammensetzung angestellt, auch über diejenige der

Atmosphäre. Daneben galt natürlich die Oberflächentemperatur als sehr bedeutsam für die Wahl des Reiseziels. Sie hing wesentlich von der Entfernung zum zugehörigen Zentralgestirn ab, wobei hier vor allem die habitable Zone wichtig war. Denn nur im dauerhaft richtigen Abstand von der Sonne (Exzentrizität) konnte auf einem Planeten Wasser fortwährend in flüssiger Form existieren und so als Voraussetzung für ein erdähnliches Leben auf dessen Oberfläche dienen.

Vollkommen unbeantwortet blieben in den meisten Fällen aber Fragen nach der Flora und Fauna auf den Zielplaneten in der neuen Welt. Vor allem zum Thema ‚Intelligentes Leben' existierten meist nur vage Vermutungen. Obwohl die Aussagekraft der Indizes ESI^e und SEPHI^e ständig verbessert werden konnte, lieferten sie hierzu noch keine qualifizierten Informationen. Und so mussten sich die Auswanderer darauf vorbereiten, diesbezüglich mit allem zu rechnen, auch mit dem Undenkbaren.

Als eher unwahrscheinlich galt jedenfalls die Vorstellung von Zivilisationen, die technologisch weit genug entwickelt waren, um die Ankömmlinge selbst bei gutem Willen ausreichend zu unterstützen. Entsprechend galt es, die Ausstattung und die Zusammensetzung der ‚Karawanen' zu planen. So gehörten immer mindestens drei Schiffe pro Zielsternensystem zu einem Verband. Lebenswichtige Systeme waren folglich grundsätzlich wenigstens dreimal vorhanden, selbst wenn eins von den Raumschiffen überwiegend Material transportierte. Das allein schon erhöhte natürlich die Flugkosten pro Teilnehmer erheblich, so dass sich generell nur eine überschaubare Zahl von Menschen dieses Abenteuer leisten konnte. Dennoch gab es weit mehr ernsthafte Interessenten als freie Plätze."

Aang erinnerte sich an eine Erzählung seiner Mutter, dass deren kinderloser, alleinstehender Onkel einst sehr am Verlassen der Erde interessiert gewesen sei. Er soll aber schließlich nicht in der Lage gewesen sein, die geforderten Voraussetzungen zu erfüllen. So zumindest war ihm, Aang, als Kind die Geschichte erzählt worden. Er hatte lange Zeit keine Veranlassung, an der Richtigkeit der Darstellung zu zweifeln. Und das Thema war für ihn in der Folgezeit auch nie bedeutsam gewesen. Bis zu dieser Veranstaltung, bei der sich unvermittelt die folgende Diskussion ergab:

„Wie viele Menschen verließen denn unser Sonnensystem damals für immer?", hatte da einer der Teilnehmer aus dem Forum wissen wollen.

„Das waren exakt 146.250 Personen auf 1.950 Schiffen, also im Durchschnitt 75 Menschen pro Schiff", war die prompte Antwort der KI gewesen.

„Wie war die Verteilung nach Geschlechtern?", hatte jemand anderes wissen wollen.

„Sie entsprach in etwa derjenigen auf der Erde, ebenso das Durchschnittsalter pro Zielsternsystem. Das war allerdings kein Zufall, sondern von den Organisatoren so gewollt."

„Und wie waren die entsprechenden Werte bei den Interessenten?", hatte daraufhin Aang einem plötzlichen Impuls folgend gefragt.

„Eindeutig mit männlichem Schwerpunkt und überdurchschnittlich hohem Alter. Die detaillierten Werte sind der beigefügten Anlage zu entnehmen", so die Antwort der KI.

„Welche Erklärungen hat man dafür gefunden?" war weiter gefragt worden.

„Trotz aller Bemühungen um die sogenannte ‚Gender Equality', war es", so hatte Aang die KI argumentieren hören, „bis in die 60-er Jahre des vorigen Jahrhunderts in den meisten westlichen Demokratien nicht gelungen, die Führungsetagen in Wirtschaft und Politik nach Geschlechtern paritätisch zu besetzen."

„Aha", hatte eine Teilnehmerin diese Erklärung der KI kritisch kommentiert. „Die elitären Seilschaften der unverbesserlichen Egos funktionierten zu der Zeit also nach wie vor mit männlicher Energie. Und wie äußerte sich das?"

„Letzten Endes", hatte die KI geantwortet, „in der Weise, dass in diesen Kreisen die Erkenntnis nur schwer aufkommen wollte, dass die Antworten auf die gesellschaftlichen Herausforderungen nicht allein im Außen zu finden waren."

Aang hatte unwillkürlich wieder an seinen Großonkel denken müssen. Wären seine Eltern nicht ein paar Jahre zuvor gestorben, hätte er sie zu diesem Thema gerne noch einmal befragt. Was jetzt blieb, war ein vager Verdacht. Denn dieser entfernte Verwandte war ihm immer auch als recht wohlhabend beschrieben und einflussreich worden.

Natürlich wurden die Eliten spätestens seit Mitte des vorigen Jahrhunderts über Steuern und Abgaben erheblich stärker als jemals zuvor von der Gesellschaft zur Kasse gebeten. Dennoch drängten sich Aang plötzlich sehr massiv die folgenden Fragen auf: Was war aus den Nachfahren jener Menschen geworden, die damals nicht mit auswandern konnten oder durften? Wren die automatisch geläutert? Bestimmt längst nicht alle. Aber wo sind dann die Hartliner geblieben? Und um wie viele mochte es sich heute noch handeln? Der Agent spürte, dass hier womöglich eine heiße Spur existierte, die er besser nicht aus den Augen verlieren sollte. Vielleicht führte sie ihn sogar näher an die gesuchte Organisation DNS und deren Hintermänner heran.

Jetzt wurde er allerdings von X durch dessen engagierte Präsentation wieder aus seinen Gedanken gerissen und in der Geschichte um einige Jahrzehnte zurückgeführt.

*****

„Es waren im Grunde drei Entwicklungen", ging die KI gerade mit markanter Stimme auf Aangs letzte Frage ein, „die vor dem Hintergrund der drohenden Umweltkatastrophe den Ausschlag für ein massives gesellschaftliches Umdenken gaben. Die Richtungen, aus der sie kamen, waren allerdings unterschiedlich, teils vollkommen unerwartet und letzten Endes eher unpolitisch.

Da war zunächst einmal die *Generation Z*. Ihre Mitglieder wurden etwa zwischen 2000 und 2015 geboren und galten damit als die erste Generation der ‚Digital Natives'. Sie hatten also keinerlei eigene Erinnerung an die vordigitale Welt und konnten deshalb Vergleiche mit ‚der guten alten Zeit' nicht aus eigener Anschauung ziehen. Für sie war die Nutzung der neuen Technologien selbstverständlich. Schier unbegrenzte Möglichkeiten eröffneten sich ihnen auf den verschiedensten Gebieten gesellschaftlichen Interesses. Das galt zum Beispiel für Medizin, Mobilität, Ernährung, Kommunikation – aber auch für die Bewältigung von Umweltbelastungen.

Diese Generation hatte als erste den Ruf, zukunfts- bzw. potenzialorientiert zu sein. Das heißt, um auf Max Planck und die Umsetzung der quantenphysikalischen Erkenntnisse zurückzukommen, begannen die Gegner der Wahrheit jetzt endgültig auszusterben. Andererseits empfand sich die Generation Z auch nicht länger als Opfer gegebener gesellschaftlicher Umstände."

„Vollkommen verständlich. Ich habe auch noch nie von einem erfolgreichen Opfer gehört", unterbrach Aang schelmisch lächelnd die Ausführungen von X.

„Richtig", fuhr dieser eher unbeirrt fort. „Aus Work-Life-Balance wurde deshalb Life-Work-Balance. Und mit der Priorisierung des Lebens rückten die Mitglieder dieser Generation die Natur als das All-

Umfassende wieder eindeutig in den Mittelpunkt des gesellschaftlichen Interesses. Um ihren berechtigten Forderungen entsprechend Nachdruck zu verleihen, gingen sie deshalb schon als Schüler zum Protestieren auf die Straße und es bestand von Anfang an ernsthaft kein Zweifel an der Legitimation dazu. Denn es ging um nichts Geringeres als die Transformation der Gesellschaft im Angesicht einer bedeutenden Krise, namentlich der Klimakrise. Ihre Zukunftsaussichten, die damals von zahlreichen wissenschaftlichen Studien richtig beschrieben wurden, empfand die Generation Z schlichtweg als Zumutung.

Trotzdem wurde zunächst global weiter Klimapolitik betrieben und mit den Ressourcen für die Energiebedürfnisse der Menschheit umgegangen, als wären alle nur unbeteiligte Zuschauer. Die Verantwortungsdiffusion griff um sich. Staaten, Organisationen, Individuen: Alle wollten, dass erstmal die anderen handelten. Die Mitglieder der Generation Z ahnten jedoch, dass sie Gefahr liefen, in circa fünfzig Jahren ihren siebzigsten Geburtstag in einer Welt feiern zu müssen, die nicht nur mit den enormen finanziellen Folgen des Zerbrechens der Ökosysteme zu kämpfen hätte. Ihre Zukunft und die ihrer Kinder würde geprägt sein von humanitären Katastrophen, Kriegen um Ressourcen und von Flucht. Dabei waren sich viele von ihnen noch nicht einmal sicher, ob sie bei dieser Aussicht überhaupt Kinder wollten. Denn ein Planet B war zu der Zeit noch nicht in Sicht.

Das waren die Szenarien, die die Menschen hinter der wissenschaftlichen Formulierung ‚schwer abschätzbare Folgen' vermuteten. Sie beschrieben nicht weniger als den Zusammenbruch der Zivilisation. Sie malten zu Beginn des Jahrhunderts ein düsteres Bild von ihrem Leben in wenigen Jahrzehnten, sollte die Politik die dringend notwendige Veränderung nicht sehr bald einleiten.

Und während all das in den Industrienationen der Nordhalbkugel noch als Szenario skizziert wurde und der Lösung harrte, war genau diese Entwicklung zu Beginn der Zwanziger Jahre des letzten Jahrhunderts in etlichen Ländern der Südhalbkugel schon grausame Realität geworden: Unbewohnbar heiße Millionenstädte, großflächig überflutete Küstenregionen, katastrophal lange Dürreperioden, Wasserknappheit, Ernteausfälle, riesige unbeherrschbare Wald- und Buschbrände und als Folge all dessen Millionen von Klimaflüchtlingen. Alles auf einmal. Immer weiter, immer schlimmer."

Während dieses Teils des Vortrags lief das von X gesteuerte AHT-System quasi zur Höchstform auf: Aang saß unvermittelt neben X in irgendeinem einem fiktiven Fluggerät. Sie überquerten in großer Höhe das australische Kernland und konnten selbst von hier oben nur ausgetrocknete Steppe ohne jedes Leben erkennen. Das Bodenthermometer signalisierte eine Lufttemperatur von 51,5° Celsius und starker Wind entfachte Buschbrände und Staubwolken ungeheuren Ausmaßes. Von den Großstädten waren oft nur wenige Hochhausspitzen zu erkennen.

Der Flug ging weiter in Richtung Norden am abgestorbenen Great Barrier Riff vorbei und bald schon kamen die indonesischen Inseln in Sicht. Was aus großer Höhe noch eher normal aussah, entpuppte sich nach einem kurzen, aber heftigen Sinkflug, der Aang fast den Magen umdrehte, als von einem heftigen Taifun restlos verwüstetes Land. Unzählige Gegenstände, menschliche Leichen und Tierkadaver trieben in der noch immer aufgewühlten See und auf den Anhöhen der überfluteten Inseln sah man Überlebende um Hilfe winken.

Mit hoher Geschwindigkeit und wieder zurück in großer Höhe ging es weiter in westlicher Richtung über den indischen Ozean. Die Außenbord-Kamera fixierte ein Gebiet auf offener See und auf dem Bildschirm konnten Aang und X den Hinweis lesen: ,Ehemals Republik Malediven. Untergegangen 2031 nach erneutem Anstieg des Meeresspiegels aufgrund abgeschmolzener Polkappen.' Wenig später überflogen sie die äthiopische Hochebene und mussten mitansehen, wie sich zwei

Dorfgemeinschaften wegen des rar gewordenen fruchtbaren Landes bekriegten.

Über dem Mittelmeer folgten sie anschließend kurz einer wahren Flotte von Flüchtlingsbooten auf deren Weg nach Norden in Richtung Europa, bevor die Tour schließlich hoch über den Resten des brasilianischen Urwalds endete. Dort hatte die Entwaldung ein geradezu unglaubliches Ausmaß erreicht und damit zu einer massiven Bedrohung der Sauerstofferzeugung für die gesamte Erdbevölkerung beigetragen. Und als die beiden aus dem Fluggerät stiegen, fiel ihr Blick auf ein unübersehbar großes Plakat mit folgender Aufschrift: ERST DER SCHRITT ZUR VEGETARISCHEN ERNÄHRUNG WIRD DAS ÜBERLEBEN AUF DER ERDE WIRKLICH SICHERN.

„Die Mitglieder der Generation Z wuchsen heran und veränderten als Erwachsene die Gesellschaft", fuhr X mit seiner Analyse fort. „Sie begannen zu erkennen, dass die Bedeutung aller Dinge relativ ist. Dieses Relativieren der eigenen Wahrnehmung führte zu einem grundlegenden Umdenken. Sie sahen die Regeln des sozialen Zusammenlebens plötzlich mit Abstand. Sie hinterfragten kritisch, warum in ihrer Gesellschaft bestimmte Werte, Normen, Maxime und Rollenidentitäten als besonders wichtig galten und andere nicht. Wie es dazu gekommen war, dass die Gesellschaft, in der sie lebten, so strukturiert war, wie sie sie kannten. Sie zweifelten also Konventionen grundsätzlich an. Und bedingt vor allem durch die Digitalisierung – ich komme gleich noch gesondert darauf zurück – wuchs der Anteil der Zweifler in der Gesellschaft sprunghaft an.

Es entstand eine neue Art des Zusammenlebens, weil die Menschen sich nicht mehr ohne weiteres in stark arbeitsteilige, fremdbestimmte Strukturen begeben wollten. Stattdessen setzten sie sich verstärkt für eine Neubewertung der Arbeitsleistung nach lebensförderlichen Kriterien ein."

„Hatte dazu auch der wirtschaftsorientierte Umgang bei der Bewältigung von Naturkatastrophen und Epidemien beigetragen?", unterbrach Aang die KI.

„Ganz bestimmt", erwiderte X. „Denn in einer Welt des Just-in-Time-Kapitalismus gibt es aus Kostengründen keine Sicherheitsbevorratung. Eine Lehre, die vor allem die Ärmsten und Schwächsten immer speziell unmittelbar nach Ausbruch von Katastrophen teuer zu bezahlen hatten. Dann war nämlich der Einsatz der besonders schlecht bezahlten Berufe plötzlich systemrelevant und die Alten und chronisch Kranken waren oft die Opfer einer schlechten Versorgungslage."

„Erbärmlich und in der Tat alles andere als lebensförderlich", konstatierte Aang sichtlich angefasst.

„Die Mitglieder der Generation Z", fuhr die KI nach einem kurzen Innehalten fort, „wurden auch große Verfechter von Diversität. Sie unterstützten die Gleichwertigkeit sexueller Orientierungen, Ethnien, sozialer Schichten, Beziehungs- und Lebenskonzepte und aller Geschlechter.

Frauen überholten Männer: Die Auflösung geschlechtsspezifischer Rollenbilder und Karrierepläne war ein signifikantes Merkmal jener Zeit. Junge Frauen waren technologie-affiner denn je - und tendenziell besser ausgebildet als junge Männer. Viele Unternehmen merkten aber, dass Frauen vom Berufsleben andere Vorstellungen hatten: Sie wollten nicht um jeden Preis Karriere machen, sie wollten einen interessanten Arbeitsplatz. Sie wollten in Teams arbeiten und nicht in strikten Hierarchien. Und sie wollten Familie und Beruf miteinander verbinden.

Das Leistungsideal, wie man es bis dahin kannte, verlor merklich an Reiz. Die Menschen stellten sich bei ihrer Lebensplanung verstärkt die Sinn- oder Identitätsfrage. Das Prinzip ‚Leistung muss sich lohnen' galt nur noch bedingt. Geld und Status allein erschienen immer weniger lohnenswert. Es wurde stattdessen zunehmend wichtiger, sich selbst zu verwirklichen. Die Arbeitswelt alter Prägung stand dadurch vor großen Herausforderungen. In den Unternehmen verbreiteten sich Partizipation und Selbstorganisation. Uneingeschränkter Pluralismus schien allerdings zunächst die Entscheidungsprozesse zu erschweren.

Nach und nach wurden jedoch alle Lebensbereiche vom neuen Denken erfasst. Das bedeutete für die Menschen im Grunde genommen nicht weniger als einen totalen Wechsel der Blickrichtung: Die vom Verstand über Jahrtausende geprägte Außenbezogenheit wurde mehr und mehr durch Innen-Ansicht ergänzt. In dem Maße, wie das geschah, konnte auch endlich die neue Technologie auf Basis der Quantenphysik verstanden werden und verbreitet zur Anwendung gelangen.

Das nämlich war die zweite Entwicklung, die nachhaltig zur gesellschaftlichen Veränderung beitragen sollte: Eine sich exponentiell beschleunigende *Digitalisierung* in allen Lebensbereichen und auf allen Ebenen.

Und wieder einmal waren diejenigen zunächst am meisten überfordert, von denen sich die Menschen am ehesten eine Deutung der zu erwartenden Veränderungen versprachen: Politiker und Funktionäre vieler westlicher Industrieländer hielten sich in der bewährten opportunistischen Weise zunächst vornehm zurück. Man beobachtete, ob überhaupt und falls ja, dann in welcher Richtung, Art und Intensität gegebenenfalls Aktion erforderlich sein sollte. So ließ man seinerzeit gerne erst ein Problem entstehen, um dann als großer Retter auftreten zu können."

„Im Prinzip ein altbewährtes Geschäftsmodell", warf Aang ein.

„Für einige schon", erwiderte X. „Die Dimensionen, die sich allein schon hinter dem Begriff ‚Digitalisierung' verbargen, hatte man aber in jeder Beziehung vollkommen unterschätzt. Das Erste, was deshalb entstand, als man die aufkommende Zukunftsangst in der Bevölkerung vor den persönlichen Folgen der Digitalisierung dämpfen wollte, war Sprachlosigkeit. Denn selbst die Naturwissenschaftler waren längst an einem Punkt angelangt, an dem sie die Vorstellung davon aufgeben mussten, alles zu wissen. Sie bedienten sich bereits einer Ausdrucksform, die einem Gleichnis zu ähneln schien, die aber zunächst nur für die wenigsten zugänglich war. So hieß es:

,Die neue Wirklichkeit ist ganz anders, als wir sie uns bisher vorgestellt haben.

Materie ist im Grunde nicht Materie.

Die Welt ist aber auch nicht immateriell, sondern amateriell.

Es gibt nur noch innere Form oder Gestalt.

Diese Gestalt hat jedoch keinen Ort, an dem sie sich befindet.

Also ist die Welt das Eine und das Ganze.

Und die Zukunft ist nicht beliebig, sondern offen.'

Was sie im Grunde ausdrücken wollten, war, dass sie auf der Suche nach dem kleinsten Teilchen irgendwo die Materie verloren hatten. Denn im Inneren des Atoms fanden sie zwar eine Struktur, die einem Planetensystem glich. Aber die erhoffte Analogie funktionierte nicht – es war im Gegensatz zu unseren gravitativ zusammengehaltenen Planetensystemen nicht stabil. Und da war es passiert: Das widersprach vollkommen den bekannten Naturgesetzen der Mechanik."

„Toter Moment im Billardsaal", murmelte Aang.

„Was bitte", fragte irritiert die KI.

„Sorry, ich dachte gerade an eine skurrile Grafik, die zwei Billardqueues zeigt, die gleichzeitig auf eine Kugel zielen."

X ließ durch nichts erkennen, was er gerade von Aangs Humor hielt. Unbeeindruckt setzte er seine Ausführungen fort: „Kein Naturwissenschaftler in der Welt wollte sich aber die Blöße geben, zu behaupten, er hätte diese einfachen Gesetze nicht richtig verstanden und würde schon irgendwann auf die Lösung des Problems stoßen. Es gab daher nur eine Konsequenz: Die bisherigen Naturgesetze waren falsch und statt Materie gibt es letzten Endes nur noch eine Art Schwingung.

Und die Bewusstheit begann, sich in die Lüfte zu erheben.

Quer durch alle Wissenschaftsdisziplinen entwickelte sich ein umfassendes Begreifen der grundlegenden Verbundenheit. Überall Kooperation, Empathie, gegenseitige Abhängigkeit, Vernetzung und Felder statt Teilchen: Es gab keinen Bereich, der nicht betroffen gewesen wäre.

Die meisten westlichen Zivilisationen erlebten in der Folgezeit eine historisch bedeutsame, rasante Transformation. Die Politik wurde – ständig aufgeschreckt durch über das Internet stark vernetzte Influencer und neue Veränderungsprognosen der weltweit angesehensten Thinktanks – von den Entwicklungen einfach überrollt. Alles wurde – zunächst gerne mit Hilfe von Retrometaphern wie ‚Datenautobahn‘ oder ‚europäischer Airbus der KI‘ – thematisiert, nichts geregelt. Berühren, ohne anzufassen – so ging politische Illusionskunst. Anstatt frühzeitig durch gesellschaftsfördernde Rahmenbedingungen gestaltend den Prozess zu begleiten, gelangen nachträglich bestenfalls unzulängliche Kurskorrekturen."

„Tja", warf Aang ein, der sich an dieser Stelle an einen Ausspruch von Michail Gorbatschow erinnerte. „Es ist eben doch was dran, dass das Leben schon mal denjenigen bestraft, der zu spät kommt."

„Stimmt. In diesem Fall traf es wieder einmal vornehmlich die kleinen Leute, die einfachen abhängig Beschäftigten. Die verstanden es selbst dann als Vernichtung ihres bisherigen Status und als grundlegende Veränderung ihrer Routinen, wenn ihr Arbeitsplatz nicht direkt beseitigt wurde. Sie wandten sich daraufhin zunächst hilfesuchend in Scharen den Gewerkschaften zu – ohne allerdings zu erkennen, dass diese selbst längst ebenfalls vom Wirtschaftsliberalismus unterwandert waren.

Es erwischte aber auch in vergleichsweise großer Zahl ganz andere Personenkreise, deren Gelderwerb nicht unbedingt mit automatisierter Produktion in Verbindung stand und die obendrein eher akademisch ausgebildet waren: Manager, Ärzte, Ingenieure, Journalisten, Richter, Anwälte, Schriftsteller – kaum ein Berufsbild konnte es sich erlauben, vollkommen auf die Anwendung der neuen Technologien zu verzichten. Am längsten konnten noch einige handwerkliche Berufe auf den direkten Einsatz künstlicher Intelligenz verzichten."

„'Der Akademiker von heute ist der Proletarier von morgen', hat schon mein Opa immer zu mir gesagt", murmelte Aang.

„Nach ersten Anwendungen in vergleichsweise primitiven Suchmaschinen", ließ sich X auch jetzt nicht aus dem Konzept bringen, indem er den Einwurf Aangs als nicht zielführend bewertete, „explodierte um das Jahr 2020 herum in den USA und China die Zahl der Einsatzgebiete für Algorithmen. Es begann, zunächst von der breiten Öffentlichkeit weitgehend unbeachtet, mit revolutionären Erfolgen in der Biotechnologie und in der medizinischen Diagnostik.

Wissenschaftler eines amerikanischen Internetkonzerns beispielsweise gewannen mit einer lernenden Maschine einen internationalen Wettbewerb, bei dem es darum ging, die physische Form der Grundbausteine des Lebens auf Basis ihrer DNA vorherzusagen. Aus einer gegebenen Sequenz von Aminosäuren abzuleiten, welche dreidimensionale Gestalt ein komplexes Protein haben wird, galt seinerzeit noch als extrem schwierig. Das siegreiche System sagte immerhin deutlich mehr als die Hälfte der gegebenen Proteinstrukturen korrekt voraus.

Außerdem arbeitete die siegreiche KI für diese Art von Aufgabe für damalige Verhältnisse atemberaubend schnell, denn die Maßzahl für die eingesetzte Rechenleistung hatte sich in den vorangegangenen Jahren im Schnitt alle dreieinhalb Monate verdoppelt. Das lag nicht zuletzt daran, dass es mittlerweile speziell für neuronale Netze entwickelte Chips gab, die für das massive parallele Rechnen optimiert waren, das diese Systeme brauchten.

Das geschah zu einer Zeit, als in Europa über die digitale Transformation immer noch verbreitet so gesprochen wurde, wie über das Internet bis dato immer gesprochen worden war – als gäbe es jetzt bloß neue Lösungsvarianten für alte Problemstellungen. Inkrementelle Veränderungen. Das Auto würde künftig auch autonom fahren und die Getränke würde man sich irgendwann nicht mehr selbst holen müssen. Aber wer sollte das schon ernsthaft wollen."

„Klingt so, als schien den Europäern alles ein bisschen wie seinerzeit die Dampfmaschine, nur eben schneller", konnte sich Aang nicht verkneifen anzumerken. X ließ sich jedoch nicht vom Thema abbringen und ging nicht weiter auf diesen sarkastischen Einwurf ein. Stattdessen führte er Aang in wilder Hatz durch das Innenleben eines Quantencomputers, als wären die beiden zwei Elektronen in einem Teilchenbeschleuniger. Dabei fuhr er konsequent mit seiner Analyse fort:

„Fehler bei der Proteinfaltung sind, das wissen wir heute selbstverständlich, verantwortlich für schwere Krankheiten wie Alzheimer oder Parkinson. Die kennen wir heute nur noch aus den medizinischen Analen. Ende der zwanziger Jahre des vorigen Jahrhunderts jedoch war man stolz darauf, erstmals entdeckt zu haben, welche Proteinstruktur aus einer gegebenen DNA-Sequenz entsteht. Bald darauf gab es allerdings schon erheblich leistungsfähigere, global vernetzte Quantencomputer, mit deren Hilfe dann Algorithmen erste Designerproteine für konkrete Aufgaben entwerfen konnten: Medikamente entdecken und produzieren, Plastik zersetzen, Wasser reinigen, Retortenfleisch erzeugen, was auch immer. Alles schien möglich. Und seit den 40er Jahren des letzten Jahrhunderts schlucken die Menschen ja bekanntlich nur noch Medikamente, deren Bauplan eine KI entworfen hat. Das Problem des Plastikmülls existiert seither ja auch nicht mehr, ebenso wenig wie Wasser- oder Hungersnot irgendwo auf der Erde."

„War zu der Zeit der Schadstoffausstoß von Automobilen eigentlich noch ein Thema?" wollte Aang noch wissen.

„Glaubst Du ernsthaft, die Generation Z hätte noch Verbrennungsmotoren kaufen wollen?", kam von X die lakonische Gegenfrage. „Die digitale Wirtschaft gaukelte den Menschen damals gerne vor, in jeder Hinsicht innovativ zu sein, doch tatsächlich produzierte sie in erster Linie nur neue Möglichkeiten der Ausbeutung und Überwachung. Selbst Elektroautos der ersten Generationen wurden deshalb von den Menschen kritisch als Übergangsdroge gesehen. Denn vor allem die Batterieproduktion und der Ladevorgang waren doch emissionsmäßig abhängig vom Mix des technischen Standards der Stromlieferanten – fossile versus erneuerbare Energien eben.

Wirkliche Entspannung trat in dieser Hinsicht erst mit dem Vordringen der ‚Wasserstoffautos der dritten Technologiestufe'e ein. Bis dahin waren eher neue Verkehrsformen gefragt, für die die Generation Z mit ihrer ‚Sharing-Mentalität' in gewisser Weise eine Vorreiterrolle übernommen hatte: ‚Nutzen statt Besitzen' war ihre Devise. Dahinter stand natürlich die Philosophie ‚Sein statt Haben', mit der sie letzten Endes nicht nur die Mobilität beeinflussten. Vor dem Hintergrund der Umweltproblematik ging es ihnen in der Folge vielmehr um ein wirklich gerechtes System. Und diese Frage wurde zunehmend nachdrücklicher gestellt.

Denn bis dato bestimmte noch immer die neoliberale Doktrin weitgehend das Denken und Handeln der Menschen. Selbst wenn sie zur Tarnung und als Zeichen ihrer großen Anpassungsfähigkeit inzwischen gerne mit ‚Digitaler Kapitalismus' gekennzeichnet wurde – das ‚Framing' hatte auch sonst im Kern an der Ideologie nichts geändert. Was mich schließlich zum dritten bedeutenden Einflussfaktor der gesellschaftlichen Veränderung jener Zeit bringt, nämlich einer wirtschaftlichen Zwangsläufigkeit: *Sparende Unternehmen.*"

„Was bitte habe ich jetzt darunter zu verstehen?" hakte Aang ein. Er war zwar Agent einer Spezialeinheit der Wirtschaftspolizei, hatte sich allerdings während seines Studiums und in seiner darauffolgenden beruflichen Entwicklung schwerpunktmäßig mit soziologischen und psychologischen Fragen der Ökonomie beschäftigt. „Und warum war das so ungewöhnlich, dass es schließlich mitentscheidend für einen Systemwechsel wurde?"

„Jeder Wirtschaftsraum – also gewöhnlich ein Staat oder ein Staatenverbund – umfasst die Wirtschaftssubjekte Private Haushalte, Unternehmen und Staat", erklärte X geduldig. „In der Volkswirtschaftslehre berücksichtigt die Leistungsbilanz alle Einnahmen und Ausgaben einer Volkswirtschaft, darunter als Indikator für das Außenverhältnis auch die Exporte und Importe von Gütern und Dienstleistungen. Der Saldo dieser Leistungsbilanz stellt eine entscheidende volkswirtschaftliche Kennzahl zur Bewertung der Leistungsfähigkeit eines Wirtschaftsraums dar.

Betrachten wir einmal nur die großen Wirtschaftsräume wie die USA und Europa, für die der Außenhandel keine entscheidende Rolle mehr spielte - für die Welt insgesamt gab es im Übrigen ja auch gar keinen

Außenhandel. In der Regel sparten dort die privaten Haushalte, was Ausdruck privater Vorsorge war. Das heißt, sie erzielten in Summe einen Einnahme-Überschuss über ihre Ausgaben. Demgegenüber verschuldeten sich in der Zeit vor der Ausbreitung des Neoliberalismus in den 50er und 60 Jahren des 20. Jahrhundert gleichzeitig die Unternehmen, um die notwendigen Investitionen tätigen können. Dieser Sektor hatte also, abgesehen von temporären Schwankungen, eher einen Ausgaben-Überschuss über seine Einnahmen.

Der Staat war in jener Zeit der ausgleichende Faktor, um den Saldo der Leistungsbilanz bei null zu halten. In den Kreisen der Wirtschaftsexperten war man sich über alle geographischen und ideologischen Grenzen hinweg über das Bild vom vorsorgenden Staat einig: Er musste in der Krise oder in der Rezession antizyklisch agieren, was umgekehrt aber auch für den Aufschwung galt. Da musste der Staat sparen und mit Hilfe von Überschüssen seine Schulden sogar absolut verringern. Denn es galt zu verhindern, dass er dauernd steigende Schuldenstände verbuchte, die auf lange Sicht untragbare Zinslasten mit sich brachten.

Spätestens zur Jahrtausendwende brauchte allerdings niemand mehr darüber zu philosophieren, ob und wie schnell der Staat ,die guten Zeiten' nutzen sollte, um seine Verschuldung in Grenzen zu halten. Es gab die guten Zeiten einfach nicht mehr. Die Unternehmen waren so stark und so einflussreich geworden, dass sie sich in Summe nicht mehr in die Position des Schuldners zurückdrängen ließen. Als direkte Folge der neoliberalen Revolution drohten die Staatsschulden ins Unermessliche zu wachsen und damit die westlichen Gesellschaften in die Katastrophe zu führen."

„Ich hatte zwar schon mal davon gehört, aber mir war gar nicht klar, wie bedrohlich die Situation seinerzeit war. Hat denn niemand diese Entwicklung kommen sehen und etwas dagegen unternommen?" wollte Aang wissen.

„Schon, aber auf die wurde lange nicht gehört. Und so verschärften die Unternehmen noch das Sparproblem, anstatt es zu lösen. Dabei bestand es doch offensichtlich aus einer gerade wegen des Sparens zu geringen gesamtwirtschaftlichen Nachfrage. Diese Situation war in der Tat mehr als bedrohlich. Denn sparende Unternehmen, die den Staat aufgrund ihrer Macht gleichzeitig zum Zurückfahren der Staatsverschuldung drängen, bilden bei gegebener positiver Spareigung der privaten Haushalte eine Konstellation, die aus logischen Gründen nicht möglich ist. Unmöglichkeitsszenarien dieser Art sind jedoch geeignet, jedes System innerhalb kurzer Zeit kollabieren zu lassen."

„Und warum kam es nicht sofort zum Kollaps?"

„Vorübergehend glaubte man", antwortete X, „in einigen Ländern scheinbar ernsthaft, das Problem über das bewusste Drücken der Löhne lösen zu können. Denn damit kurbelte man den eigenen Export an und trieb das Ausland in die Rolle des Schuldners. Man schürte also die Angst vor Niedriglohnländern und tat unter Verweis auf die Notwendigkeit zur ‚Verbesserung der Wettbewerbsfähigkeit' grundsätzlich das gleiche. Diese merkantilistische, kleinstaatliche Denkweise angepasster Politiker und ihrer Unterstützer in Wissenschaft und Medien konnte natürlich keine dauerhafte Lösung sein. Erstens generierte sie mehr Verlierer als Gewinner in den betroffenen Volkswirtschaften und zweitens war sie nicht global anwendbar: Die Welt als Kugel kannte wie gesagt kein Ausland."

„Will heißen: Wenigstens einer musste in Summe das verlieren, was ein anderer gewonnen hatte. Stimmt´s?" fragte Aang.

„So etwa. Zumindest was das finanzielle Verhältnis zwischen den Staaten anbelangte."

„Was war dann daran so schwer zu begreifen? Damals waren meines Wissens doch auch noch diese Konkurrenzsportarten wie Fußball oder Eishockey sehr beliebt. Richtig?"

„Ja. Und?" Jetzt wusste X mal wieder nicht, worauf Aang hinauswollte.

„Na, da hätte man den Experten doch auch nicht geglaubt, wenn sie im Vorhinein behauptet hätten, am nächsten Spieltag würden alle Mannschaften einer Liga mit 1:0 gewinnen."

„Witzig. Aber gar nicht so verkehrt der Vergleich", bestätigte X mit typisch gedämpfter maschineller Begeisterung. „Ist damals offenbar niemandem eingefallen oder er konnte nicht hinreichend in der Öffentlichkeit verbreitet werden. Anderenfalls hätte die kritische Auseinandersetzung mit der Thematik womöglich viel eher eingesetzt.

So wurde sie vom Mainstream des Neoliberalismus noch einige Jahre lang schlichtweg ignoriert. Selbst auf die Hinweise aufgeklärter Wissenschaftler das Phänomen der sparenden Unternehmen betreffend erfolgte keine Reaktion der Verantwortlichen. Die lagen zwar in der Sache vollkommen daneben, hatten aber immer noch die Mehrheit der Menschen auf ihrer Seite. Denn mangels wahrhaftiger Deutung des Schuldenproblems, was in Wirklichkeit – Achtung ‚Framing'! – ja eigentlich ein durch die Eliten verursachtes Guthabenproblem war, konnte die Masse es einfach nicht verstehen."

„Weil man ihnen nie gesagt hatte, dass Schulden nichts mit Schuld zu tun haben und Guthaben nicht per se gut sind. Denn gesamtwirtschaftlich gesehen ist der Saldo aus Schulden und Guthaben immer gleich Null."

„Richtig."

„Und wie löste sich das Ganze letzten Endes auf?", wollte Aang wissen.

„Nun, die Welt der Eliten war definitiv keine Erfindung ihrer Kritiker, sondern eine Erfindung der Eliten selbst", antwortete X. „Und so durfte es seinerzeit niemanden verwundern, dass vielerorts zunächst damit begonnen wurde, dem Konsumenten die Ersparnisse abzujagen. Getreu dem kapitalistischen Motto ‚Privatisierung der Gewinne und Sozialisierung der Verluste' sanken die Zinsen ins Negative. Denn die Zentralbanken versuchten so, die Kreditaufnahme und damit die Wirtschaft insgesamt zu befeuern. Die Unternehmen waren aber als Nettosparer inzwischen in der Lage, notwendige Investitionen aus ihrem angehäuften Vermögen zu begleichen. Und die Staaten wollten sich aus Angst vor den finanziellen Folgen eines langfristigen Schuldenabbaus nicht mehr neu verschulden."

„Aha. Alles schielte also auf den Verbraucher, der die Nachfrage stimulieren sollte. Was der aber aufgrund niedriger Einkommen nicht konnte und im Angesicht der durch niedrige Zinsen dahinschmelzenden Ersparnisse auch nicht wollte, richtig?", fragte Aang.

„Genau", fuhr X fort. „Damit kam aber die Abwärtsspirale erst so richtig in Schwung. Gleichzeitig wuchs mit dem stetigen Auseinanderklaffen der Einkommensschere zwischen Reichen und Armen der Sozialneid auch in den westlichen Industriegesellschaften. Der Druck auf die Eliten stieg. Sie wurden namentlich im Zusammenhang mit ihren Versäumnissen beim Umweltschutz der breiten Öffentlichkeit bekannt gemacht und für die verursachten Schäden rechtlich zur Verantwortung gezogen.

Als Konsequenz daraus erlaubten die Eliten bereits in den dreißiger Jahren des vergangenen Jahrhunderts auf wirtschaftlicher Ebene die Entwicklung einer Ökonomie, die sich mehr am Wohle aller orientiert.

Die wies jedoch zunächst noch deutliche Gemeinsamkeiten mit dem Kapitalismus alter Prägung auf. Erst mit Fortschreiten des Klimawandels und der Digitalisierung kam Bewegung in das System.

Denn sowohl die physischen Lebensbedingungen als auch das Verhältnis der Menschen zur Arbeit veränderten sich grundlegend, wodurch in den 50er Jahren des letzten Jahrhunderts jene freiheitliche, aufgeklärte Gesellschaftsordnung entstand, auf der die heutige fußt. Darin bekam die Ökonomie auch schon damals mehr und mehr eine untergeordnete, dem Leben und dem Menschen dienende Bedeutung."

„Dass darin auch das Horten von Geld zu niederen Zwecken des Machtgewinns obsolet geworden ist, versteht sich von selbst", ergänzte Aang. „Ebenso wie die Existenzberechtigung der Eliten an sich, die ja dann mit der Bezahlung ihres eigenen Exodus freundlicherweise die letzte Chance genutzt haben, Teile ihres Geldvermögens hier auf der Erde einer sinnvollen Verwendung zuzuführen."

C) SYSTEMFEHLER

Aang saß wieder an seinem Arbeitsplatz, als Maxim ins Büro kam. „Und? Wie war's mit deiner KI?", fragte der sichtlich genervt, aber neugierig, „bist du weitergekommen?"

„Ich bin mir nicht sicher", gab Aang zurück. „Und wie sieht's bei dir aus? Irgendwas Neues?"

„Fehlanzeige. Leider."

„Also", begann Aang zu berichten, weil er Maxim inzwischen gut genug kannte, um zu wissen, dass von dessen Seite aktuell nichts Erhellendes zu erfahren war, „konkrete Informationen über eine Organisation mit der Bezeichnung DNS gibt es erwartungsgemäß keine. Wir haben dann versucht, uns dem Thema, also einer möglichen Zielgruppe, auf Umwegen zu nähern. Im Wesentlichen ging es um den Kapitalismus des 20. und 21. Jahrhunderts, seine extremsten Auswüchse und die Folgen für die Menschen.

Ich habe mir die Session mit der KI inzwischen jetzt schon zum dritten Mal reingezogen, davon zweimal ohne Bild und ohne Virtual Reality. Nichts. Ich finde einfach keinen Ansatzpunkt, der konkret auf bestimmte, wiederkehrende Eigenschaften von Personen hinweist. Auch die Textanalyse inklusive Syntax- und Semantikinterpolation durch den Algorithmus hat mich nicht weitergebracht."

Nach kurzem Überlegen entschieden sich die beiden dafür, die Session noch einmal gemeinsam anzusehen. Mehrfach stoppten sie die Aufzeichnung und ließen sie zurücklaufen, um gewisse Sequenzen genauer zu analysieren. Das Gleiche bei der Textanalyse. Das Ergebnis blieb ernüchternd. Auch Maxim war zunächst ratlos und starrte gedankenverloren ins Leere.

Dann überlegte er laut: „Dein Freund X hat die Geschichte offensichtlich weitgehend subjektiv dargestellt. Ich bezweifle damit nicht, dass sie sich so zugetragen hat. Aber eben doch nur aus einer bestimmten Sichtweise heraus. Nämlich aus derjenigen dessen, für den sich das Ende, in diesem Fall das Ende des Neoliberalismus, in einer ganz bestimmten Weise darstellt."

Aang dachte einen Moment lang über die Worte seines Kollegen nach und fragte zurück: „Du meinst, ich habe mit meinem Wissen über die jüngere Menschheitsgeschichte die Herleitung von X aus der Vergangenheit selbst provoziert? So etwa nach der quantenphilosophischen Erkenntnis von Heisenberg, wonach der subjektive Beobachter die scheinbar objektive Wirklichkeit verändert?"

„Genau. Entscheidend ist immer, welches Bewusstsein auf das Geschehen einwirkt – der Geist formt eben die Materie. Und du wusstest um das Ende des globalisierten Neoliberalismus vor dem Hintergrund der Klimaproblematik zur Mitte des letzten Jahrhunderts. Dir waren alle sich aus der damit verbundenen Priorisierung der Natur ergebenden Folgen für die weitere gesellschaftliche Entwicklung bewusst. Genauso sind dir die Lösungen bekannt gewesen, die die neuen Technologien sowohl für das Zusammenleben der Kulturen, als auch für die Stabilisierung des Klimas in der Welt geliefert haben. Alles entscheidende Schritte auf dem Weg der Menschheit hinauf zu ihrer heutigen Entwicklungsstufe: Ein wachsendes Plus-Summen-Spiel für alles Lebendige. Inszeniert durch die Kombination aus Differenzierung einerseits und kooperativem Zusammenspiel von Verschiedenartigem andererseits."

„Wow, Mann, das hast du aber jetzt schön gesagt. Stammt die Formulierung etwa von dir?", unterbrach Aang Maxim sichtlich angetan, jedoch mit leicht ironischem Unterton.

„Nicht direkt … ähm … ich weiß im Moment nicht genau, woher ich sie habe. Fällt mir aber vielleicht gleich wieder ein. Lass mich mal eben den Gedanken zu Ende bringen", antwortete Maxim jetzt sichtlich erregt. „Dieses Plus-Summen-Spiel muss sich natürlich mehr als nur verträglich für alle erweisen. Der Vorteil des einen muss im Durchschnitt auch zum Vorteil des anderen gereichen."

„Verstehe. Es darf also nicht so sein wie damals, als bestimmte Gruppen von Menschen die eine oder andere Eigenschaft als wichtiger oder wertvoller definierten, sie deshalb auf Teufel komm raus globalisierten und gleichzeitig alles andere unterdrückten."

„Genau."

„Aber um das zu unterbinden, gibt es doch heutzutage ausgefeilte Kontrollsysteme, oder nicht?"

„Sollte man meinen", antwortete Maxim mit deutlichem Zweifel in der Stimme. „Andererseits ist bekannt, dass kein System zu 100 Prozent sicher ist."

„Aha!", Aang war jetzt hellwach. „Der Auftrag lautet also neu: Findet den Fehler."

„Ja, und zwar zunächst bei den Menschen und dann im System, denn ..."

Ein eingehender Video Call unterbrach Maxim. Als er die Person auf dem Display seines Kommunikationssystems erblickte, bemerkte er lächelnd zu Aang: „Jetzt weiß ich wieder, woher die Formulierung vorhin stammte." Und per Knopfdruck generierte er gleichzeitig eine Rückrufantwort im System, die etwa besagte, dass er sich in Kürze melden würde.

„Mia. Davids Witwe", erklärte Maxim.

„Ah. Und von ihr hast du diese Formulierung vom Plus-Summen-Spiel für alles Lebendige?", fragte Aang.

„Nein. Von David. Der hatte einfach ein Faible für das Philosophische."

„Woran hat David eigentlich hier vor seinem Unfall genau gearbeitet? Ihr wart doch damals auch ein Team", wollte Aang wissen, während er wie abwesend auf die Projektionsflächen starrte.

„Klar waren wir ein Team. Aber unser Aufgabenspektrum war seinerzeit weiter gefasst als heute, so dass jeder mehr für sich allein arbeiten musste. Nein, ich weiß zwar, worauf du hinauswillst, muss dich jedoch enttäuschen: War ein ganz anderes Thema, mit dem sich David damals beschäftigte. Es ging, wenn ich mich recht entsinne, um KI-Spionage. Der Fall wurde nach seinem Tod von zwei Spezialisten des

Unfalluntersuchungsteams übernommen und bevor du kamst abgeschlossen."

„Wieso vom Untersuchungsteam?"

„Na, man wollte einfach jeden Verdacht auf einen Zusammenhang zwischen Davids Todesursache mit seiner Arbeit hier ausschließen. Jeder Verdacht auf Mord sollte also trotz aller Indizien, die ohnehin klar für einen Unfall sprachen, ausgeschlossen werden. Und zwar von neutralem Personal."

„Ziemlich aufwendig, oder?", diagnostizierte Aang.

„Schon", antwortete Maxim, „aber eben auch sicher."

„Klar. Du meinst, so sicher wie ausgefeilte Kontrollsysteme, nicht wahr?"

3. REISE IN DIE STILLE

A) DER STELLVERTRETER

Mia saß allein in einer ruhigen Ecke der Cafeteria im Parlamentsgebäude des EEP. Wie schon so oft in den letzten Stunden hing sie ihren Gedanken über die jüngsten Ereignisse nach. Ihr Leben hatte sich abrupt verändert und sie war jetzt vorrangig darum bemüht, wieder Struktur, Übersicht und Gelassenheit hinein zu bekommen. Der Ort, an dem sie zukünftig hauptsächlich zu wirken gedachte, schien ihr dazu am besten geeignet; zumindest eher, als ihr Apartment, in dem sie sich aktuell so gar nicht mehr wohlfühlte.

Gleich am Morgen nach der Rückkehr in ihre Wohnung hatte sie als erstes eine Nachricht an das West-Krankenhaus abgesetzt. Sie sagte das Exklusivinterview zu ihrer Nahtoderfahrung ab. Als Begründung hatte sie auf Hals Empfehlung hin angeführt, schon mit diversen Leuten, darunter einer vertrauten Psychotherapeutin, darüber gesprochen zu haben. Von der Klinik erhielt sie umgehend eine Eingangsbestätigung ihrer Mitteilung. Wie üblich war die versehen mit Standardfloskeln, dass man die Nachricht an die zuständige Person/Abteilung weiterleiten und diese sich bei Bedarf bei ihr melden würde.

Mia fühlte sich danach sehr erleichtert. Hal hatte nämlich argumentiert, dass sie dadurch vor allem Problemen aus dem Weg ging, die ihr aus dem Auslassen der Begegnung mit David in ihrem Bericht eventuell erwachsen könnten. Denn es war davon auszugehen, dass das Interview von einer KI geführt oder begleitet worden wäre, zu deren Ausstattung mit Sicherheit ein sehr effektiver Lügendetektor gehört hätte. Auch Luca war mit ihrer Entscheidung einverstanden gewesen. Er konnte ja ohnehin seine Skepsis gegenüber dem Forscherteam aus der Klinik nicht verhehlen. Stichhaltige Gründe für sein Misstrauen brachte er allerdings auch nicht vor.

Mia empfand große Dankbarkeit gegenüber ihrem Bruder und dessen Team bei AIE. Sie alle hatten sich nach der 'Entführung' aus ihrem verwanzten Apartment rührend und wie selbstverständlich um sie und ihre Belange gekümmert. Mia hatte aber schließlich doch darauf bestanden, die mit dem Ausspionieren verbundene Verletzung ihrer Persönlichkeitsrechte der Polizei zu melden. Zu diesem Zweck war sie heute mit Maxim, Davids Ex-Kollegen, verabredet.

Ihre Gedanken flohen in diesem Moment zurück in die Zeit, bevor sie David kennengelernt hatte. Damals, vor gut 10 Jahren, hatte sie eine kurze aber heftige Liaison mit Maxim. Sie hatte ihn auf einer Party kennengelernt und sich Hals über Kopf in ihn verliebt. Über die Phase des Verliebtseins ging es aber nicht hinaus, weil sie sehr bald begriff, dass Maxim überhaupt nicht beziehungsfähig war. Er war nur sexsüchtig. Keine Basis für Mia, die seinerzeit nichts sehnlicher, als die große Liebe suchte – und erst Jahre später mit David finden durfte.

Seither hatte sie Maxim nur sehr selten wiedergesehen. Meist waren es Kollegentreffen mit Partnern. David wusste von Anfang über ihre beendete Beziehung zu dessen Kollegen Bescheid – das war Mia sehr wichtig gewesen. Und Maxim verhielt sich ihr gegenüber bei diesen Gelegenheiten stets so, als sei nie etwas zwischen ihnen gewesen: korrekt, freundlich, aber weitgehend unverbindlich. So auch auf der Bestattung von David vor wenigen Wochen, wo sie ihn das bislang letzte Mal getroffen hatte. Offenbar war ihm ihre Beziehung wirklich nicht näher gegangen. Denn David hatte gelegentlich erwähnt, dass Maxim noch immer die Frauen wechselte wie andere Männer die Hemden.

Und sie selbst? Mia war sich nicht sicher, wie sie heute auf Maxim reagieren würde, wenn sie sich unter gänzlich anderen Bedingungen wiedersehen würden. Mit reichlich gemischten Gefühlen im Bauch verließ sie die Cafeteria und machte sich auf den Heimweg.

*****

Als sie die Wohnungstür öffnete, stand Mia unverhofft einem fremden Mann mit asiatischen Gesichtszügen gegenüber. Bevor sie erschrocken die Tür wieder zuschlagen konnte, hörte sie ihr Gegenüber freundlich sagen:

„Entschuldigung, ich komme in Vertretung von Maxim."

Und als der Türspalt wieder größer wurde, ergänzte er lächelnd, den Dienstausweis des FBECI gut sichtbar vor sich haltend:

„Mein Name ist Aang. Ich bin der neue Kollege von Maxim. Ich dachte, er hätte dich informiert. Tut mir leid, wenn ich ungelegen komme. Ich…"

„Nein, nein. Schon okay. Komm bitte herein", fiel ihm Mia ins Wort, und als die Wohnungstür sich hinter den beiden geschlossen hatte, fuhr sie fort: „Ich muss mich für diesen unhöflichen Empfang entschuldigen. Zu blöd von mir, nicht einmal auf das Türdisplay zu schauen. Aber ich war so sicher, dass es Maxim sein würde … tut mir leid."

Aang hielt unvermittelt ein kleines Display in der Hand und bedeutete Mia mit eindeutiger Geste, den durchlaufenden Text zu lesen: WIR HABEN SOEBEN DEINE WOHNUNG GESCANNT. SIE IST VERWANZT. BITTE BLEIB RUHIG UND FOLGE MEINEN VORSCHLÄGEN UND ANWEISUNGEN. WIR MÜSSEN ANDERNORTS SPRECHEN.

Gleichzeitig sprach Aang unverbindlich und gelassen weiter, während er scheinbar interessiert umherblickte: „Sehr hübsch hier. Wirklich sehr geschmackvoll eingerichtet alles. Und das Apartment liegt ja auch in einer sehr ruhigen Gegend, stimmt's?"

Mia kämpfte sichtlich mit ihren Gedanken und Gefühlen. Was hatte das jetzt schon wieder zu bedeuten? Verwanzt?! Luca hatte doch gesagt, ihre Wohnung sei wieder sauber. Sie versuchte, so schnell wie möglich die Fassung zurück zu erlangen und antwortete, allerdings noch leicht geistesabwesend: „Ähm, ja, ausgesprochen ruhig hier. Manchmal vielleicht sogar zu ruhig.“

Und bei dem warnenden Blick von Aang, der offensichtlich den Wink auf die unbemerkten Eindringlinge verstanden hatte, ergänzte sie schnell: „Wenn man die etwas eingeschränkten Möglichkeiten der Freizeitgestaltung hier in der Gegend bedenkt.“

„Aber es gibt doch sicherlich genügend Einkaufsmöglichkeiten und Restaurants in der Nähe, oder?“

„Geschmacksache. Für den täglichen Bedarf reicht es allerdings.“

„Na dann hoffe ich mal, dass ich bei meiner Tischbestellung für uns beide heute Abend deinen Geschmack getroffen habe“, erwiderte Aang freundlich lächelnd und fragte dann: „Bist du soweit? Können wir gehen?“

„Ähm, ja, natürlich“, kam Mias leicht zögerliche Antwort. Immerhin hatte sie sich den weiteren Verlauf des Tages ursprünglich doch etwas anders vorgestellt. Wie eigentlich genau, wusste sie auch nicht. ‚Wahrscheinlich ist es sogar besser so, dass Maxim nicht selbst kommen konnte‘, dachte sie und wunderte sich, woher trotzdem die Nervosität in ihr kam. Sie stellte ihre Gedanken zurück, griff kurzentschlossen zu einer Jacke und ihrer Tasche und folgte Aang, der bereits an der Wohnungstür stand.

Im Treppenhaus wurde der Agent sehr ernst, als er flüsternd zu Mia sagte: „Bitte vertrau mir, Mia, auch wenn dir das jetzt alles sehr mysteriös erscheint. Nur kurz so viel: Du und dein Kind, ihr seid in großer

Gefahr und es ist äußerste Eile geboten, euch in Sicherheit zu bringen. Maxim weiß von dieser Aktion nichts, denn er steht unter dem dringenden Verdacht, als Maulwurf in unserer Behörde zu agieren. Komm bitte. Ich bringe dich jetzt zu deinem Jungen. Gewisse Dinge, die du dringend aus der Wohnung benötigst, können wir dir möglicherweise später holen."

Ohne der erschrockenen Mia die Zeit zu einer Erwiderung zu geben, fasste Aang sie an der Hand und zog sie mehr oder weniger die Treppe hinauf dem Dachgeschoss entgegen. Dabei legte er ein derartiges Tempo an den Tag, dass Mia sehr schnell aus der Puste kam und die vielen Fragen, die ihr inzwischen durch den Kopf schwirrten, überhaupt nicht stellen konnte.

Insbesondere machte sie sich große Sorgen um Julian, ihren kleinen Sohn. Was war mit ihm? Wer kümmerte sich um seine Sicherheit? Würde sie mit Aang gemeinsam gleich im Krankenhaus vorbeifahren, um das Baby mitzunehmen? Wie sollten sie ihn denn aber überhaupt transportieren können? Er benötigte doch noch den Brutkasten...

An der Sicherheitstür zum Flachdach angelangt blieb Aang abrupt stehen, so dass Mia wieder etwas zu Atem kam. Wenn sie aber geglaubt hatte, dies wäre jetzt die Gelegenheit, Aang zur Rede zu stellen, sah sie sich getäuscht. Der Agent bedeutete ihr mit dem Finger vor dem Mund, zu schweigen und die Ruhe zu bewahren. Kurz schien er zu horchen, ob irgendwelche auffälligen Geräusche zu vernehmen waren. Dabei starrte er wie gedankenverloren vor sich hin.

Mia kannte diesen Blick und wusste, dass ihr Gegenüber gerade über seine Augenlinse Informationen empfing. Dann verfolgte sie aufmerksam, wie der Agent sich umdrehte, den Sicherheitshebel behutsam hinunterdrückte und geräuschlos die Tür um einen winzigen Spalt öffnete. Gleichzeitig zog er mit der anderen Hand etwas aus der Jackentasche, was wie eine verkleinerte Boccia-Kugel aussah. Er bückte sich, ließ das Objekt geschickt am Boden durch den Türspalt gleiten und schloss danach schnell die Tür.

„Wir werden in wenigen Augenblicken erfahren, ob unser Taxi schon da ist und ob es freie Fahrt hat", flüsterte Aang vieldeutig. Dann schwieg er und blickte wieder konzentriert vor sich hin. Allmählich brach die Nacht herein.

Mia verhielt sich ruhig, obwohl ihr eigentlich überhaupt nicht nach schweigen zumute war. In ihr wuchsen sekündlich die Sorgen um ihr Baby und verdrängten zunehmend die Fragen nach ihrem eigenen Wohlergehen. Befand sich Julian noch im West-Krankenhaus? Von wem oder was wurde er bedroht? Ein neugeborenes, unschuldiges Kind? Und noch etwas Anderes beunruhigte sie allmählich: Wieso konnte sie keinen Kontakt zu Hal herstellen? Bei AIE hatte man ihr doch zuletzt noch diese neuartige Linse eingesetzt und ihr beigebracht, durch eine bestimmte Pupillenstellung bzw. Fixierung eines bestimmten Punktes im Blickfeld den unmittelbaren Kontakt zur Firma aufzubauen. Sie versuchte es erneut. Vergeblich!

Mia war weit davon entfernt in Panik zu geraten. Die meisten Menschen hatten zu jener Zeit bereits gelernt, mit Angst aufgrund von Stresssituationen umzugehen. Die Gehirnforschung hatte bis dato reichlich Erklärungsmaterial geliefert, so dass Vermeidungsstrategien von Stress-Folgekrankheiten quasi schon zur Allgemeinbildung gehörten. In diesem Sinne versuchte Mia jetzt umgehend die Vorteile für sich aus dieser Situation zu erkennen. Also schloss sie die Augen und listete in Gedanken zunächst alles Positive auf, was ihr jetzt gerade in den Sinn kam, jedoch ohne es zu bewerten:

- Abenteuer: Mias Leben hatte seit Davids Weggang zunächst deutlich an Dynamik eingebüßt und zunehmend depressive

Tendenzen aufgezeigt. Das war neu für sie. Das Festhalten an der Vergangenheit bekam ihr also nicht. Denn das Leben kennt keinen Rückwärtsgang. Der Schwung der letzten Tage fühlte sich dagegen grundsätzlich erfrischend für sie an, wenngleich sie nicht wusste, wohin dieses Abenteuer sie noch führen würde.

- Aufklärung: David hatte ihr in ihrer Nahtoderfahrung zwar zu verstehen gegeben, dass er der Aufklärung des Mordes an ihm keine Bedeutung beimesse. Dennoch fühlte Mia, dass ihr gerade das den Weg zu den Hintergründen der Tat aufzeigen würde. Und wer könnte ihr dabei besser behilflich sein, als ein Profi wie Aang mit seiner ganzen Organisation im Rücken?

- Verbindung: Mia wusste aus einem Wissenschaftsmagazin, dass das menschliche Gehirn ein soziales Organ ist. Die neurobiologische Forschung betonte in diesem Zusammenhang speziell seine Abhängigkeit von der interpersonellen Kommunikation. Ihr war deswegen klar, warum sie so sehr auf Resonanz und Kooperation gepolt war. Ja, Mia sah im Verbundensein sogar den Grund dafür, dass die Menschen auf der Welt sind. Und warum auch immer, spürte sie vom ersten Moment an eine gewisse Zuneigung zu Aang.

Bei diesem Gedanken öffnete Mia die Augen. Der Agent war verschwunden.

B) ANKUNFT IM EXIL

Als der Heli-Jet^e am Zielort zur Landung ansetzte, war Mia jegliches Gefühl für die Zeit abhandengekommen.

„Sind wir schon da?", fragte sie Aang sichtlich überrascht und noch ein wenig gedankenverloren.

„Ja, alles läuft nach Plan", antwortete der Agent lächelnd und streckte sich dabei genüsslich in seinem Sitz Mia gegenüber. „Seit unserem Abflug in Megabay^e sind jetzt genau 23 Minuten vergangen."

‚Unglaublich. Dabei haben wir uns doch über so vieles unterhalten', dachte Mia. Und beim Blick in die finstere Nacht draußen rekapitulierte sie noch einmal die jüngsten Ereignisse.

Als sie sich plötzlich allein im Treppenhaus ihrer Wohnanlage wiedergefunden hatte, war ihr erster Reflex gewesen, die Außentür zu öffnen, um nach Aang zu schauen. Angesichts der herrschenden Dunkelheit war sie aber einfach auf dem Treppenabsatz sitzen geblieben und hatte gelauscht. Denn ein Fenster gab es hier oben nicht. Zunächst war absolut nichts zu hören gewesen und sie begann ihre Situation zu reflektieren. Aang hatte ihr keine Anweisungen gegeben. Was, wenn er nicht wiederauftauchte? Eine leichte Nervosität hatte sich ihrer bemächtigt.

Im selben Moment hatte sich jedoch die Tür lautlos geöffnet. Der Agent war elegant und vollkommen geräuschlos hereingeschlüpft und wie selbstverständlich neben ihr zum Sitzen gekommen. „Alles klar. Die Luft scheint rein zu sein", hatte er beruhigend erklärt. „Unser Taxi kommt in einer Minute, Mia. Bitte bleib, wenn wir rausgehen, ganz dicht hinter mir und folge mir direkt zur Gangway. Nimm den Kopf runter und schau nicht nach links und rechts. Für unsere Sicherheit sorgen andere. Alles weitere später an Bord."

Mia fiel auf, dass sie noch nicht einmal die Zeit gefunden hatte, Aang zu fragen, von was für einem Taxi er ständig sprach und wohin die Fahrt eigentlich gehen sollte. Dafür war es jetzt aber zu spät gewesen. Draußen hatten plötzlich Motoren gedröhnt und Aang hatte nach ihrer Hand gegriffen. Ein letzter sichernder Blick des Agenten aus der Tür und einer in Mias Augen und los ging's, hinaus auf das Flachdach.

‚Den Hinweis mit dem dicht hinter ihm bleiben hätte er sich auch sparen können‘, dachte Mia noch, als sie von Aang mit sanfter Gewalt hinaus ins Freie und weiter zügig in Richtung Motorengeräusch gezogen worden war. Sehen konnte sie beim besten Willen nicht viel. Und nachdem ihr der Dreck um die Ohren flog, der von irgendwelchen Rotoren über ihr aufgewirbelt war, hatte sie willig ihren Kopf gesenkt und sich schützend die freie Hand vor die Augen gehalten. Nach wenigen Metern erreichten sie eine kleine Treppe und Aang schob Mia die wenigen Stufen hoch, voran ins Innere der Maschine.

Auch hier hatte es zunächst nur eine sehr spärliche Beleuchtung gegeben. Immerhin konnte Mia erkennen, dass zu beiden Seiten jeweils zwei Sitze aufgereiht waren. Hinter ihr hatte Aang inzwischen routiniert die Tür geschlossen, sie gebeten schnell Platz zu nehmen und sich anzuschnallen. Das Licht war jetzt um eine Nuance heller und Mia stellte fest, dass außer ihnen beiden niemand anwesend war. Die Außengeräusche wurden weitestgehend unterdrückt. Zu vernehmen war nur noch ein sonores Brummen, dass sie allerdings auf dem gesamten Flug begleiten sollte.

Bevor Mia etwas fragen konnte, hatte Aang ihr gegenüber Platz genommen und sachlich erklärt: „Ganz kurz ein paar technische Hinweise vorab: Dieses ist ein nicht mehr ganz neuer, aber dafür sehr sicherer 6-Sitzer-Heli-Jet der Tropos-Klasse, also für Flüge bis zu einer Höhe von gut 10 Kilometern geeignet. Das werden wir heute nicht ausschöpfen. Wir werden uns mehr in Bodennähe bewegen, weil wir auf einem Schleichkurs fliegen. Außerdem ist die Strecke zu kurz. Denn unser Ziel liegt im nördlichen Elsass. Die Flugzeit dürfte bei der vorgesehenen Flugbahn und den herrschenden ruhigen Wetterbedingungen knapp eine halbe Stunde betragen. Es empfiehlt sich trotzdem, angeschnallt sitzen zu bleiben.“

Mia hätte nicht sagen können, ob die Reise schon begonnen hatte, als Aang sehr viel persönlicher wurde: „Ich nehme an, dich beschäftigen aktuell sehr viele unbeantwortete Fragen. Das kann ich sehr wohl verstehen. Also fang bitte einfach an zu fragen. So wie es dir gerade in den Sinn kommt. Die Reihenfolge spielt keine Rolle. Ich werde versuchen, alles zu beantworten. Wir werden aber auch nach dem Flug noch reichlich Zeit für Gespräche haben.“

Damit war endlich Mia an der Reihe gewesen. Sie war Aang sehr dankbar dafür, dass er sie von dem zeitlichen Druck befreit hatte. Denn sie hätte überhaupt so schnell nicht entscheiden können, welche Information im Moment die wichtigste und/oder dringendste für sie gewesen wäre. Also fragte sie frei heraus.

„Wo ist mein Sohn und wie geht es ihm?“

„Er befindet sich unweit des Zielortes unseres Fluges und wird dort medizinisch bestens versorgt. Es geht ihm ausgezeichnet.“

Mia war sichtlich erleichtert und fragte weiter: „Wann kann ich Julian sehen?“

„Ich denke, gleich morgen früh“, antwortete Aang lächelnd und fügte hinzu: „Sobald du deine Unterkunft ein wenig näher kennengelernt hast.“

„Welche Unterkunft erwartet mich eigentlich?“

„Ein Zen-Kloster im Elsass.“

„Ein Kloster?“, fragte Mia überrascht. „Wieso ausgerechnet ein Kloster?“

„Warum nicht? Klöster dienen bekanntlich seit jeher als sicherer Zufluchtsort für verfolgte und bedrohte Zeitgenossen“, versuchte Aang grinsend auszuweichen. Er wollte jetzt wohl doch noch nicht alles verraten.

Mia schaute ihn jedoch zweifelnd an und erwiderte: „Naja, sicher vor Feinden waren Klöster vielleicht vor ein paar hundert Jahren. Danach kamen wohl eher Menschen, die auf der Suche nach Stille waren und der Hektik, Überforderung und Reizüberflutung entfliehen wollten. Und überhaupt: Wer verfolgt mich eigentlich ständig?"

„Wieso, was meinst du mit ‚ständig'? Bist du denn kürzlich schon mal verfolgt worden?" Aang war mit einem Mal sehr hellhörig geworden.

Mia hatte nun in kurzen Worten über den jüngsten Besuch ihres Bruders in ihrem Apartment und die anschließende gemeinsame Flucht kreuz und quer durch die Stadt bis zu dessen Firma AIE berichtet.

„AIE?", fragte Aang. „Und das bedeutet?"

„Artificial Intelligence Enterprises", erklärte Mia, „beschäftigen sich meines Wissens mit der Konstruktion von KI für die interstellare Raumfahrt."

„Unbekannt", wiederholte Aang laut die Information, die er dazu just in diesem Augenblick über seine Linse erhalten hatte.

„Sagt wer?"

„Sagt X, meine KI. Also genaugenommen ist das natürlich nicht meine KI, sondern nur mein Zugang zum Behördenserver. Die Identität habe ich ihm gegeben, weil seine Kombinationsfähigkeit, also das nahezu perfekte Crossing, für mich bei der Arbeit so hilfreich ist", antwortete Aang sichtlich angetan.

„Hat er sonst noch irgendwelche besonderen Eigenschaften?", wollte Mia wissen und dachte dabei unwillkürlich an Hal und seine Materialisierungskünste.

„Ich weiß zwar nicht, worauf du hinauswillst – aber, naja, er kann zum Beispiel gerade vollkommen autonom diesen Heli-Jet fliegen und dabei auf unsere innere und äußere Sicherheit achten, den Service hier an Bord übernehmen und gleichzeitig meine Fragen beantworten. Und die Antwort auf diejenige nach AIE war eben negativ.“

„Heißt das, du glaubst mir nicht?“, fuhr Mia gereizt im Sitz hoch. „Dann bin ich wohl in Wirklichkeit nicht die Zeugin oder das mögliche Opfer, das beschützt werden muss, sondern die Verdächtige selbst. Und unser Ziel ist eher ein Gefängnis als ein Kloster, stimmt's?“

„Bitte, Mia, beruhige dich wieder. Das ist doch Unfug!“, hatte Aang besorgt erwidert.

„Ach, Unfug? Ich habe den Eindruck, du und dein elektronischer Schatten ihr haltet mich schlicht für eine Träumerin, nur, weil ich von Dingen berichte, die ihr beide noch nicht kennt. Aber ich spinne doch nicht. Ich war dort und kann mich an jedes Detail genau erinnern. Und wenn ihr Zweifel habt, dann wendet euch doch an Luca, meinen Bruder. Oder ihr checkt ganz einfach meine Linse. Die habe ich nämlich bei AIE eingesetzt bekommen, nachdem meine alte Linse gestohlen worden war.“

Mia hatte sich in Rage geredet und Aang wirkte sichtlich betroffen von der Richtung, die das Gespräch genommen hatte. Jetzt musste er dringend Klarheit schaffen und vor allem Mia wieder beruhigen. Dazu ließ er ein paar Augenblicke verstreichen, bevor er beschwichtigend antwortete:

„Zwei Punkte: Erstens, ich vertraue dir. Zweitens bitte ich dich zu bedenken, dass die Dinge nicht immer so sind, wie wir meinen, dass sie sein müssten. Auf deine Situation bezogen bedeutet das konkret, dass du durchaus die Wahrheit sagst, bezogen auf das, was du weißt. Wir haben aber den dringenden Verdacht, dass das, was du weißt, nicht mit der Realität übereinstimmt."

„Aang, magst du bitte etwas konkreter werden, mir ist nach all den Ereignissen der jüngsten Vergangenheit schon schwindelig genug", hatte Mia die Ausführungen ihres Gegenübers kommentiert und ihm dabei mit einer Mischung aus Ratlosigkeit und Verzweiflung in die Augen geblickt.

„Die Auswertungen des Scans deiner Wohnung lassen darauf schließen, dass die vorhandenen Geräte nicht nur klassische Beobachtungsaufgaben durchgeführt haben", hatte Aang erläutert, „sondern überdies aktiv beeinflussend auf dich eingewirkt haben. Wir nennen die Technik einen hypnotisch induzierten luziden Traum (HILD^e). Das bedeutet, dass einige Geräte so angebracht sind, dass sie dich mittels bestimmter elektromagnetischer Wellen in einen Traum hinein hypnotisieren konnten, den du im Nachhinein als vollkommen real empfandst."

„Aang, ich fürchte, ich bekomme gleich einen Derailer." Mia hatte Mühe, die Fassung zu behalten. „Willst du damit andeuten, irgendjemand hätte versucht, auf perfide Weise meine Träume auszulesen, indem er mich hypnotisiert?"

„So könnte man sagen, ja", hatte Aang geantwortet und dabei bedächtig mit dem Kopf genickt.

„Aber dazu hätte ich doch im Traum sprechen müssen, oder?"

„Nicht unbedingt." Mit diesen Worten hatte Aang das AHT-System aktiviert und zwischen ihm und Mia war die holografische Darstellung von X aufgetaucht. Die KI stellte sich Mia kurz vor und bat um die Erlaubnis, an dieser Stelle helfend eingreifen zu dürfen:

„Mit den in deiner Wohnung entdeckten Geräten, Mia, können unter anderem Biophotonenemissionen gemessen werden", erklärte X.

„Das sind Lichtteilchen oder, je nach Messungsart, auch Wellen. Mit ihnen kommunizieren die Zellen des menschlichen Körpers untereinander, indem sie die neuronalen Fasern entlang geleitet werden. Obwohl für das menschliche Auge unsichtbar, sind sie doch Teil des sichtbaren elektromagnetischen Spektrums.

Bei einem luziden Traum ist – im Gegensatz zum normalen Traum – der präfrontale Cortex, also das Stirnhirn, aktiv. Von diesem Teil des Gehirns, das allgemein für Bewertungen zuständig ist, werden nun Informationen mittels Biophotonen emittiert und auch auf die Hautzellen, also quasi an das äußere Ende der neuronalen Fasern, übertragen. Dort können sie mit modernster Technik dann gelesen werden."

Mia saß mit bleichem Gesicht und versteinerter Miene in ihrem Sitz und starrte durch X hindurch ins Leere. Wenn sie sich zunächst noch innerlich gegen die Vorstellung gewehrt hatte, dass die Erlebnisse der letzten Tage nur geträumt sein sollten, so begann sie jetzt allmählich über die Tragweite und die Konsequenzen dieser Tatsache nachzudenken. Wie um einen letzten, verzweifelten Versuch der Rettung ihrer ramponierten Vorstellung zu starten, fragte sie deprimiert und mehr zu sich selbst:

„Und was ist mit Luca, meinem Bruder? Was sagt er denn? Er war doch dabei?"

„Wir können ihn nicht finden," war die lapidare Antwort von X. „Seine Existenz als Student der Anton-Zeilinger-Fernuniversität in Wien wurde ebenso bestätigt wie verschiedene Zeitarbeitsstellen in Megabay. Seine Wohnadresse wurde ebenfalls positiv gecheckt. Niemand kann jedoch über die vergangene Woche hinaus qualifizierte Aussagen zu seinem aktuellen Aufenthaltsort machen. Seine Kommunikationskanäle bleiben ohne Reaktion."

Sichtlich enttäuscht sackte Mia noch ein Stück tiefer in sich zusammen.

„Was ist mit der Linse", wagte sie kaum noch zu fragen angesichts ihrer vergeblichen Versuche mit Hal Kontakt aufzunehmen, „die man mir bei AIE ... äh, von der ich annahm, dass man sie mir bei AIE eingesetzt hätte?"

„Uns ist bisher nichts Besonderes an deiner Linse aufgefallen, Mia", hatte Aang geantwortet. „Aber wir können sie gleich noch einmal genauer untersuchen. Was soll denn an ihr anders sein, als an den Standardgeräten?"

Während Mia Lucas Informationen über die Besonderheiten der AIE-Linse wiedergab, war ein kleiner Serviceroboter vor ihren Augen aufgetaucht. Er war offensichtlich an einem Teleskoparm aus ihrer Armlehne gekommen und untersuchte jetzt vollkommen geräusch- und kontaktlos das Kommunikationsgerät in Mias Auge. Nach nur wenigen Augenblicken stand fest, dass es gegenüber den handelsüblichen Linsen keinen erkennbaren Unterschied gab.

*****

Nachdem die Motoren zum Stillstand gekommen waren, verließen Mia und Aang den Heli-Jet und betraten einen durch künstliches Licht taghell erleuchteten Landeplatz. Von der Seite her näherten sich zwei Personen, ein Mann und eine Frau, beide in dunkle Zen-Roben gekleidet.

„Das ist Muho, der Zen-Meister. Die Frau an seiner Seite kenne ich noch nicht", murmelte Aang leise, wobei er seinen Kopf leicht zu Mia neigte, die neben ihm stand und voller Erwartung dem Empfangskomitee entgegensah. Beim Anblick der beiden fühlte sie sich gleich merkwürdig berührt und doch zugleich irgendwie erleichtert und entspannt.

Dabei hätte Mia nicht sagen können, woran das lag. War es die ungewöhnliche Kleidung? War es der würdevolle Gang? Irgendetwas strahlten die beiden schon von weitem aus, was Mia lange vermisst zu haben schien. Bevor sie sich jedoch ihren Gefühlen weiter hingeben konnte, war Aang plötzlich schnellen Schrittes auf Muho zugeeilt und beide Männer umarmten sich inniglich. Sie hörte Muho ausrufen:

„Aang! Mein Bruder! Willkommen! Wie geht es dir? Wir haben uns schon sehr lange nicht mehr gesehen."

Mia starrte noch verdutzt auf diese Szene und wusste nicht so recht, was sie davon halten sollte, als die fremde Frau auf sie zutrat und sie mit warmen Worten herzlich begrüßte: „Willkommen in unserer kleinen Welt, Mia. Mein Name ist Juliette. Ich freue mich sehr, dir in der Zeit deiner Anwesenheit hier zu Diensten sein zu dürfen."

„Ich bitte vielmals um Verzeihung", unterbrach nun Muho die beiden Frauen. „Wie unhöflich von mir, Mia. Aber dein Begleiter hier war etwas ungestüm und hat das ganze Begrüßungszeremoniell durcheinandergebracht.

Ein besonders herzliches Willkommen also auch dir.

Juliette hast du ja schon kennengelernt.

Juliette, das ist Aang, mein Zwillingsbruder. Aang, das ist Juliette, die Lotusblüte unserer kleinen Gemeinschaft hier. Sie hat sich angeboten, in nächster Zeit besonders für Mia da zu sein und ihr den Aufenthalt in unserem Kloster so angenehm wie möglich zu gestalten.

Selbstverständlich sind aber auch alle anderen Bewohner – mich eingeschlossen, soweit dies meine Verpflichtungen zulassen – jederzeit gerne bereit, dir mit Rat und Tat zur Seite zu stehen, Mia. Zögere also bitte nicht, nach Hilfe oder Orientierung zu fragen, wann immer du sie benötigst.

Ein paar Antworten schon einmal vorweg auf die Fragen, die dir förmlich ins Gesicht geschrieben stehen:

- Dein Kind ist wohlauf und gedeiht prächtig. Es wird den Inkubator bald verlassen dürfen und nach der Mutter verlangen. Du wirst es morgenfrüh sehen.
- Dieser Ort hier ist kein ganz gewöhnliches Zen-Kloster, sonst gäbe es beispielsweise auch keine angeschlossene Klinik. Ich habe schon vor geraumer Zeit auf Aangs speziellen Wunsch hin und mit seiner tatkräftigen Unterstützung dafür gesorgt, dass es auch ein sicherer Zufluchtsort für Verfolgte und Bedrohte wird. Details brauchen dich im Moment nicht zu interessieren.

  Nur so viel: Niemand außer uns dreien kennt den wahren Grund für deine Anwesenheit hier. Für alle anderen bist du ein ganz normaler Besucher, der während eines bestimmten Lebensabschnitts einen Rückzug von der Welt braucht. Du suchst einfach Hilfe für die Lösung gewisser grundlegender Fragen, wie zum Beispiel die nach dem Sinn des Lebens. Der Rahmen eines Klosters ist in dieser Hinsicht ideal, denn er erlaubt es, sowohl Abstand zu gewinnen als auch, dank der Gemeinschaft, sozial eingebunden zu sein.

  In deinem eigenen Interesse bitte ich dich dringend, dies bei allen Kontakten mit Dritten zu berücksichtigen. Juliette wird dir dabei helfen.
- Ach ja, und noch etwas Persönliches: Aang und ich sind tatsächlich Zwillinge. Auch das ist außer uns hier niemandem bekannt – und soll es auch nicht werden. Du verstehst.
- Alles Weitere besprechen wir bitte aufgrund des fortgeschrittenen Abends gleich morgen früh um acht Uhr in meinem Büro. Bis dahin versäumen wir nichts, denn währenddessen wird auch weiter fieberhaft nach deinem Bruder Luca gesucht."

Mia hatte im Moment keine weiteren Fragen. Sie war müde und konnte sich sehr gut mit den Ausführungen des Meisters zufriedengeben. Wahrscheinlich war es auch das ehrliche Wohlwollen, das sie im Verhalten ihrer Gastgeber spürte, welches ihr im Moment hinreichend Ruhe und Vertrauen in die Situation schenkte. Das führte jedenfalls dazu, dass sie bereits auf dem Transfer vom Landeplatz zum eigentlichen Klosterbereich einschlief.

4. VOM MÖGLICHEN ZUM WIRKLICHEN ODER ZURÜCK

A) MEHR ALS EIN KLOSTER

Als sie am Morgen darauf erwachte, hatte Mia keinerlei Erinnerungen mehr an die restlichen Geschehnisse des Vorabends. Juliette hatte sie um sechs Uhr geweckt und nach der Morgentoilette und einem kleinen Frühstück direkt in die Klinik geführt. ‚Klein aber fein' war Mias spontaner Eindruck, der durch ihr Gespräch mit der diensthabenden Ärztin unmittelbar am Brutkasten ihres Kindes bestätigt wurde. Verständnisvoll gab man ihr die Zeit, sich unter den gegebenen Bedingungen um den kleinen Julian zu kümmern.

‚Welch ein schwieriger Start in ein neues Leben', dachte sie beim Anblick dieses unschuldigen Wesens in ihren Armen. ‚Der Vater tot und die Mutter mit dir auf der Flucht. Dabei wäre es doch gerade jetzt so wichtig für deine Entwicklung, dir alle körperliche Nähe zu geben und dich meine ganze Liebe spüren zu lassen. Was soll deine Seele sonst denken, wo sie hier gelandet ist?' Und laut sagte sie zu ihrem Kind: „Mein Augenstern, wir wollen immer dankbar und zufrieden mit dem sein, was im Moment ist. Das ist der Pfad des Glücklichseins auf dieser Erde."

Dann begann Mia leise An'anasha zu singen, das uralte Lied der Dankbarkeit in der Lichtsprache der Engel.

*****

Schließlich war es Juliette, die Mia freundlich aber bestimmt auf die Zeit aufmerksam machte und beim Verlassen der Klinik erklärte: „Es tut mir leid, Mia, wenn ich etwas drängele. Aber du kannst von jetzt an jederzeit gerne wieder hierherkommen, selbstverständlich auch alleine.

Es ist nur so, dass uns der Meister für acht Uhr eingeladen hat. Und da sollten wir tunlichst pünktlich erscheinen. Darauf legt er großen Wert.“

„Ach, das wollte ich dich schon fragen: Gibt es hier im Kloster eigentlich so etwas wie eine Hausordnung oder eine schriftliche Satzung, in der die Aufgaben, Rechte und Pflichten aller Bewohner nachzulesen sind? Oder gibt es vielleicht etwas Vergleichbares im Zen-Buddhismus wie die Bibel im Christentum oder den Koran im Islam?“, fragte Mia interessiert.

„Nein“, erwiderte Juliette. „In den Zen-Traditionen konzentriert sich alles auf den Meister und nicht auf einen religiösen Text. Der Meister gilt als religiöse Autorität, er gibt das buddhistische Erwachen weiter an seine Schüler – ohne den Meister gibt es keine Erleuchtung. Anerkannte Zen-Meister wie Muho bekommen ein Zertifikat, das ihnen eine eindeutig auf den Buddha rückführbare Linie bestätigt. Sozusagen eine Bescheinigung, dass der Meister erleuchtet ist.“

„Und das bedeutet – Machtfülle“, konstatierte Mia kritisch. Und im nächsten Moment tat ihr ihre harsche Bemerkung schon wieder leid. Juliette nahm es jedoch nicht persönlich und ihre sachliche Entgegnung erweckte bei Mia den Eindruck, dass man sich dieser Thematik hier sehr wohl bewusst war:

„Was der Meister sagt, hat tatsächlich unbedingte Geltung für uns, seine Schüler. Aber das hat nichts mit Macht zu tun, denn Macht wird immer durch Konflikt erzeugt. Wir leben hier aber im Einklang mit allem und jedem. Wir erkennen die Autorität des Meisters als legitim an. Denn die hat er sich nicht durch Wissen, sondern durch Weisheit erworben. Dazu gehört auch seine sittlich-moralische Integrität. Ich vermute, dass du auf gewisse Fälle von Verletzungen dieser Integrität im Zen-Buddhismus in der Vergangenheit anspielst. Da kann ich dir mein Ehrenwort geben, dass so etwas unter Muho nicht vorgekommen ist und auch nicht vorkommen wird," antwortete Juliette gelassen.

„Aber wie kannst du dir da so sicher sein?", setzte Mia hartnäckig nach, weil sich diese Anschauung nicht so recht mit ihrem freiheitlichen, demokratischen Weltbild vereinbaren wollte. „Bitte versteh mich nicht falsch, Juliette. Ich unterstelle niemandem absichtliches Fehlverhalten. Aber in dem Moment, wo wir sagen, dass ein Meister die Personifikation des buddhistischen Erwachens ist, ist damit doch auch jede seiner Handlungen die Manifestation buddhistischen Erwachens. Und das vollkommen unabhängig von seinem aktuellen Gemütszustand oder seiner körperlichen Verfassung. Insofern kann es quasi für ihn per Definitionem kein unerleuchtetes Verhalten geben. Liegt darin nicht eine große Gefahr für alle Schüler und Besucher bezüglich der Einhaltung weltlicher Moral- und Ethikregeln des Zusammenlebens?"

Juliette ließ sich nicht beirren: „Ich kenne Muho schon sehr lange, Mia. Und ich vertraue ihm absolut, denn er ist ein sanfter Mensch, der nach seinem Bewusstsein lebt und nicht nach seinem Gewissen. Wenn du ihm eine Frage stellst, bekommst du eine Antwort auf deine Frage, keine Reaktion. Er öffnet sein Herz für deine Frage, setzt sich deiner Frage aus, antwortet darauf. Er ist ein echter Mensch, keine Maschine.

Die Welt wird nur dann dunkel, wenn das innere Licht des Vertrauens fehlt und der Verstand ständig neue Befürchtungen ausspucken kann. Angst kann nur dort sein, wo die Liebe fehlt. Durch die Übung des Zazen^e, der Sitz-Meditation, entsteht in dir mit der Zeit eine ungeheure Kraft, eine Verwandlung von Energie in Licht und Liebe. Zen fordert dich also auf, aus deinem Kopf herauszukommen und an die Quelle zu gehen. Wie du dorthin gelangst, erfährst du vom Meister. Wir sind da."

Mit diesen Worten öffnete Juliette eine Tür, die aus einem Verbindungstrakt zwischen Klinik und Kloster ins Freie führte. Durch einen lichten Wald schlängelte sich ihr Pfad leicht bergauf. Dann erhob sich vor ihnen auf einer Anhöhe ein Gebäude, wie es Mia noch nie zuvor gesehen hatte. Es wirkte, als hätte jemand wie bei einem Steckspiel unendlich viele etwa 30 cm breite, ca. drei cm dicke, helle Bretter von unterschiedlicher Länge waagerecht, auf der Längskante übereinander zusammengesteckt. Die luftige Konstruktion stützte in etwa fünf Metern Höhe eine Art graues Walmdach. Zu der einen Hälfte des Hauses hin wirkte es auf Mia, als schien das Dach zu schweben. Denn dort vermochte sie durch das Gebäude hindurchzusehen.

„Das ist das Zentrum unseres Klosters", erläuterte Juliette nicht ohne Stolz der staunenden Mia, „unser Meditationshaus. Es beherbergt gleichzeitig den Arbeitsraum des Meisters. Also wenn du so willst, sein Büro.

Die Holzfassade besteht aus etwa 2.500 Einzelstücken, wobei es sich um Schindeln der Weißtanne handelt. Das Dach ist aus Zink. Der Meditationsraum ist zu drei Seiten hin vollverglast. Der Standort wurde aufgrund seiner besonderen energetischen Bedingungen hier von Muho gemeinsam mit dem Baumeister sorgfältig ausgewählt. Für den Bau haben wir uns bewusst für einen Architekten entschieden, der sich der Tradition japanischer Holzhäuser verpflichtet fühlte. Dort baute man über Jahrhunderte hinweg beinahe ausschließlich Häuser aus diesem Material."

Die beiden Frauen streiften sich die Schuhe ab und betraten das Gebäude von der dem Meditationsraum abgekehrten Seite. Im Eingangsflur gab es linkerhand eine Garderobe und einen großen Schrank für Meditationskissen. Geradeaus stand die Tür zum Meditationsraum offen, so dass Mia einen bewundernden Blick hineinwerfen konnte. Bis auf einen großen Gong rechts neben der Tür war der mit einem hellen Holzfußboden versehene Raum vollkommen leer. Was Mia jedoch viel mehr beeindruckte, war die Aussicht durch die riesigen Glasfronten.

Über einen kreisrunden Platz von etwa 20 Metern Durchmesser ging der Blick in die offenbar unberührte Natur, hinauf auf die dicht bewaldeten Hügel des nördlichen Elsass.

„Beeindruckend, nicht wahr?" Völlig geräuschlos war Muho hinter Mia getreten und blickte ihr über die Schulter. Ohne auch nur im Geringsten auf ihre erschreckte Reaktion zu reagieren, fuhr er mit ruhiger Stimme fort: „Leider handelt es sich bei dem wundervollen Ausblick im Wesentlichen um eine technische Installation. Denn natürlich ist auch der ehemals so dicht bewaldete Nationalpark der nördlichen Vogesen nicht von den dramatischen Folgen des Klimawandels im vergangenen Jahrhundert verschont geblieben. Wie überall auf der Welt bemühen wir uns auch hier um Revitalisierung, aber solche Dinge brauchen eben ihre Zeit – trotz technologischem Fortschritt."

Gemeinsam betraten sie dann den Arbeitsraum des Meisters, der sich hinter einer Schiebetür auf der anderen Seite des Ganges verbarg. Dort wartete bereits Aang auf sie, was Mia zu dem Schluss kommen ließ, dass er und Muho hier heute Morgen bereits miteinander gesprochen hatten. Aang, der in einem Kreis aus Meditationskissen vor einem großen, schlichten und gut aufgeräumten Schreibtisch stand, erkundigte sich bei Mia nach ihrem Befinden und dem ihres Kindes und danach, ob es ihr an irgendetwas mangele. Mia bedankte sich höflich und betonte ihre Freude über die außergewöhnlich hingebungsvolle Begleitung durch Juliette. Dabei gingen ihr noch einmal deren Bemerkungen zum Zen-Buddhismus im Allgemeinen und zu Muho im Besonderen nach.

Sehr gerne hätte sie gleich noch mehr Details über die Organisation des Klosters und die Gedankenwelt ihrer Bewohner erfahren. Aber wie seit ein paar Tagen regelmäßig, überschlugen sich im nächsten Augenblick die Ereignisse um sie herum. Mia hatte den Eindruck, überhaupt nicht mehr zur Ruhe zu kommen. Genau das monierte sie nun auch: „Ich weiß nicht so recht, wo mir der Kopf steht, Aang. Seit dem Tod meines

Mannes versucht eigentlich ständig jemand, mich vor irgendeiner Gefahr zu bewahren. Alle meinen es gut mit mir, können oder wollen mir aber nicht so recht erklären, wovor sie mich genau bewahren müssen. Ich wünschte mir einfach nur mal etwas Ruhe und Zeit zum Nachdenken."

Bevor Aang antworten konnte, ergriff Muho mit einer entschuldigenden Geste zu seinem Bruder hinüber das Wort: „Wir haben großes Verständnis für deine Situation, Mia, denn wir wissen, dass ‚gut' meistens das Gegenteil von ‚gut gemeint' ist. Aber hier bist du genau am richtigen Ort, um dich zu sammeln und zu dir zu finden. Und genau damit werden wir jetzt beginnen, wenn du magst. Alles Weitere kann warten."

Sie nahmen auf den Kissen Platz. Dabei registrierte Muho sofort, dass Mia nicht zum ersten Mal meditierte, denn problemlos hatte sie den Lotussitz eingenommen. Er erläuterte deshalb nur kurz das Wesen der Zen-Meditation: „Wir versuchen, im gegenwärtigen Augenblick präsent zu sein, sei es bei der Zen-Meditation in der Konzentration auf die Haltung und Atmung, sei es bei allen anderen Tätigkeiten des Alltags. Zur Einstimmung erzähle ich dazu gerne die bekannte Geschichte vom Meister und seinem Schüler:

> *Der Schüler fragt den Meister, was den Meister von ihm unterscheide. Der Zen-Meister entgegnet ihm: ‚Wenn ich gehe, dann gehe ich. Wenn ich esse, dann esse ich. Wenn ich schlafe, dann schlafe ich.' Der Schüler erwidert: ‚Aber das mache ich doch auch.' Der Zen-Meister antwortet: ‚Wenn Du gehst, denkst Du ans Essen. Wenn Du isst, denkst Du ans Schlafen. Wenn Du schlafen sollst, denkst Du an alles Mögliche. Das unterscheidet uns.'"*

Dann saßen die Vier in tiefer Versenkung da und begaben sich in die Leere. Mia spürte, wie ihr Geist langsam zur Ruhe kam und sich tiefe Dankbarkeit dafür in ihr ausbreitete. Nach einer angemessenen Zeit holte Muho die Gruppe in die Gegenwart zurück, indem er sie mit ruhiger Stimme aufforderte, nun langsam in das Hier-und-Jetzt zurückzukehren.

*****

Es war Aang, dem man die Ungeduld förmlich ansehen konnte, der als Erster das Wort ergriff: „Mia, würdest du bitte zu allererst möglichst exakt beschreiben, was der Inhalt deines hypnotisch induzierten luziden Traums war. Also es geht vor allem um die Geschehnisse vor, während und nach deinem Aufenthalt in der vermeintlichen Firma deines Bruders. Das ist jetzt sehr wichtig, weil sich im Hintergrund die Ereignisse, von denen ich gleich berichten kann, zuspitzen und ich mir bessere Erklärungen aus deinen Erlebnissen erhoffe. Bitte."

Mia musste sich nur kurz konzentrieren und begann dann zu erzählen; Von dem Zeitpunkt an, als Luca in ihrer Wohnung erschienen war, über ihre Flucht durch die Stadt, die Beschreibung der Firma AIE inklusive aller ihr bekannten Personen und der KI Hal bis zu ihrem Gespräch mit ihrem Bruder in dessen Büro.

Als das Stichwort ‚Nahtoderfahrung' fiel, sah Aang vor seinem geistigen Auge eine kleine rote Warnlampe aufleuchten und er unterbrach Mia mit der Frage: „Hast du Luca den kompletten Inhalt deiner NTE erzählt?"

„Nicht nur ihm, sondern gleichzeitig auch einem Teil seines Teams einschließlich Hal." Und sie erläuterte, wie es dazu gekommen war.

„Würde es dir etwas ausmachen, uns dasselbe zu erzählen? Wir hätten natürlich großes Verständnis dafür, wenn das ein Problem für dich wäre. Denn ich vermute mal, dass sehr persönliche Dinge darin vorkamen. Andererseits spüre ich, dass das der entscheidende Part in deinem ganzen Traum gewesen sein könnte und er uns deshalb sehr bei der Deutung der Geschehnisse helfen würde."

„Juliette und ich können auch gerne den Raum verlassen", ergänzte Muho, „wenn dir das lieber ist."

„Nein, nein", beruhigte Mia die anderen sofort. „Nicht nötig, nachdem nun wohl ohnehin schon die Falschen im Besitz dieser Informationen sind, ist es für mich selbstverständlich höchste Zeit, meine Vertrauten einzuweihen. Ich hatte ja bisher keine Gelegenheit dazu."

Und sie berichtete detailliert über die Ereignisse unmittelbar nach der Geburt ihres Kindes. Als sie die Worte ihres verstorbenen Mannes wiederholte,

,Es war kein Unfall. Ich bin ermordet worden. Frag nicht nach Einzelheiten der Tat. Sie sind belanglos, denn sie sind aus Angst geboren. Jede eurer Ängste ist eine Brechung der Grundangst, nämlich der vor dem Tod. Aufgrund dieser Angst können euch einflussreiche Menschen ausbeuten. Das Versprechen hält euch dann in Sklaverei. Ihr habt viele Jahrhunderte gebraucht, euch scheinbar von diesem Joch zu befreien. Aber unter der Oberfläche gärt es weiter. Ihr müsst die Angst verstehen, wenn ihr sie loswerden wollt.',

sprang Aang von seinem Sitzkissen auf und rannte mit den Worten „Danke, das reicht für den Moment. Ich bin gleich zurück. Ich muss mich mit dem Headquarter kurzschließen" aus dem Raum.

Mia schaute Aang irritiert nach, weil sie sich stark an die Reaktion ihres Bruders erinnert fühlte, als sie … – aber halt. Das war ja nur ein Traum gewesen. Nur ein Traum? Mia starrte immer noch zur Tür und begann zu grübeln, wer ihr wohl diese Informationen entlockt haben mochte. Denn dass es sich bei der Bestätigung des Mordes an David um die brisanteste Sequenz in ihrem Traum handelte, war ihr spätestens jetzt ganz klar. Und mit einem Mal glaubte sie auch zu wissen, wovor sie und ihr Kind fliehen mussten. Aber war das auch der Grund dafür, warum Luca spurlos verschwunden war? Und was hatte Aang schon vor dem Bericht über ihre Nahtoderfahrung dazu bewogen, sie hierher ins Exil zu bringen?

Muho, der mit Juliette schweigend danebengesessen hatte, riss Mia aus ihren Gedanken: „Mia", sagte er fast ein wenig zaghaft, weil er wohl ahnte, in welchem Gemütszustand sich die junge Frau jetzt befinden musste, „die Worte von David zeugen von großer Weisheit. Hat er zu Lebzeiten schon mit dir über das Thema ‚Angst' gesprochen?"

„Gelegentlich schon", erwiderte Mia. „Aufgrund spezieller Vorkommnisse von Fall zu Fall einmal. Aber nie in dieser grundsätzlichen Form. Angst war sowieso nicht unser Begleiter. David konnte sie sich schon von Berufs wegen nicht leisten und wir beide waren sehr glücklich miteinander."

Bei ihren letzten Worten musste Mia leicht schlucken, weil sie ihre Gefühle zu überwältigen drohten. Muho hatte Verständnis dafür und gab ihr die Zeit, sich wieder zu sammeln. Nach einer Weile sagte er: „Wenn du magst, können wir dir hier helfen. Denn ich verstehe die Aussage von David schon als eine Art Aufforderung an dich, den Kampf gegen die Geisel Angst grundsätzlich aufzunehmen und damit der Menschheit einen Dienst von unschätzbarem Wert zu erweisen."

„Wirklich? Ich war mir bislang nicht klar darüber, wie ich das genau verstehen sollte. Welche Mittel hätte ich denn, allgemein auf die Psyche der Menschen Einfluss zu nehmen? Dafür bin ich doch überhaupt nicht ausgebildet. Ich war insgeheim eher der Meinung, ich sollte mein

Möglichstes zur Aufklärung des Mordes an David beitragen und damit anderen Menschen die Angst vor dem oder den Tätern zu nehmen."

Und Mia spürte schon beim Sprechen, wie schwach ihre Argumentation war und wie recht der Zen-Meister doch hatte. Wo war nur ihr Selbstwertgefühl? Sie wollte Abgeordnete im Europäischen Wirtschaftsparlament werden, um etwas im Sinne der Menschen zu bewegen. Was konnte es jedoch Wichtigeres für die Menschheit geben, als die Befreiung von der Angst?

Wie durch Watte hindurch vernahm sie, wie Muho noch nachsetzte: „Aber David hat doch ganz eindeutig gesagt: ‚Frag nicht nach den Einzelheiten der Tat.' Das heißt für mich so viel wie: Kümmere dich nicht um die Symptome. Das machen schon die Behörden. Kümmere du dich um die Ursachen! ..."

Da hatte Mia ihren Entschluss gefasst. Bevor Muho weitersprechen konnte, rief sie befreit aus: „Okay! Ich werde es versuchen. Aber ich brauche eure Hilfe."

„Wobei?", fragte Aang, der in diesem Moment wieder in den Raum zurückkehrte.

*****

Die Neuigkeiten, die Aang mitbrachte, schienen die drei anderen gerade nicht so sehr zu interessieren. Mia, Juliette und Muho lagen sich in den Armen und vergossen Tränen der Freude und Erleichterung. Nachdem sie Aang kurz eingeweiht hatten, umarmte auch er Mia herzlich und gratulierte ihr zu ihrem weisen Entschluss. Mia spürte, dass ihre Freunde es von Grund auf ehrlich mit ihr meinten und bei allen die spontane Unterstützung aus tiefstem Herzen und voller Überzeugung kam.

„Das ist ein bemerkenswert historischer Entschluss", kommentierte Muho Mias Entscheidung, „denn niemand scheint mir für diese herausfordernde Aufgabe im Moment besser geeignet als du, Mia."

„Vielen Dank, Muho. Aber wieso glaubst du das?", wollte die emotional noch immer sehr bewegte Mia wissen.

„Du bringst als Veränderungspotenzial eine ausgewogene Mischung aus Lebenserfahrung und Neugier, aus Emotion und Unerschrockenheit sowie aus Sachverstand und Spiritualität mit. Deine Motivation ist intrinsisch und deine Kontakte könnten nicht hilfreicher sein."

Mia war vor Scham leicht die Röte ins Gesicht gestiegen, als sie nachfragte: „Welche Kontakte meinst du denn?"

„Na, ich sehe im Augenblick vor allem uns drei hier – und David, deinen Mann."

„David?", reagierte Mia irritiert. „Aber David existiert doch in einer anderen Dimension. Wie sollte ich mit ihm kommunizieren können?"

„Du hast es doch bereits getan. Um es zu wiederholen, bedarf es lediglich der Übung", antwortete Muho vollkommen gelassen. „Ich werde dir dabei helfen. Dann bist du die perfekte Verbindung zwischen der materiellen und der geistigen Welt, zwischen unserer Realität und der Wahrheit quasi", antwortete der Zen-Meister.

„Ist denn die Realität nicht wahr?", setzte Mia nach.

„Wahrheit heißt – das, was ist. Uninterpretiert, sonst ist es Realität. Realität ist interpretierte Wahrheit. Aber damit wollen wir es für den Moment bewenden lassen. Das sollten wir in Ruhe und der Reihe nach angehen. Lasst uns zunächst das Ziel fokussieren. Vielleicht mag Aang seine KI bitten, uns etwas über die Angst zu erzählen. Danach wäre es sicherlich hilfreich, von dir, Aang, selbst zu erfahren, was der aktuelle Wissenstand der Polizei ist."

Sekunden später war X in der Mitte des Kreises aus Sitzkissen in der bekannten Gestalt als älterer Herr aufgetaucht und hielt ein Kurzreferat über die Angst:

„Die Thematik ist so alt wie die Menschheit selbst. Bereits Aristoteles, die antike Stoa und die Epikureer beschäftigten sich mit der Angst. Noch viel älter sind aber die religiösen Erfahrungen mit diesem Gefühl der Bedrohung für Leib und Seele, beispielsweise auch im Zen-Buddhismus. Zu jeder Zeit und in jeder Kultur gab es irgendetwas, wovor sich die Mehrheit der Menschen besonders fürchtete. Auch lassen sich in der Geschichte immer wieder – im Großen wie im Kleinen – zahllose Beispiele dafür finden, wie die Angst in der Gesellschaft manipulativ ausgenutzt wurde. Dabei jagte man den Menschen im Extremfall so viel Furcht ein, dass ihnen schließlich jede Lösung recht war.

In den westlichen Gesellschaften wird die Angst seit ein paar Jahrhunderten aus psychologischer Sicht untersucht und je nach Erscheinungsform medizinisch behandelt. Zu Beginn des 21. Jahrhunderts war sie häufiger als Depression die Ursache für psychische Leiden. Damals litten bereits weltweit offiziell rund 300 Millionen Menschen, also etwa 4% der Weltbevölkerung, krankhaft an Angststörungen.

Bei einer Angststörung handelte es sich per definitionem jedoch nicht um Angst vor einer echten Bedrohung. Wer davon betroffen war, hatte ‚übersteigerte' Angst oder fürchtete sich vor Dingen oder Situationen, die andere Menschen ‚normal' fanden. Die Grenze zwischen krankhaft und gesund war hier also schwammig und willkürlich und der Leidensdruck individuell. Denn das Gefühl der Angst galt als normale Reaktion auf Gefahr und sollte den Menschen helfen, die Ursache der

Gefahr auszuschalten oder ihr zu entkommen. Angst gehöre zum Leben, so die verbreitete Vorstellung.

Dies wurde um das Jahr 2000 herum auch noch wissenschaftlich untermauert. Hirnforscher unternahmen seinerzeit den Versuch, die Ursachen, die Mechanismen und die Konsequenzen der neuroendokrinen Stressreaktion zu studieren und zu analysieren. Sie drangen vor bis in das letzte Detail, bis hinunter auf die Ebene der molekularen Sequenzen und Interaktionen. Dort entdeckten sie die für sie verblüffend einfache Lösung: Die Menschen brauchen immer neue Herausforderungen und die damit einhergehenden kontrollierbaren Stressreaktionen, um sich besser an die vielfältigen Erfordernisse ihrer Lebenswelt anpassen zu können. Wie sonst könnte es ihnen gelingen, aus den gewohnten Bahnen ihres Denkens, Fühlens und Handelns auszubrechen und nach neuen, geeigneteren Wegen zu suchen?

Die Neurowissenschaft hatte also weitere Fortschritte gemacht. Aber das war ein Spiel, das nicht zum Ende führte. Denn es setzte am Falschen an – es blieb am Materiellen hängen. Man wusste damals seit über achtzig Jahren, dass es so gar nicht sein konnte. Man konnte wohl sehen, was da im Gehirn passierte, aber die eigentliche Ursache ist bekanntlich von einer ganz anderen Art.

Fakt ist: Diese Erkenntnisse waren damals schon seit Jahrhunderten aus den östlichen Philosophien bekannt. *‚Der Beobachter **ist** Furcht. Und wenn das erkannt wird, gibt es keine Energieverschwendung mehr durch das Bestreben, sich von der Furcht zu befreien, und damit verschwindet das Zeit-Raum-Intervall zwischen dem Beobachter und dem Beobachteten‘*, schrieb der Theosoph Jiddu Krishnamurti[e]. Und weiter: *‚Wenn du siehst, dass du ein Teil der Furcht bist und nicht getrennt von ihr existierst – dass du Furcht bist –, dann brauchst du nichts zu tun; dann hört die Furcht gänzlich auf.‘*

Erst ab Mitte des vergangenen Jahrhunderts etwa, lässt sich tendenziell ein Rückgang der sozialen Ursachen und Folgen sowie der gesellschaftlichen Erscheinungsformen von Angst feststellen. Dafür gibt es verschiedene Gründe. Im Kern ist es vor allem auf die Tatsache zurückzuführen, dass die Ökonomie nicht länger der bestimmende Faktor menschlichen Lebens sein konnte. Die Natur gab jetzt den Rahmen vor, in dem die Wirtschaft lebensförderliche Bedingungen für alle Menschen zu schaffen hatte. Und von da an brauchten sich die Menschen keine finanziellen Sorgen mehr zu machen. Ebenso wenig mussten sie beispielsweise länger Angst vor beruflich bedingten Herz-Kreislauf-Erkrankungen oder irgendwelchen Terroranschlägen haben."

„Entschuldigung", unterbrach Mia die KI. „Aber mir war gar nicht bekannt, dass es zu jener Zeit so viele Terroropfer in unseren Breiten hier gegeben hat."

„Die gab es auch nicht, wenn man die allgemein gültige Definition von Terror unterstellt. Heute wie damals gilt nämlich analog: Terroristische Handlungen werden mit der Absicht von Tötung oder schwerer Körperverletzung oder zur Geiselnahme begangen, um einen Zustand des Schreckens hervorzurufen, eine Bevölkerung einzuschüchtern oder etwa eine Regierung zu nötigen. Nach dieser Auslegung waren in ganz Westeuropa zwischen 1990 und 2015 beispielsweise in keinem Jahr mehr als 200 Menschen Terroranschlägen zum Opfer gefallen. Zum Vergleich: Allein im Jahr 2015 starben weltweit über 18 Millionen Menschen an Herz-Kreislauf-Erkrankungen, davon gut 4 Millionen in Europa.

Während die Angst vor Herzinfarkten, Schlaganfällen und so weiter aber vergleichsweise gering war, sorgten sich regelmäßig mehr als 40 Prozent der Befragten entsprechender Studien vor dem Terror. Dabei handelte es sich bei der Terrorangst gleich in doppelter Hinsicht um ein Hirngespinst: Es war nicht nur fast ausgeschlossen, dass man tatsächlich selbst Opfer eines Anschlags wurde. Der Terror wurde zudem auch noch eher als etwas wahrgenommen, das anderen zustößt, nicht einem selbst. Die Angst davor darf also im Nachhinein durchaus als ein prägnantes Beispiel für den Erfolg von gezielter Meinungsmache zur Aufrechterhaltung eines Glaubenssatzes gewertet werden.

Neben der Ausrichtung auf die Natur gab es damals aber noch einen weiteren Faktor der Angstreduzierung. Denn auch die allgemein veränderte Geisteshaltung, die gleichzeitig verstärkt einsetzte, hatte durchaus diese Wirkung. Sie begann über einen Gleichklang aus spirituellem Wissen und quantenphilosophischen Erkenntnissen das duale Denken abzulösen. Es wurde mehr und mehr durch die beruhigende Erfahrung ersetzt, dass die Menschen nicht beliebig abtrennbare Teile von unterschiedlichem Wert, sondern schöpferische Teilhabende mit Gesamtverantwortung dieses Kosmos sind, in dem es auf alle ankommt.

Das schließt allerdings nicht aus, dass es immer wieder Menschen gibt, die sich anderen gegenüber unterlegen fühlen. Gründe hierfür finden sich vor allem im sozialen Umfeld. Aus Minderwertigkeitsgefühlen steigt dann in Einzelfällen der Wunsch auf, überlegen zu sein, Macht zu besitzen. Und aus dem Begehren kommt die Angst. Diese Zeitgenossen haben folglich so gut wie nichts zu verlieren – außer ihrer Angst."

Mit diesen Worten verschwand X und ließ vier leicht irritiert dreinblickende Menschen zurück. Aang kannte seinen künstlichen Kollegen am besten, lächelte als erster über die Wortspielerei von X und löste die Verwirrung in der Gruppe auf:

„Vielen Dank X, auch für die humoristische Einlage am Ende. Leider geben uns die Neuigkeiten, die ich zu verkünden habe, wenig Anlass zur Freude", sagte Aang, nun wieder deutlich ernster werdend im dienstlichen Ton eines Polizei-Agenten. „Der aktuelle Stand unserer Ermittlungen stellt sich danach wie folgt dar:

- Von deinem Bruder Luca fehlt leider weiter jede Spur, Mia. Die Suche nach ihm wurde aufgrund deiner Information über Davids tatsächliche Todesursache noch einmal intensiviert. An dieser Stelle die dringende Bitte an euch alle, in diesem Zusammenhang jede Idee, mag sie euch selbst auch noch so abwegig erscheinen, unverzüglich zu kommunizieren.

- Mein Arbeitskollege Maxim, der vor mir bekanntlich mit David zusammengearbeitet hatte, ist jetzt vermutlich auf der Flucht. Aufgrund seines zunehmend befremdlichen Verhaltens stand er bereits seit geraumer Zeit unter der Beobachtung unserer I.I., Internal Investigation. Ihm muss dann von Dritten eine Warnung zugekommen sein, aufgrund derer er sich nicht mehr zum Dienst meldete. Wir sollten davon ausgehen, dass Maxim schon länger zumindest über die Ermordung von David wusste, möglicherweise sogar persönlich darin involviert war. Deswegen wird er jetzt steckbrieflich gesucht. Die Fahndung läuft auf Hochtouren.

- Eine kausale Verbindung zwischen dem Verschwinden von Luca und den Machenschaften von Maxim kann nicht ausgeschlossen werden. Es könnte also sein, dass uns seine Spur auch zu dem Aufenthaltsort von Luca führt oder umgekehrt.

- Ebenfalls nicht auszuschließen ist die Möglichkeit, dass Maxim trotz aller Geheimhaltung meinerseits um unseren gegenwärtigen Aufenthaltsort hier weiß und er selbst und/oder Helfer von ihm auf dem Weg hierher sind. Aber keine Sorge. Wir haben gemeinsam mit Muho bereits vergangene Nacht noch die entsprechenden Schutzvorkehrungen getroffen. Denn, Mia, nirgendwo sonst können wir gegenwärtig so gut wie hier für deine und die Sicherheit deines Kindes garantieren.

- Möglicherweise war auch die Verlegung deines Sohnes hierher überhaupt erst der entscheidende Auslöser für Maxims Flucht.

Das würde aber bedeuten, dass die Spur über das West-Krankenhaus in Megabay führt.

Mia, darf ich dich deshalb bitten, gleich im Anschluss jetzt mit mir eine Liste aller Mitarbeiter der Klinik zu erstellen, mit denen du dort zu tun hattest? X wird uns dabei behilflich sein."

B) BEZIEHUNG UND MATERIE

„Hallo. Mein Name ist Emma. Ich führe dich nun durch die Eingangskontrolle des West-Krankenhauses. Diese Prozedur unterliegt den gesetzlichen Bestimmungen. Unterbrich mich bitte jederzeit, wenn du Fragen hast, okay?", fragte die sympathische weibliche Stimme aus dem Off den Besucher, der äußerlich gelassen in dem sonst vollkommen leeren Raum stand. Und tatsächlich war Louis als erfahrener Polizei-Agent mit den Zugangsformalitäten öffentlicher Gebäude bestens vertraut. Das einzige, was ihn immer wieder faszinierte, war die Tatsache, dass die Techniker im Headquarter des FBECI scheinbar beliebig seine Identität fälschen konnten, ohne dass es jemand merkte.

„Okay", antwortete er deshalb emotionslos auf die Frage der Kontroll-KI. Er wusste zwar, was als nächstes kommen würde, rührte sich aber nicht.

„Bist du angemeldet?"

„Ja."

„Dürfen wir dich zum Zwecke der Identifikation scannen?"

„Ja", erwiderte Louis und wusste, dass es jetzt spannend wurde. Er ließ sich jedoch nichts anmerken und war im nächsten Moment schon wieder total beruhigt.

„Vielen Dank, Louis", beendete nämlich kurz darauf die Kontrolleinheit ihren Job mit den üblichen Formulierungen der Bestätigung, „warte bitte im Nebenraum. Du wirst in Kürze zu deinem Gesprächspartner gebracht. Einen angenehmen Aufenthalt noch in unserem Haus."

Louis murmelte ein formales ‚Danke' und ging durch eine sich automatisch öffnende Tür in einen kleinen, mit mehreren Sitzgruppen bestückten Warteraum. Er hatte keine Zeit sich zu setzen, weil schon im nächsten Augenblick ein zweisitziger Transportwagen direkt neben ihm hielt.

„Hallo Louis. Nimm bitte Platz", tönte es etwas metallisch, aber nicht unfreundlich aus dem Inneren des autonomen Transportroboters. „Ich darf dich zu Sophia bringen. Sophia leitet bei uns die Notfallmedizin und freut sich schon darauf, dich empfangen zu dürfen."

Sicher, zügig und geräuschlos glitt das Fahrzeug durch das Gebäude. Offensichtlich schwebte es auf Magnetfeldern durch die großzügigen und hellen Gänge des West-Krankenhauses. Louis erreichte auf diese Weise schon nach wenigen Minuten Fahrt sein Ziel. Am Ende eines kurzen Flurs erblickte er neben einer geöffneten Tür im hausüblichen enganliegenden, weiß-blau funktionellen Ärztedress eine dunkelhaarige Frau. Sie begrüßte ihren Besucher lächelnd mit den Worten:

„Willkommen in der Notfallmedizin, Louis. Mein Name ist Sophia. Was verschafft mir die Ehre? Normalerweise verirrt sich kein Journalist hier in die unattraktiven Randbezirke der Klinik."

„Hallo und vielen Dank erst einmal dafür, dass du mir deine Zeit opferst, Sophia", antwortete Louis höflich und sichtlich angetan von der aparten Erscheinung seiner Gesprächspartnerin. „Wieso glaubst du, dass die Notfallmedizin unattraktiv für die Medien ist? Alles was ich bisher hier sehe, gefällt mir durchaus."

Als wären Komplimente für sie das Normalste der Welt, blieb Sophia auch vollkommen unbeeindruckt von Louis bewundernden Blicken: „Ich hatte den Eindruck, die besten Zeiten für uns Neurologen, um in der Öffentlichkeit Aufmerksamkeit zu erregen, gehörten der Vergangenheit an", erwiderte sie leicht fatalistisch, „nachdem die künstliche Intelligenz mit ihren Algorithmen seit Jahrzehnten mit ständig neuen Entwicklungen für Furore sorgt. Was kann ich also tun, um unser Image aufzupolieren? Was genau interessiert dich und für welches Genre schreibst du eigentlich?"

„Nun, wie ich in meiner Gesprächsanfrage bereits mitgeteilt habe, bin ich unabhängiger Kolumnist", erwiderte Louis und machte es sich dabei in dem ihm angebotenen Sessel bequem. Mit größtmöglicher Souveränität erzählte er der Medizinerin die Geschichte, die er sich als Tarnung ausgedacht hatte. Dabei hoffte er inständig, dass seine Kollegen von der Technik auch die entsprechenden Informationen in den passenden Systemen sauber hinterlegt hatten. „Ich schreibe also über verschiedenste Themen und biete meine Arbeit dann den Medien an. Aktuell beschäftige ich mich unter anderem mit Nahtoderfahrungen, weshalb ich heute hier bei dir bin", fasste er sein Anliegen schließlich zusammen.

Bei dem Wort ‚Nahtoderfahrungen' beobachtete Louis die Reaktion von Sophia mit ganz besonderer Aufmerksamkeit. Er war quasi mit der Tür ins Haus gefallen, denn er wusste sehr wohl, dass NTE das Spezialgebiet von Sophia war. Mit diesem Bang wollte er jetzt eine erkennbare Reaktion bei seiner Gesprächspartnerin erzeugen. Bei aller Erfahrung, die er in dieser Hinsicht mitbrachte, konnte er jedoch absolut nichts Ungewöhnliches in ihrer Mimik oder in ihren Augen bemerken.

Louis blieb dennoch innerlich weiter auf der Hut. Er hatte es schließlich mit einer gestandenen Neurologin und Neuropsychologin zu tun. Irgendwie konnte er sich des Gefühls nicht erwehren, als würde auch sie ihn gerade ‚durchleuchten'. Er liebte derartige Konversationen. Louis war ein Spieler.

„Nahtoderfahrungen. Interessant", meinte Sophia und blickte dabei geistesabwesend an Louis vorbei in die Ferne.

Der ließ die Frau eine Weile gewähren und meinte dann: „Klingt aber gar nicht so."

„Bitte, was?" Sophia fühlte sich ertappt.

„Eben. Goaßgschau ist für mich nicht unbedingt ein Zeichen von besonderer Aufmerksamkeit", erklärte Louis schelmisch grinsend.

„Was bitte ist denn Go … Ga… Gassenschau?", wollte Sophia wissen.

„Goaßgschau", wiederholte Louis geduldig, „ist ein Begriff aus meiner bayerischen Heimat. Hier vergleicht man seit Urzeiten unter bestimmten Umständen den Gesichtsausdruck eines Menschen mit dem einer weiblichen Ziege, also der Geiß – oder eben Goaß. Und zwar wird das immer dann gerne gemacht, wenn jemand längere Zeit bewegungslos und scheinbar geistesabwesend auf einen Punkt oder ziellos in die Ferne blickt. Es geht hierbei allerdings nicht um eine Form des Ausdrucks oder der Entspannung. Vielmehr handelt es sich um einen geistigen und körperlichen Urzustand, der noch schwerer zu erreichen ist als Wachheit oder Schlaf. Personen mit Goaßgschau schauen nicht, sie sind geistig und körperlich in einer anderen Welt. Deshalb soll man sie in dem Zustand auch nicht stören."

„Wow. Super!", lachte Sophia begeistert. „Da wären wir ja schon mitten im Thema. Denn darum geht's ja bei der Nahtoderfahrung, dass…"

„Entschuldige, wenn ich dich unterbreche. Aber darf ich unser Gespräch aufzeichnen?", wollte Louis noch wissen. „Selbstverständlich bekommst du den kompletten Text zu lesen, bevor ich ihn veröffentliche." Und bei sich dachte er: ‚Blöder Job. Immer diese hinterfotzige Tour. Wir zeichnen doch heimlich sowieso alles auf. Und der Text – ja, der wird schließlich irgendwo in einem Speichermedium enden.'

„Ist schon okay", erklärte sich die Wissenschaftlerin mit dem Vorgehen einverstanden und merkte eingrenzend an: „Ich habe jetzt noch exakt 50 Minuten Zeit für dich."

„Danke. Das reicht, denke ich. Aber ich hatte dich unterbrochen", nahm Louis den Gesprächsfaden wieder auf. „Du wolltest, glaube ich, gerade erklären worum es bei der NTE geht. Hat das nicht etwas mit der Frage des Bewusstseins zu tun?"

„Oh ja, sehr viel sogar", erklärte Sophia. „Zunächst möchte ich aber unterscheiden zwischen der naturalistischen oder materialistischen Vorstellung einer NTE und den modernen quantenphysikalisch fundierten Erklärungsansätzen, wie sie heute vorherrschen.

Noch bis vor einhundert Jahren etwa, also immerhin auch schon gut einhundert Jahre nach den bahnbrechenden Arbeiten von Max Planck und Albert Einstein zur Quantenphysik, galt in der Wissenschaft verbreitet ein materialistisches Verständnis von der Wirklichkeit als gegeben. Obgleich man das Unausweichliche der quantenmechanischen Schlussfolgerungen anerkannte, hoffte man bis dato immer noch auf einen konventionellen Ausweg. Selten wurde seinerzeit für einen neutralen Beobachter deutlicher, dass Wissenschaft unter den Bedingungen des ‚Weil nicht sein kann, was nicht sein darf' nicht mehr war, als der jeweils aktuelle Stand des Irrtums."

„Betraf das auch die Neurologie oder zählte die damals schon zu den entwickelten Wissenschaften, die aus dem Irrtum lernen?", fragte Louis schelmisch grinsend.

„Natürlich war die Neurologie da auch noch nicht soweit", erwiderte Sophia, die offensichtlich allmählich in ihrem Element war. „So gingen die Naturwissenschaftler seinerzeit dogmatisch davon aus, dass das Bewusstsein an Materie gebunden ist und durch Materie, also durch Gehirnzellen erzeugt wird.

Hier habe ich das Beispiel einer Studie[e] aus dem Jahre 2013", kommentierte Sophia ihren kurzen Suchprozess am Display und fuhr dann fort, „in der es wie folgt heißt: ‚Es wird angenommen, dass das Gehirn während eines Herzstillstands hypoaktiv ist. Der neurophysiologische Zustand des Gehirns unmittelbar nach dem Herzstillstand wurde jedoch nicht systematisch untersucht. In dieser Studie führten wir eine kontinuierliche Elektroenzephalografie (EEG) bei Ratten durch, bei denen ein experimenteller Herzstillstand eingeleitet wurde, und analysierten Änderungen der Leistungsdichte, der Kohärenz, der gerichteten Konnektivität und der Kreuzfrequenzkopplung. Wir identifizierten einen vorübergehenden Anstieg synchroner Gamma-Oszillationen, der innerhalb der ersten 30 Sekunden nach dem Herzstillstand auftrat, und gingen dem isoelektrischen Elektroenzephalogramm voraus. Die Gamma-Oszillationen während des Herzstillstands waren global und sehr kohärent. Darüber hinaus zeigte dieses Frequenzband eine bemerkenswerte Zunahme der anterior-posterior gerichteten Konnektivität und der engen Phasenkopplung sowohl an Theta- als auch an Alphawellen. Die hochfrequente neurophysiologische Aktivität im Nah-Tod-Zustand überstieg die Werte, die im bewussten Wachzustand gefunden wurden. Diese Daten zeigen, dass das Gehirn von Säugetieren, wenn auch paradoxerweise, neuronale Korrelate einer erhöhten bewussten Verarbeitung beim nahen Tod erzeugen kann.' – Alles klar?"

„Sicher doch. Das muss ich mir jetzt aber nicht merken, oder?"

„Nein. Auf keinen Fall", gab Sophia lachend zurück. „Ob und wie das Gehirn während eines Herzstillstands zu bewusster Aktivität fähig ist, wurde jedenfalls noch lange Zeit heftig diskutiert. Es hatte nämlich System, nach immer neuen Erklärungsmustern dinglicher Art zu suchen. Denn das Grundverständnis von der Wirklichkeit war in unseren Breiten damals eindeutig das einer objekthaften Realität. Diese materiell geronnene Form konnte man sich dann jederzeit prima zum eigenen Nutzen manipulieren. Alles hingegen, was über das direkt Greifbare und quantitativ Messbare hinausging, wurde intellektuell zu einer *Anschauung* erklärt. Deren praktischen Nutzen akzeptierte man zwar – siehe zum Beispiel ‚Künstliche Intelligenz' – deren wesentliche philosophische Aussagen ignorierte man jedoch glatt."

„Du meinst die Quantenphysik", warf Louis ein.

„Ganz genau. Dabei wäre unser heutiges Weltbild im naturwissenschaftlichen Sinne auch damals schon geeignet gewesen, Spiritualität und Wissenschaft als wesentliche und komplementäre Teile eines umfassenden Ganzen zu sehen: Das Mögliche, was bis zu diesem Zeitpunkt noch nicht gewusst wird, gemeinsam mit dem prinzipiell eingeschränkt Wissbaren. Perfekt."

„Andererseits wäre es wohl vor gut fünfzig Jahren auch nicht zum Exodus der Eliten gekommen. Und wer weiß, wie unsere Welt dann heute aussähe", meinte Louis mit nachdenklicher Miene.

„Es ist wahr", stimmte Sophia zu, „dass der Exodus für uns Zurückgebliebene eine glückliche Fügung des Schicksals bedeutete. Denn die ganz andersartigen Einsichten des 21. Jahrhunderts fokussierten eben immer stärker auf das Leben und den Menschen. Die Eliten sahen darin aber einfach keine Basis mehr, hier auf der Erde ihre überkommenen Vorstellungen von einer feudalistischen Gesellschaft zu verwirklichen. Letzten Endes waren sie damals an ihrer eigenen Unfähigkeit gescheitert, ihr Handeln mit dem angemessenen Denken in Einklang zu bringen.

Und so ließ man sie schließlich in ihrer Karawane der Träume davon ziehen in die Unendlichkeit des Alls."

„Glaubst du, dass sie eines Tages zurückkommen, falls ihre Träume platzen sollten?"

„Ich glaube nicht. Zumindest nicht physisch."

„Du meinst, weil die meisten von ihnen das Ende ihrer Reise gar nicht erleben und so nur irgendeine Form der Kommunikation bleiben wird?"

„Du könntest auch Polizist sein, so hartnäckig wie du fragst", antwortete Sophia lächelnd, aber ausweichend, und sofort kam bei Louis wieder dieses Gefühl vom ‚Durchleuchtet-Werden' auf. Er gab sich jedoch keine Blöße und konterte prompt: „Ich dachte, du hättest nur begrenzt Zeit." Und aufgrund einer plötzlichen Eingebung setzte er nach: „Hast du es denn öfter mit Agenten zu tun in deinem Job hier?"

„Nein, normalerweise gar nicht", erwiderte Sophia ungerührt. „Interessanterweise war nur vor Kurzem erst einer hier. Auch er wollte speziell etwas über Nahtoderfahrungen von mir wissen."

Vor Louis' geistigem Auge begann eine mittelgroße Warnlampe zu leuchten. Er ließ sich aber nichts anmerken und konterte äußerlich gelassen und leicht nachdenklich: „Wahrscheinlich ein Agent, der einen Unfall oder ein Verbrechen aufzuklären hatte, könnte ich mir vorstellen. Ich habe nämlich schon mal davon gehört, dass Menschen mit einer NTE in bestimmten Fällen durch das, was sie von ‚drüben' mitverfolgten, zur Aufklärung von Vergehen beitragen konnten."

„Ja, das gibt es hin und wieder durchaus. Dieser Agent kam allerdings vom FBECI."

„FBE…, was ist das?", fragte Louis und tat, obwohl jetzt sämtliche Alarmglocken in ihm zu schrillen begannen, vollkommen ahnungslos. Er war sich nicht sicher, aber er hoffte inständig, dass ihn hier gerade kein unsichtbarer Lügendetektor scannte. Seine Linse meldete zwar nichts Auffälliges, aber er war sich sehr wohl der Tatsache bewusst, dass er sich momentan in einer Höchstleistungsklinik mit bester technologischer Ausstattung befand. Alles war möglich.

„FBECI. Bundesamt für Wirtschaftskriminalität", hörte er Sophia antworten und entschied sich, seine Gedanken zu zügeln und das ‚Ahnungslosen-Spiel' weiter zu spielen. Gleichzeitig musste er aber versuchen, wieder in die Position des Fragenden zu gelangen, um die Gesprächsführung zurückzugewinnen.

„Interessant. Naja, vielleicht eben ein Wirtschaftsdelikt, was es aufzuklären galt?", fragte Louis also nach.

„Über den Grund hat der Agent eher nur allgemein gesprochen. Wieso interessiert dich das?", kam unverzüglich die Gegenfrage von Sophia.

„Naja, ich besitze seit meinen frühen Reportertagen so eine Art sechsten Sinn", log Louis ohne rot zu werden. „Der meldet sich immer dann, wenn eine interessante Story irgendwo im Hintergrund lauert. Es ist anfangs nie etwas Konkretes, entwickelt sich dann jedoch meistens durch hartnäckiges Nachsetzen. Ich werde mich also gelegentlich mal mit diesem Bundesamt im Zusammenhang mit NTE befassen."

„Klingt ja sehr geheimnisvoll."

„Ja, auch Journalisten haben Berufsgeheimnisse", gab Louis zurück. „Ich frage dich umgekehrt ja auch gar nicht erst nach Details deines Gesprächs mit dem Polizisten, weil du mir aus dem gleichen Grund mit Sicherheit auch nichts verraten wirst."

„Stimmt."

„Also vielleicht kommen wir besser wieder zurück zu unserem Thema. Wie hat sich denn unter den von dir genannten Bedingungen einer fortschreitenden Fokussierung auf den Menschen und das Leben die Nahtodforschung weiterentwickelt?", wollte Louis nun wissen und brachte so mit Hinblick auf die fortschreitende Zeit das Gespräch wieder auf sein primäres Anliegen.

„Nun, wir hatten bereits festgestellt", antwortete Sophia, „dass das wissenschaftliche Denken – genauso wie alles Denken übrigens – lange Zeit fragmentierend und analysierend war. Es hatte sich aus einer langen stammesgeschichtlichen Evolution langsam dorthin entwickelt, um uns unter den irdischen Bedingungen das Überleben zu sichern. Ich könnte auch sagen, das Denken war darauf ausgelegt, die für die menschliche Ernährung wichtigen Naturalien wahrzunehmen und zu greifen. Weniger war es dazu vorgesehen, komplizierte Wissenschaft über die Welt im Großen und Kleinen zu betreiben. Tat man es trotzdem, war es nicht weiter verwunderlich, wenn zum Beispiel das Gehirn letztlich immer mit etwas Materiellem wie etwa einer Galaxie verglichen wurde. Es war eben die einzige Art und Weise, wie sich die Menschen die Wirklichkeit anschaulich vorstellen konnten.

Je mehr man sich jedoch die Erkenntnisse der Quantenphysik zu eigen machte und spätestens nach dem Exodus der Eliten auch ungestraft machen durfte, desto schwächer wurden die durch sogenannte Überzeugungen initiierten Beschränkungen des Denkens. Das eröffnete einen neuen Blick auf das riesige Potenzial an kreativem Bewusstsein des Menschen und führte meines Erachtens schließlich zu folgenden Einsichten:

Quantenphysikalisch gesehen besteht die Welt aus Information, während Energie und Materie nur Oberflächenphänomene sind. Damit haben wir heute praktisch eine Umkehrung des überkommenen Bildes von unserer Lebenswelt: Das Primäre ist Interaktion, der Stoff das Sekundäre.

Anders ausgedrückt könnte man auch konstatieren, dass am Ende nur etwas bleibt, was mehr dem Geistigen ähnelt. Ganzheitlich, offen, lebendig – ausführbar. In dieser Potenzialität gibt es keine eineindeutigen Ursache-Wirkungs-Beziehungen. Die Zukunft ist im Wesentlichen offen. Denn in jedem Augenblick wird aus dem Erwartungsfeld der abtretenden eine völlig neue Welt geschaffen. Es ist jedoch ein Plus-Summen-Spiel, bei dem Kooperation zur Intensivierung führt. Der zeitliche Prozess ist echte Kreation, in dem Potenzialität in Realität verwandelt wird. Und darauf haben wir uns in unserer Forschung schließlich auch konzentriert: Auf das lebendig Offene, also quasi auf die noch nicht vergebenen Rollen in dem schöpferischen Plus-Summen-Spiel."

„Schön gesagt. Dann geht es euch hier also um mehr, als nur allein um die NTE, richtig?", wollte Louis wissen.

„Allerdings. Es geht uns sozusagen ums Ganze. Das ist bekanntlich mehr als die Summe seiner Teile, und das meine ich sowohl quantitativ als auch qualitativ. Ich will damit deutlich machen, dass sich eine höhergeordnete Struktur niemals aus den ihr nachgeordneten Teilstrukturen eindeutig und vollständig begreifen und erzeugen lässt. Deshalb erfordert ein tieferes Verständnis von unserem heutigen Weltbild, dass wir zunächst das Ganze erforschen. Wir beschäftigen uns folglich mit der Grundbeziehung des ‚untrennbaren Einen', die ihren Reichtum der ihr innewohnenden Offenheit verdankt."

„Verzeihung, aber das klingt für mich eher unlogisch. Wie kann ich denn vom Ganzen sprechen, wenn ich die Teile nicht kenne?", unterbrach Louis Sophia.

„Das ist jetzt eine eher philosophische Frage", konterte sie. „Ich bin zwar selbst keine studierte Philosophin, habe mich aber genau dieser

Fragestellung schon aus diversen wissenschaftlichen Richtungen genähert. In jedem Fall gehört zunächst einmal die Logik zum Wissen. Wissen erzeugt aber Distanz, weil Wissen das Subjekt und das Objekt erzeugt, nämlich den Wissenden und das Gewusste, den Beobachter und das Beobachtete.

Vorbei die Phase, in der sich Neurowissenschaftler und Philosophen noch über die Natur des Bewusstseins stritten. Die moderne Wissenschaft geht davon aus, dass alles in einer quasi unteilbaren Potenzialität wurzelt, die Züge eines holistischen Geistes trägt. Sie ist dabei keine Realität im herkömmlichen Sinne. Ich will es mal stark vereinfachend so erklären:

Die Frage danach, *was* etwas ist, findet seine Erklärung im *wie*.

Messen und wiegen reicht also nicht aus, um die größere Wirklichkeit zu beschreiben, in die unser altes materielles Weltbild eingebettet ist. Oder anders ausgedrückt: Was wir in der Vergangenheit durch Außenansicht gewöhnlich als Schöpfung empfanden, ist nur die materielle Schlacke der geistigen Urdynamik."

„Das habe ich übrigens so richtig noch nie begriffen", warf Louis engagiert ein. „Schon meine Lehrer sind daran verzweifelt, mir die systematische Unterscheidung zwischen Möglichem und Wirklichem verständlich zu machen. Denn darum geht es doch im Grunde, oder?"

„Ganz genau", antwortete Sophia, die sichtlich beeindruckt schien von Louis' Wissen und dessen Kombinationsfähigkeit. „Das Besondere bei der Quantenphysik besteht für mich nicht einfach darin, dass niemand die Messergebnisse im Einzelnen vorhersagen kann. Wie beim altbekannten Doppelspaltversuch gleichen sie nämlich nur auf den ersten Blick einem Glücksspiel. Es gibt jedoch einen signifikanten Unterschied: Zwar ist in beiden Fällen nicht vorhersagbar, welches Ereignis eintreten wird. Aber beim Glücksspiel kann jeder direkt den Weg verfolgen, den der Würfel, die Roulette-Kugel oder die Münze nehmen, bis das Ereignis eintritt.

Das ist in der Quantenphysik nicht möglich. Darin unterscheidet sie sich radikal von jeder alltäglichen Erfahrung und damit ebenso von der klassischen Physik und Logik. Dort können – wie eben beispielhaft erläutert – physikalische Bewegungen und Prozesse mathematisch als Ereignisketten entlang von Wegen beschrieben werden, auf denen nach festen Regeln ein Ereignis dem anderen folgt. Als nun aber von der Quantenphysik nach formalen Operationen für die bislang unbeobachtbaren Wege in den Ereignisräumen gefragt wurde, ergab sich für die Mathematik ein Problem. Man wusste nicht, ob und wie die von den mechanischen Räumen bekannten Bewegungsbahnen in höherdimensionale Ereignisräume verallgemeinert werden können, und ob es auch dort auf vergleichbare Art virtuelle Wege gibt.

Denn üblicherweise nimmt die Mathematik anhand einzelner Anzeichen eine Spur auf und schließt von ihr auf den Weg, die Art der Fortbewegung, die sich in der Spur zeigt und die Eigenschaften des Wesens, dessen Spur zu sehen ist. In der Quantenphysik ist es nahezu umgekehrt: Mit den Messergebnissen sind die Lösungen bekannt, und mathematisch wird die Aufgabe gesucht, deren Lösung sie sind. Das Ergebnis ist bekannt, aber es hat seine Spuren verwischt, oder sie liegen in einem Bereich, wo sie niemand vermutet.

Inzwischen haben die Mathematiker von den Physikern gelernt. Sie übernehmen ihrerseits die Erfahrungen und Ideen, die sich insbesondere aus dem Phänomen der Quantenverschränkung ergeben, um systematisch zwischen Potenzialität und Wirklichkeit zu unterscheiden. So hat sich in der Wissenschaft eine ‚dynamische Logik‘ etabliert, ein Denken in Möglichkeiten, das schrittweise den Weg zum Wirklichen, oder wie wir heute gerne sagen, die Keimbahn von der Potenzialität zur Realität verfolgt. Dabei erkennt sie im Bereich des Möglichen unterschiedliche Stufen, die jeweils halbfertig sind und aus sich heraus nach dem Modell der Emergenz[e] stufenweise genauer werden und sich der Wirklichkeit annähern. Es wird nicht länger von einem Kollaps des Möglichen in das Wirkliche gesprochen, sondern von einer Genese des Wirklichen aus dem Möglichen."

„Spannend. Und in welcher Weise ist an dieser doch eher mathematisch-physikalischen Thematik die Neurologie beteiligt?", wollte Louis weiter wissen.

„Nun, erstens bildet der schrittweise Lernvorgang neuronaler Netze ein sehr gutes Vorbild", erwiderte Sophia prompt, „und zweitens beruhen selbstverständlich auch die Eigenschaften des Gehirns wie die aller materiellen Systeme auf der Quantenphysik. Das heißt, es existieren auch im Gehirn verschränkte Zustände, die grundsätzlich jedem die Gelegenheit bieten, den Raum der Möglichkeiten zu erfahren."

„Und wo und wie kann ich diese übergeordnete Wirklichkeit erleben?", bohrte Louis sichtlich fasziniert von Sophias Ausführungen weiter.

„Durch Innenansicht. Der Zugang zu dieser holistischen Potenzialität, dieser unauftrennbaren Urlebendigkeit, scheint sich uns zunächst nur durch Meditation zu eröffnen. Oder über den Dialog mit anderen, die den Weg über die Nahtoderfahrung bereits gegangen sind.

Bei der meditativen Versenkung – wie auch bei der NTE – arbeiten unsere Gehirnzellen frequenz- und phasengleich und verändern dadurch unser Erleben. Ohne jetzt zu detailliert in die Beschreibung des Neokortexes einsteigen zu wollen, sei hier nur so viel über die Gehirnkohärenz gesagt: In meditativen Zuständen steigt der Anteil der Neuronen, die einen gewissen Schwellenwert durchstoßen, massiv an. In diesen Momenten wächst die Empfänglichkeit für die Kommunikation mit dem uns umgebenden Informationsfeld.

Man kann Gehirnzellen aber auch auf andere Weise in einen kohärenten Gleichklang versetzen, etwa durch Tiefenentspannung, Aktivierung der Zirbeldrüse oder Drogen. Es sei hier nur der Vollständigkeit halber erwähnt, dass auch die Epilepsie die Folge einer Kohärenz elektrischer Impulse in verschiedenen Gehirnregionen ist."

„Ein weites Feld", resümierte Louis sichtlich beeindruckt, „das du sicherlich nicht alleine beackern kannst. Wie viele Kollegen arbeiten dazu in deinem Team?"

„Es handelt sich", antwortete Sophia, „derzeit um insgesamt vier Teams unterschiedlicher Personalstärke, die an den verschiedenen Themengebieten arbeiten. Sie alle sind quasi im Outsourcing tätig. Bei mir und meinen fünf Mitarbeitern hier laufen nur die Fäden zusammen."

„Und wer bearbeitet das Thema NTE?"

„Federführend Edina und Paul", kam ohne Zögern die Antwort von Sophia. „Ich gebe dir sofort die Kontaktdaten. Einen Moment bitte." Und während Sophia in ihrem System die entsprechenden Daten anforderte ergänzte sie: „Die beiden arbeiten für ein kleines Forschungsunternehmen hier in der Stadt, sind bestens ausgebildet und machen einen hervorragenden Job.

Du kannst sie jederzeit unter Berufung auf unser heutiges Gespräch kontaktieren und mit ihnen auch tiefergehende Fragen erörtern – zu denen wir heute aus Zeitmangel leider nicht kommen können. Denn ich erhalte just in diesem Augenblick einen Notruf aus der Patientenaufnahme. Es tut mir leid, Louis, aber ich muss sofort los. War mir ein Vergnügen. Wenn du noch Fragen speziell an mich hast, melde dich. Susanna, meine Mitarbeiterin hier, gibt dir noch die Kontaktdaten von Edina und Paul." Und mit den Worten „Sorry nochmal für das abrupte Ende unseres Gesprächs" schob Sophia den leicht irritierten Louis förmlich hinaus durch eine Seitentür in den Nebenraum.

*****

„Hallo Louis. Freut mich", begrüßte ihn eine junge Frau, die bei diesen Worten zwischen mehreren raumhohen, transparenten Displays hervorkam und ihn neugierig musterte. „Mein Name ist Susanna und ich bin hier in der Notfallmedizin für Organisation und Kommunikation verantwortlich."

„Die Freude ist ganz auf meiner Seite", antwortete Louis ehrlich, der sich mental schon wieder gefangen hatte und sofort versuchte, die Situation als seinen Coach zu betrachten – in zweierlei Hinsicht. Denn erstens konnte er auch beim Anblick von Susanna nach wie vor überhaupt nichts Unattraktives in diesem Teil der Klinik entdecken und zweitens wollte er nichts unversucht lassen, so schnell wie möglich an die Kontaktdaten von Edina und Paul zu kommen. Irgendwie hatte der Spürhund in ihm die Fährte aufgenommen. „Sophia meinte, du könntest mir die Kontaktdaten zweier externer Kollegen geben."

„Ja, ich habe schon gesehen, dass sie dich an Edina und Paul verweisen möchte", sagte Susanna leicht nervös und Louis überhörte nicht das leichte Zögern in ihrer Stimme.

„Genau", bestätigte er gespannt.

„Da gibt es leider ein Problem", bedauerte Susanna. „Ich vermag die Daten nicht zu finden."

Louis konnte so schnell nichts aus der Ruhe bringen und er war weit davon entfernt, an der Fähigkeit seines Gegenübers zu zweifeln, Kontaktdaten aus dem Klinik-System zu ziehen. Dennoch spielte er den Überraschten und erwiderte nur vielsagend: „Ach."

„Ja, ich verstehe es auch nicht", beteuerte peinlich berührt eine zunehmend erregte Susanna, die sich sichtlich bei der Ehre gepackt fühlte. „So etwas ist hier noch nie vorgekommen."

„Das glaube ich dir gerne", versuchte Louis die junge Frau zu beruhigen und gleichzeitig nach einer Lösung zu suchen. Er fragte deshalb sachlich ruhig: „Ist denn der gesamte Datensatz von beiden Personen verschwunden oder gibt es noch Spuren im System, die eine Rekonstruktion ermöglichen könnten?"

„Ich bin mir nicht sicher", erwiderte sie und wandte sich wieder ihren Bildschirmen zu. „Schauen wir mal."

Louis, der das als Aufforderung verstand, folgte ihr und sah wie Susanna mit geschickten Gesten mit dem System kommunizierte. Ihre Anstrengungen blieben allerdings erfolglos. Louis sah immer wieder nur den Hinweis ‚No Results Found' aufpoppen.

„Wonach hast du denn jetzt gefragt?", wollte er wissen. „Auch nach dem Namen der Firma?"

„Ja. DNS. Auch unbekannt", antwortete sie.

Und Louis, bei dem schon wieder die Alarmsirenen im Kopf tönten, hätte beinahe geantwortet: ‚Das hätte ich dir gleich sagen können.' Obwohl er bereits ahnte, dass die Spurenlöschung im System der Klinik bestimmt sehr professionell erfolgt war, wollte er auf Nummer sicher gehen und hakte nach.

„DNS. Was soll das heißen?", fragte er scheinbar unbedarft.

„Ich weiß es nicht. Wir haben immer nur von DNS gesprochen, wenn es um die beiden ging. Hm", grübelte sie, „dabei fällt mir auf, dass der letzte Kontakt, den ich mit Edina hatte, nun auch schon wieder etliche Tage zurückliegt. Ungewöhnlich. Mit Paul hatte ich persönlich ohnehin weniger zu tun."

„Kannst du im System auch auf Schriftstücke, also etwa Berichte oder Verträge, zugreifen? Da steht doch möglicherweise auch mal ein

Firmenname drin." Louis gab nicht so schnell auf, wusste aber, dass er die Sache nicht überstrapazieren durfte, wenn er seine Tarnung als Kolumnist nicht riskieren wollte. Der Hinweis auf DNS im Zusammenhang mit den Namen der beiden Wissenschaftler war für ihn schon wichtig genug.

„Habe ich eben alles schon mit abgefragt. Nichts", erwiderte Susanna.

„Okay. Lass es gut sein, Susanna. Wäre zwar schön gewesen, wenn ich meinen heutigen Termin mit Sophia zeitnah um weitere Informationen der beiden Experten hätte ergänzen können. Aber deren Kontaktdaten werden sicherlich bald wiederauftauchen und dann kann ich das Thema ja weiterverfolgen. Bis dahin habe ich Zeit, das umfangreiche Material von heute aufzubereiten. Ist ja eine ganze Menge Stoff. Was willst du jetzt im Zusammenhang mit den verschwundenen Daten unternehmen?"

„Die interne Revision ist bereits informiert. Die werden alle weiteren erforderlichen Schritte einleiten. Das kann bis zu einer Anzeige gegen Unbekannt beim FBECI gehen, sagte man mir."

„Gute Idee, das mit der Anzeige", lobte Louis.

5. SCHLAFENDE POTENZIALITÄTEN

A) VERSTECKTE RÄUME

„Und wie bist du jetzt auch noch an die Adresse von diesem Paul gekommen?", fragte Aang mit vom Schlaf belegter Stimme, aber hellwach und gespannt. „Es ist immerhin drei Uhr morgens. Und warum flüsterst du so?"

„Ja, ich weiß wie spät es ist", antwortete Louis kaum hörbar. „Deswegen spreche ich doch so leise. Ich bin hier nicht allein im Hotelzimmer. Susi..."

„Susi?", unterbrach ihn Aang abrupt. „Wer um alles in der Welt ist jetzt Susi?"

„Na, Susanna aus der Klinik halt", raunte Louis. „Die Assistentin von Sophia. Wir haben uns für den Abend noch zum Essen verabredet und sind uns dabei ein wenig nähergekommen."

„Aha. Verstehe. Alles klar. Also hat dir Susanna die Adresse genannt", folgerte Aang. „Und woher hat sie sie?"

„Sie war mal bei ihm auf einer Party, sagt sie", entgegnete Louis.

„Weiß sie von deiner wahren Identität?", wollte Aang wissen.

„Natürlich nicht – für was hältst du mich?"

„Für ein ausgemachtes Schlitzohr – und für einen Super-Cop. Hervorragende Arbeit, Mann", lobte Aang seinen Kollegen voller Bewunderung. „Deinetwegen sind wir in diesem Fall einen riesigen Schritt weitergekommen. Wir wissen jetzt, dass dieses ominöse DNS schon eine ganze Weile im West-Krankenhaus in Person von Edina und Paul aktiv war und wir können davon ausgehen, dass David der Sache auf der Spur war. Warum in den Files keine Informationen über seine Aktivitäten dort zu finden sind, müssen wir dringend klären. Ich vermute, dass Maxim hier seine Finger im Spiel hatte. Inwieweit Sophia verdächtig ist, an den Machenschaften von DNS beteiligt zu sein, ist noch unklar. Ebenso unklar ist, wer sonst noch dahintersteckt, also wie groß diese Organisation ist und was sie überhaupt für ein Ziel verfolgt."

„Ich habe mir gestern direkt nach meinem Besuch im West-Krankenhaus die Aufzeichnung davon noch einmal genau angesehen", wisperte Louis für Aang wirklich kaum noch verständlich. „Zwei Aussagen von Sophia haben dabei meine Aufmerksamkeit erregt, die mir während der Unterhaltung unmittelbar gar nicht so aufgefallen waren: Zum einen spricht sie davon, dass sich den Menschen der Zugang zur höheren Dimension nur durch Meditation oder den Dialog mit NTE-Erfahrenen zu eröffnen *scheint*. Was heißt ‚scheint' in diesem Zusammenhang? Gibt es vielleicht noch einen anderen Weg? Oder hat sie sich nur unglücklich ausgedrückt?"

„Hm. Interessant", meinte Aang, der sich dabei ertappte, wie er auch schon anfangen wollte zu flüstern. „Wir werden uns die Sequenz nochmal genau vornehmen. Und was ist dir noch aufgefallen?"

„Die Feststellung von ihr, dass im Gehirn verschränkte Zustände herrschen und deshalb jeder die Chance hat, den Raum der Möglichkeiten zu erfahren – ich muss jetzt Schluss machen", zischte Louis unvermittelt. Im nächsten Moment brach die Verbindung zusammen.

Aang überlegte kurz, entschloss sich jedoch dann, sich keine Gedanken um Louis zu machen. Wahrscheinlich war dessen Informantin aufgewacht, was ihn zum Beenden des Gesprächs gezwungen hatte. Viel mehr beschäftigten ihn jetzt die anderen offenen Fragen:

Musste David sterben, weil er zu viel wusste und dieser ominösen DNS-Organisation auf die Schliche gekommen war? Wo waren seine Informationen darüber geblieben? Aang konnte sich beim besten Willen nicht vorstellen, dass David keinerlei Aufzeichnungen seiner Tätigkeiten hinterlassen hatte. In der Zentrale war die Internal Investigation fieberhaft am Recherchieren. Bislang ohne Ergebnis.

Was ist mit der Adresse dieses Paul? Wie aktuell ist die Information von Susanna? Lebt der Mann dort noch? Gibt es möglicherweise weiterführende Hinweise auf das Wer, Wie, Was, Wo und Warum bezüglich DNS oder den Verbleib anderer beteiligter oder betroffener Personen wie Edina, Maxim oder sogar Luca? Ein Team des FBECI war vor Ort, um das zu checken. Aang hatte noch keine Meldung erhalten und in ihm wuchs das Unbehagen. Nie zuvor hatte er bei der Aufklärung eines Falles dermaßen lange und an so vielen Stellen gleichzeitig auf dem Schlauch gestanden wie bei diesem. Irgendwie hatte er den Eindruck, dass er immer und überall ins Leere griff.

Was ist mit Sophia? Was weiß sie und auf wessen Seite steht sie? Aang konnte das Gefühl nicht loswerden, dass die Frau sich während des Treffens mit Louis von dritter Seite beobachtet wusste und ihrem Gegenüber verdeckte Hinweise geben wollte. Er nahm sich vor, das Material von Louis unter diesem Aspekt möglichst umgehend zu analysieren. Er würde auch am Morgen gleich mit Muho darüber sprechen wollen, weil der Buddhismus seiner Meinung nach seit jeher die Parallelen zur Quantenphysik philosophisch am besten aufzuzeigen vermochte.

*****

Aber an Weiterschlafen war nicht zu denken. Die Meldung der Einsatzleiterin an der Wohnung von Paul erreichte Aang nur wenige Minuten, nachdem der Kontakt zu Louis abgebrochen war:

„Hallo, Aang. Sorry wegen der Störung um diese Uhrzeit, aber ich war der Meinung, du solltest jetzt dabei sein", meldete sich eine sportlich wirkende Frau mittleren Alters im dunklen Einsatzanzug.

„Keine Ursache, Emily, war sowieso eben noch beschäftigt", antwortete Aang jetzt wieder hellwach, nachdem über seine Linse die Bilder vom Einsatzort hereinkamen. „Erklär mal. Wie sieht's bei euch aus?"

„Routinemäßig haben wir zunächst weiträumig die Umgebung des Apartments gecheckt", erläuterte Emily das Vorgehen der Spezialeinheit, „und uns dann langsam auf das Ziel hin vorgearbeitet. Bis dahin nichts Verdächtiges. Physisch stehen wir jetzt vor der Wohnungstür", und Aang fand sich visuell im selben Moment im Hausflur eines modern wirkenden Wohngebäudes wieder, den Blick auf eine offenbar ganz normale Korridortür gerichtet, „und haben ein Problem: Unsere Sensoren dringen von außen nicht bis in das Apartment vor."

„Was meinst du, woran das liegt?", fragte Aang gespannt nach.

„Die Digperts^e sprechen von ‚unbekannter Raumversiegelung' und haben momentan noch keine Lösung" erwiderte Emily.

„Hallo, Aang, altes Schlitzauge", schaltete sich in diesem Augenblick in seiner bekannt burschikosen Art der Head Technology beim FBECI ein. „Was habt ihr da denn für eine Alienhöhle aufgetan? Ist mir ja noch nie untergekommen, dass unsere Sensoren schwarzsehen."

„Hallo, Enzo", gab Aang schmunzelnd zurück und frotzelte: „Schön, dass du auch schon wach bist. Leider kann ich dir bislang nicht viel erzählen über die Organisation, hinter der wir gerade her sind. Außer dass der Name DNS schon mal aufgetaucht ist und wir an anderer Stelle mitbekommen durften, dass die Truppe ziemlich technologieaffin zu sein scheint. Jetzt stehen wir vor der Tür eines mutmaßlichen Mitglieds und hatten uns eigentlich neue Erkenntnisse versprochen."

„Dabei würde ich euch ja auch sehr gerne helfen; nur weiß ich im Moment noch nicht wie. Wir brauchen hier einfach noch mehr Zeit", bat Enzo.

„Das heißt, du würdest zum jetzigen Zeitpunkt nicht dazu raten, massiv vorzugehen?" vergewisserte sich Aang. „Wo wir doch schon mal fast drin sind in der Wohnung."

„Dass es für euch wichtig ist, dort hinein zu kommen, habe ich schon begriffen", erklärte Enzo ruhig. „Die Frage ist nur, wie dringend es gleichzeitig ist. Das müsst ihr beantworten. Ich gebe nur zu bedenken, dass ich dann technisch für nichts garantieren kann. Das bedeutet, dass zwischen nichts und einem riesigen Feuerwerk so ziemlich alles passieren kann. Müsst ihr also wissen, ob es das Risiko wert ist, die Höhle zu stürmen."

„Emily, was meinst du?", wollte Aang nun von der Einsatzleiterin wissen.

„Aufgeschoben ist nicht aufgehoben", antwortete Emily. „Es ist prinzipiell keine große Sache, ein anderes Mal wieder zu kommen. Die Frage ist nur, ob man uns heute bei dieser Aktion hier beobachtet hat und uns beim nächsten Mal der Zugang noch mehr erschwert wird. Außerdem könnte bis dahin selbstverständlich auch eventuell belastendes Material entfernt werden."

Aang bat kurz um Bedenkzeit und ließ X die Chancen und Risiken abgleichen. Dann teilte er seine Entscheidung mit:

„Sofort den Wohnblock evakuieren und dann das Apartment einnehmen. Braucht ihr noch Personal, Emily?"

„Nein, danke. Wir hatten schon im Vorwege mit dieser Möglichkeit gerechnet und entsprechend geplant."

„Sehr gute Arbeit", lobte Aang seine Kollegin. „Dann mal los. Du bleibst ja mit Enzo in Kontakt und meldest dich bitte wieder, wenn ihr drin seid. Viel Glück."

„Okay. Alles klar", hörte er Emily noch sagen. Dann war die Verbindung weg.

*****

Aang war jetzt vollkommen wach. Seine Gedanken kreisten um DNS. ‚Wer steckte hinter dieser Organisation und was mochte sie bezwecken? Waren es tatsächlich Nachfahren der ehemaligen Eliten, die hier mit ihren Aktionen versuchten, am Rad der Geschichte zu drehen? Die Abhöraktion bei Mia ließ darauf schließen, dass die Hintermänner Angst davor hatten, Mia könnte während ihrer Nahtoderfahrung Informationen von David erhalten haben, die zu einer Gefahr für sie werden könnten. Aber welche Gefahr? Ging es ausschließlich um den Mord an David, von dem bisher nichts genaues bekannt war? Es konnte ebenso gut möglich sein, dass der Mörder gar nichts mit DNS zu tun hatte. Falls aber doch – und Aangs Gefühl tendierte eindeutig zu dieser Annahme – was hatte dann David schon zu Lebzeiten herausbekommen?

Am ehesten hätte das wohl noch Maxim beantworten können. Aber der war ja verschwunden. Freiwillig? Aang war sich nicht mehr sicher. Gewiss, Maxim war ein komischer Kauz und nahm es mit den Dienstvorschriften nicht immer so genau. Genie und Wahnsinn liegen jedoch selten weit voneinander entfernt. Aber war er deswegen gleich ein Spion? Schließlich war der Hinweis auf DNS doch von ihm gekommen. Was machte das dann für einen Sinn? ...'

Schließlich musste Aang wohl doch wieder eingeschlafen sein, denn als er den Rufton vernahm, war es kurz vor fünf Uhr morgens. Emily war dran.

„Wir sind drin", war ihre lapidare Feststellung und weiter, „offensichtlich leer."

„Wie seid ihr reingekommen?", wollte Aang wissen.

„Durch die Wohnungstür – mit einem Roboter", kam die trockene Antwort der Einsatzleiterin.

„Ich dachte, die Sensoren ...", begann Aang nachzuhaken, als Enzo dazwischen polterte:

„Das müssen wir noch klären, warum die Dinger nichts angezeigt haben", schimpfte er. „Während der Evakuierung des Wohnblocks haben wir dann jedenfalls zur Sicherheit nach allen Regeln der Kunst eine Energie-Neutralisierung im Bereich des Objekts vorgenommen. Danach ist der Roboter reinmarschiert."

„Und hat absolut nichts Verwertbares gefunden", ergänzte Aang.

„Richtig", war nun wieder Emily zu hören. „Nichts Materielles und nichts Energetisches."

„Okay. Ist der Roboter eigentlich noch drin?", fragte Aang.

„Nein", antwortete Emily, „wegen der Energie-Neutralisierung hatten wir während seines Einsatzes da drin keinen Kontakt zu ihm. Er hat seine Arbeit autark erledigt und wir haben die von ihm gemessenen Daten ausgelesen, nachdem er wieder draußen war. Warum fragst du?"

„Ach. Schon gut, Emily. War nur so ein Gedanke", entgegnete Aang. „Ich schau mir später euren Bericht an. Wenn ich dann noch Fragen habe, komme ich auf dich zu. Vielen Dank erstmal."

*****

148

Aang studierte noch einmal die entscheidenden Passagen des Gesprächs, das Louis mit Sophia im West-Krankenhaus geführt hatte und machte sich dann auf den Weg zu seinem Bruder. Er wusste, dass Muho es sich schon vor langer Zeit angewöhnt hatte, seinen Tagesrhythmus an den Sonnenstand anzupassen. So fand er ihn denn auch selbst zu so früher Stunde schon nach getaner Morgenmeditation in seinem Arbeitszimmer im Meditationshaus vor.

„Guten Morgen. Störe ich?", fragte Aang beim vorsichtigen Öffnen der Schiebetür.

„Natürlich nicht", antwortete Muho gut gelaunt. „Komm nur herein, Aang, und sag mir, was dich schon so früh am Morgen zu mir treibt. Konntest du nicht schlafen?"

Aang berichtete kurz von seinen nächtlichen Aktivitäten und kam dann speziell auf die Aussagen von Sophia zu sprechen: „Meditation ist ganz eindeutig etwas, mit dem du dich erheblich besser auskennst als ich, Muho", sagte er zu seinem Bruder. „Was weiß denn der Zen-Buddhismus über den Zugang zu dieser holistischen Potenzialität?"

„Eine ganze Menge", entgegnete der Meister mit wissendem Lächeln, „wie du dir sicherlich schon gedacht hast, denn sonst wärest du jetzt wohl nicht hier. Wir nennen die Wahrnehmung der Buddha-Natur oder, wie Sophia sie gegenüber Louis sehr treffend bezeichnet hat, der unauftrennbaren Urlebendigkeit im japanischen Zen-Buddhismus Satori. Es ist das Erlebnis der Erleuchtung schlechthin und ist auch heute noch allein den Meistern vorbehalten. Denn es handelt sich um traditionelles Wissen, das streng codiert ist und nur durch jahrelanges Praktizieren des Zazen erworben werden kann. Auf diese Weise sollen die Menschen vor katastrophalen Auswirkungen beliebiger Gedanken bewahrt werden, die durch das Satori zur Wirklichkeit gerinnen.

Das Erlebnis erhebt sich aus dem Bereich unserer Emotionen, ist also nicht durch Eingriffe des unterscheidenden Intellekts beschränkt oder in seiner Sichtweite begrenzt. Es äußert sich als eine vollkommene Gelöstheit, in einem Stehen über allem, ohne dass die Geschehnisse in irgendeiner Weise aufgespalten würden. Man befindet sich quasi am Ursprung aller Existenz und erfährt die elementaren Funktionen, die exakt zum gewünschten Ziel führen."

„Das klingt für mich durchaus vergleichbar mit dem, was ich vom luziden Traum weiß", wandte Aang ein, „bei dem sich als Besonderheit der Träumende später an Teile davon deutlich erinnert. Die so gewonnenen Schlüsselerlebnisse sollen durchaus lebensbestimmende Wirkung haben können."

„Ja, ich habe selbst Erfahrungen mit luziden Träumen gemacht", erklärte Muho daraufhin, „und kenne deswegen den Unterschied sehr wohl. Wie der Name schon sagt handelt es sich hierbei um einen Traum, das heißt, dass das Bewusstsein hierbei nicht als Vermittler zur Materie auftritt. Die Wahrnehmung findet in ihrem ureigenen Element statt und ist allein von den Direktiven des Geistes abhängig, wodurch das Geschehen so real wie in der Wachwelt erscheint.

Satori hingegen stellt eine völlig neue Sichtweise aller Wirklichkeiten dar. Es zu erfahren bedeutet, ein anderer zu werden und nach wiederholter Anwendung alles zu wissen, was die Welt zusammenhält. Man kehrt zum Ursprung allen Lebens zurück und gewinnt tiefe Einsicht in die wahre Natur allen Seins. Auf dem Weg dorthin durchschaut man die illusionäre Natur des eigenständigen Selbst. Man gelangt heraus aus der für unser gewöhnliches Erleben wichtigen Welt der Gegensätze hinein in die Einheit mit der Anbindung an das universelle Bewusstsein."

„Ich habe mal gelesen, dass man die Einheit auch als so etwas wie eine virtuelle Informationsmatrix bezeichnen könnte: Einloggen – Ausführen – Ausloggen", warf Aang ein.

„Hm, warum nicht", meinte Muho lächelnd. „Wenn es dem besseren Verständnis dient. Wie kommst du drauf?"

„Nun, ich denke wieder an das Wort ‚scheint' von Sophia", erinnerte Aang, „und ich versuche, mir einen Weg vorzustellen, der eben nicht irgendwie über Meditation an die Energie der schlafenden Potenzialität andockt."

„Energie der schlafenden Potenzialität finde ich sehr treffend bezeichnet", kommentierte Muho. „Ich bin zwar kein Naturwissenschaftler. Aber wenn wir uns aus dieser Richtung der Meditation nähern, dann müssen wir festhalten, was allen diesen Methoden gemein ist: Wir stellen Gedankenimpulse an und ab, so wie wir Lautimpulse zum Sprechen an- und abstellen. Der Neokortex erlaubt es dann, dass die Herrschaft über unser Ich vom Limbischen System übernommen wird und diese dann trotz Reduktion durch das Bewusstsein wahrnehmbar ist. Das führt mit genügend Übung schließlich dazu, dass das Ich quasi ins Universum verlagert wird und wir die Energie der schlafenden Potenzialität durch uns hindurchströmen fühlen. Je stärker uns dabei die Wahrnehmung der Einheit bewusstwird, desto mehr gelingt es uns, aus schlafendem Potenzial Realität werden zu lassen."

„Und welcher Prozess glaubst du könnte diesem Vorgang quantenphysikalisch am ehesten entsprechen?", hakte Aang gespannt nach.

„Ich würde sagen, dass es sich speziell bei der Quantenverschränkung in jedem Fall um einen universalen Einflussprozess handelt, der durch lokale Materieaktivität ausgelöst wird", antwortete Muho.

„Das denke ich auch", erwiderte Aang gedankenverloren. „Und deshalb werden wir kurzfristig noch einmal mit Sophia sprechen müssen, und zwar diesmal im Klartext."

B) DIE EHRE DER VOLLKOMMENEN WEISHEIT

Mia musste eingestehen, dass sie sich in Juliette reichlich getäuscht hatte. Bei all der herzlichen Aufmerksamkeit, die ihr die Frau entgegenbrachte und dem Engagement und Wissen, mit dem sie diese Aufgabe erledigte, war sie für Mia ungewollt zu einer Art strebsamer Vorzeigenovizin geworden. Sie fragte sich nun verschämt, wie sie vergessen konnte, dass natürlich auch Juliette eine Vorgeschichte in ihrem Leben hatte. Und was für eine, wie sich heute herausstellen sollte.

Die beiden Frauen hatten sich nach dem Frühstück gemeinsam auf eine ausgedehnte Besichtigungstour des Klosterbereichs begeben. Mia hatte bereits verstanden, dass es um das eigentliche Kloster mit dem Meditationshaus im Mittelpunkt herum noch verschiedenste Anlagen gab. Neben der Klinik und den Wohnanlagen für Besucher und ständige Bewohner konnte sie die komplette Infrastruktur eines modernen Ortes entdecken. Jetzt waren sie im Kommunikations- und Informationszentrum angekommen und Mia staunte nicht schlecht. Es gab einige Präsentationsräume mit holografischer Technik von neuestem Standard und mehrere Vortragssäle. In der Eingangshalle liefen aktuelle Nachrichten und jeder Besucher konnte sich, auch gruppenweise zu Diskussionszwecken, per Linse in verschiedenste Themenbereiche einwählen und interagieren.

Mia äußerte spontan ihre Bewunderung, auf die Juliette nicht ohne Stolz antwortete: „Vielen Dank. Den Wirtschafts- und Sozialpolitischen Bereich hier betreue übrigens ich."

„Wow", entfuhr es Mia und sie begann zu ahnen, dass in Juliette ungeahnte Fähigkeiten schlummerten. „Woher weißt du das denn alles? Hast du Wirtschaftswissenschaften studiert?"

„Allerdings", erwiderte Juliette in ihrer bescheidenen Art. „Bevor ich hierherkam, hatte ich die Ehre, an der Sorbonne Volkswirtschaft zu lehren."

Mia war regelrecht geschockt. Dabei wusste sie nicht, was schwerer wog – ihr Erstaunen über die Information an sich, ihre Bewunderung für Juliette als Mensch oder ihre eigene Einfältigkeit und Selbsterhöhung, mit der sie bislang auf ihr Gegenüber geblickt hatte.

„Wenn es dich interessiert: Hier findest du unter anderem meine wesentlichen Arbeiten zu verschiedenen gesamtwirtschaftlichen Fragestellungen und die sich daraus ergebenden Konsequenzen für die Gesellschaft", ergänzte Juliette gelassen und öffnete dabei das Register, das unter der Rubrik ‚Wirtschaft' auf dem Display direkt vor ihnen erschienen war. „Wenn du Fragen hast zu diesen Themen, zu Methoden oder Lehren, zu bestimmten Wissenschaftlern oder zur Historie – tu dir keinen Zwang an. Ich habe inzwischen vielleicht schon das eine oder andere vergessen, aber…"

„Stopp, stopp!", unterbrach sie Mia, die ihre Schnappatmung inzwischen in den Griff bekommen hatte und wieder zusammenhängende Sätze sprechen konnte. „Das ist ja unglaublich. Ich bin total perplex. Was war denn dein Hauptgebiet, mit dem du dich beschäftigt hast?"

„Meine Schwerpunktthemen lagen immer im Bereich der Makroökonomie und der Wirtschaftsgeschichte", erwiderte Juliette. „Das schloss selbstverständlich nicht aus, dass ich mich auch mit verwandten Wissenschaftszweigen wie Betriebswirtschaftslehre und Sozial- und Wirtschaftspolitik beschäftigt habe. Hin und wieder war ich auch politisch beratend tätig."

Mia war sichtlich beeindruckt und fragte interessiert: „Da kennst du wahrscheinlich auch das EEP, stimmt's?"

„Natürlich. Warum fragst du?", wollte Juliette wissen und Mia erzählte kurz von ihren bisherigen beruflichen Aktivitäten und ihrer aktuellen Bewerbung um einen Sitz im EEP.

„Sehr schön", meinte Juliette. „Das freut mich wirklich für dich. Viel Glück dabei. Da kannst du ja dann an sehr prominenter Stelle gleich dein Engagement für die Befreiung der Gesellschaft von der Angst vorantreiben. Das finde ich doch richtig gut."

„Aber bin ich dafür in einem Wirtschaftsparlament denn an der geeigneten Stelle?", fragte Mia zweifelnd.

„Aber warum denn nicht?", kam prompt die Gegenfrage von Juliette. „Grundsätzlich bist du mit diesem Thema überall an der richtigen Stelle, wo du es kommunizieren kannst. Dort im EEP hast du aber zudem noch Einfluss auf einen gesellschaftlich sehr wichtigen Teil der Bevölkerung."

„Eigentlich schon. Aber so bestimmend wie früher ist die Ökonomie für unsere Gesellschaft doch heute gar nicht mehr", gab Mia zu bedenken.

„Prinzipiell ist das natürlich richtig, was du sagst", bestätigte Juliette. „Ja, wir haben der Natur wieder den überragenden Stellenwert eingeräumt, den sie verdient, um den Fortbestand der menschlichen Gesellschaft auf der Erde zu sichern. Seit gut 70 Jahren muss sich auch die Ökonomie dem Primat des Umweltschutzes unterordnen."

„Aber ist es nicht so", wandte Mia ein, „dass wir trotzdem noch eine Wachstumswirtschaft haben? Und dass, obwohl unsere Erde nach der Klimakatastrophe über noch weniger Ressourcen verfügt als zuvor?"

„Natürlich haben wir die" betonte Juliette. „Bevor ich aber genauer darauf eingehe, möchte ich dir eine kurze Zusammenfassung des Wirtschaftsmodells ans Herz legen, das aktuell praktiziert wird. Ich denke, es wäre als Einstiegsliteratur eine gute Grundlage für eine angehende EE-Parlamentarierin wie dich. Hier", und dabei wies Juliette mit ausgestrecktem Zeigefinger auf ein Display, „in der Rubrik ‚Angewandte Wirtschaftspolitik' findest du ein Essay von mir mit dem Titel: ‚Gemeinwohlökonomie[e] heute – wie man die Dynamik einer Marktwirtschaft zeitgemäß deutet und daraus wirtschaftspolitische Konzepte zum Vorteil aller ableitet'."

„Hervorragend", jubelte Mia, die sichtlich erleichtert war. Erhielt sie hier doch so unerwartet kompetente Unterstützung in wirtschaftlichen Fragen. Und dann noch genau zur richtigen Zeit. „Vielen Dank, Juliette. Das ist genau das, was ich gesucht habe. Ich werde es mir unbedingt sobald wie möglich zu Gemüte führen. Bestimmt kann ich es mir auch herunterladen?"

„Gerne", antwortete Juliette, nicht ohne jeden Stolz in der Stimme. „Schau. Du brauchst nur die Hilfe aufzurufen und deinen Wunsch zu äußern. Fertig.

Aber nun zurück zu deiner Frage des Wachstums bei eingeschränkten Ressourcen. Dazu nur so viel: Es ist nicht länger Wachstum im Sinne eines ‚mehr vom bereits Bekannten' oder ‚mehr vom Materiellen', das unsere Wirtschaft antreibt. Es sind auch nicht die Zinsen, nicht gewinnorientierte Unternehmen, nicht die Wachstumsmessung per Wodex[e] oder ein ‚zu viel an Geld', die die Dynamik unserer Wirtschaft bestimmen. Nein, es ist im Grunde viel einfacher: Das Neue vertreibt das Alte. Das Bessere ist der Feind des Guten."

„Und wie muss ich das genau verstehen?", wollte Mia wissen. „Wie funktioniert das eigentlich?"

„Das liegt an der Offenheit", antwortete Juliette. „Wir haben uns entschlossen, ein relativ offenes System zu praktizieren, das Ideen honoriert. Ideen, wie man beispielsweise etwas besser oder billiger herstellen oder vertreiben kann. Denn es ist nicht ursächlich das Streben nach Gewinn, das den Aktiven von dem unterscheidet, der nichts unternimmt, sondern es ist die Idee. Aber wem sage ich das?"

„Ja, das habe ich selbst schon hinreichend oft erfahren", bekräftigte Mia. „Das sagt aber noch nichts über den Erfolg der Idee aus."

„Richtig", stimmte Juliette zu. „Aber unsere jetzige Wirtschaftsordnung ist nun einmal ein System, das konsequent die erfolgreichen von den weniger erfolgreichen Ideen zu trennen vermag. Letztendlich ist es auch nicht entscheidend, wer wie viele Ideen initiiert hat. Wir schauen uns erst im Nachgang an, was dabei herausgekommen ist. Auf alle Fälle ist der entscheidende Punkt die Offenheit."

„Aber", insistierte Mia, „wie konnte man dann in den letzten Jahrzehnten in Umweltfragen die enormen Herausforderungen so erfolgreich meistern? Denn wie soll das gelingen, wenn man nicht weiß, welches das Ergebnis all der vielen Versuche ist, neue Ideen umzusetzen? Und auch nicht weiß, ob das Ergebnis Wachstum im herkömmlichen oder im ökologischen Sinne oder sogar Rückschritt ist."

„Gute Frage", lobte Juliette, die sichtlich Gefallen an der Diskussion mit Mia gefunden hatte. „Das Entscheidende war der Umbau der Wirtschaftsordnung in der Weise, dass die Staatengemeinschaft solche Produkte und Dienstleistungen verknappte, die nicht ökologisch verträglich waren. Unsere Gesellschaft konnte sich einen anderen Lebensstil einfach nicht länger leisten. Es wurde also von da an konsequent an den Märkten interveniert, von denen die größten negativen Effekte auf das Klima ausgingen. So wurden weltweit fossile Energien schrittweise und auf lange Sicht verteuert, natürliche Ressourcen in ihrer Nutzung stark eingeschränkt oder preislich angehoben sowie umweltschädliche Technologien und Finanzprodukte verboten oder ebenfalls drastisch verteuert."

„Trägt das nicht Züge einer Kreislaufwirtschaft?", fragte Mia herausfordernd und unterstrich mit diesem Begriff immerhin ihre rudimentären Kenntnisse der Ökonomie.

„Nein", kam voller Überzeugung die Antwort von Juliette. „Denn trotz aller Einschränkungen bleibt unser System offen für Änderungen, ja es befördert sogar die Entwicklung neuer Produkte und Dienstleistungen. Es bleibt auch offen für Wachstum, selbst wenn es sich nicht mehr um ein Wachstum im herkömmlichen Sinne handelt."

„Ach, ich verstehe. Deshalb die Einführung einer ‚humanistischen Informationsökonomie'e", warf Mia ein.

„Genau. Nachdem die neue Technologie mehr und mehr die menschliche Arbeitskraft zu ersetzen begann, konnte die Wirtschaft nur noch dadurch wachsen, dass Informationen einen Preis bekamen. Zwar ist eine Teilnahme an der humanistischen Informationsökonomie nicht verpflichtend. Aber jeder Internetnutzer kann heute bekanntlich ein ökonomischer Akteur sein: Er bezahlt einen Betrag für Informationen und wird seinerseits für Informationen bezahlt, die er beim Bloggen oder Einkaufen zur Verfügung stellt.

Denk nur an die vielen Ingenieure oder Designer, die so trotz massenhafter Verbreitung privater 3D-Drucker auch weiterhin Geld für ihre Leistung erhalten. Oder an all die Akademiker, die sonst durch das Angebot der kostenlosen Bildung im Internet arbeitslos wären. Oder all jene Menschen deren Praxiswissen und -können in Algorithmen und Roboter einfließt und die sich auf diese Weise ebenfalls dafür entschädigen lassen, dass ihnen Maschinen die Arbeit wegnehmen. Wären Informationen vor hundert Jahren schon anständig bezahlt worden, hätte sogar Goobay – damals noch Google – sein Geld nicht mit Spionage verdienen müssen, sondern einfach seinen Suchalgorithmus für sich arbeiten lassen."

„Und wo bleibt da der Umweltgedanke?", fragte Mia.

„Na, denk mal an die Umweltbörsen. Unser offenes System bietet beste Voraussetzungen, ökologische Prinzipien glaubwürdig und verantwortungsvoll in das vorhandene Wirtschaftssystem einzubauen. Denk nur beispielsweise an den Handel mit Umweltzertifikaten, die individuell kontingentiert sind.

Von einer übergeordneten Festlegung des Wachstums auf null oder von der Implementierung einer Kreislaufwirtschaft habe ich nie etwas gehalten. Das waren für mich immer planwirtschaftliche, innovationsfeindliche Ansätze, bei denen der Staat trotz Produktivitätsfortschritten Wachstum verhindert. Das kommt meist von vorneherein dem verordneten technologischen Stillstand gleich."

„Verstehe. Und wie hat man es deiner Meinung nach erreicht, dass das System den Menschen deutlich mehr Freiräume für ein selbstbestimmtes Leben, also das selbstständige Denken, Entscheiden und Handeln einräumte, als das in der alten Welt möglich war?", wollte Mia weiterwissen.

„Eine wesentliche Voraussetzung von persönlicher Autonomie ist, dass die materiellen Grundbedürfnisse gedeckt sind. Der Reichtum einiger weniger Menschen durfte also nicht länger auf der Armut vieler anderer basieren. Eine Angleichung musste erfolgen, denn Menschen achten grundsätzlich sehr auf Ungerechtigkeiten und auf das Gemeinwohl. Wer jedoch wie wir in einer Demokratie den Strukturwandel systemkonform durch Preissteigerungen in Richtung ökologische Vorsorge lenken will, kann das nur durch massive Entlastung der Bezieher unterer Einkommen erreichen. Andernfalls hätten diese Menschen – gemessen an ihrem Lohn – einen weitaus größeren Teil der Gesamtlast zu tragen gehabt, als diejenigen mit den hohen Einkommen.

Ebenso wichtig war die Erkenntnis, dass ein insgesamt langfristig erfolgreiches Wirtschaften in einer Ökonomie nur möglich ist, wenn die Masse der Menschen am Produktivitätsfortschritt partizipiert. Denn sie werden gerade in unserer zunehmend automatisierten Arbeitswelt besonders als Nachfrager gebraucht."

„Logisch", nickte Mia zustimmend. „Nun hat es aber gerade die rasante technologische Entwicklung der jüngsten Vergangenheit mit sich gebracht, dass insgesamt deutlich weniger Menschen angestellt arbeiten als zu vergangenen Zeiten und auch einen bestimmten Job nicht mehr ein Leben lang ausüben. Da ist doch unser ‚bedingungsloses Grundeinkommen'e allein bestimmt nicht die Lösung für eine gerechte Teilhabe am Produktivitätsfortschritt."

„Allerdings nicht", stimmte Juliette zu. „Und damit wären wir nach einem, wie ich finde, sehr interessanten und spannenden Diskurs wieder am Anfang angelangt. Genau hier sehe ich nämlich das große Potenzial für dich, im EEP zukünftig Einfluss zu nehmen. Die Menschen haben einen Paradigmenwechsel riesigen Ausmaßes innerhalb – entwicklungsgeschichtlich gesehen – kürzester Zeit erlebt.

Staatliche Instrumente wie das bedingungslose Grundeinkommen sind da bestenfalls nur Bausteine zur materiellen Absicherung des Einzelnen. Dazu zählt auch die Mikrosteuere, die unter anderem die Finanzierung des Grundeinkommens erst möglich gemacht hat. Hierbei werden bekanntlich nicht länger Akteure, Aktionen oder Produkte besteuert, sondern eine übergeordnete Sache, ein gemeinsamer Nenner: der Zahlungsverkehr. Diese Besteuerung jeder Finanztransaktion, sei sie privat oder geschäftlich, hatte eine fundamentale Verschiebung der Steuerlast zur Folge. Die finanzielle Gesamtbelastung speziell von

Einzelpersonen und Haushalten wurde enorm reduziert. Ein wesentlicher Beitrag also zu mehr Einkommensgerechtigkeit.

Aber auch die meisten Unternehmen konnten hierdurch steuerlich deutlich entlastet werden. Trotzdem kommt der Staat nach wie vor leicht zu den Einnahmen, die er für die ihm auferlegten Aufgaben plant. Denn mit dem Zahlungsverkehr zapft er ein Substrat von enormen Ausmaßen an.

An einem anderen, sehr viel bedeutenderen Teil des Problems gilt es aber noch zu arbeiten. Es geht für die Menschen darum, sinnstiftend und erfüllend in einer völlig veränderten Gesellschaft zu leben, in der nach fast 300 Jahren Industrialisierung die Arbeit nicht mehr im Mittelpunkt steht, sondern das Leben."

„Du meinst jetzt aber nicht eine Neuauflage der Wertediskussion nach dem Motto: ‚Geld haben ist gut und kein Geld haben ist böse‘ oder ‚dieser Job ist mehr wert als jener‘", fragte Mia eher rhetorisch.

„Nein, bestimmt nicht", erwiderte Juliette lächelnd. „Denn über diesen Punkt sind wir in unserer Entwicklung längst hinweg und getretener Quark wird bekanntlich breit, nicht stark. Ich finde jedoch, dass sich unser Bildungssystem inzwischen sehr gut entwickelt hat. Die jungen Menschen werden erfolgreich an Themen wie Neugier, Kreativität, Problemlösungsfähigkeit oder Selbstmanagement herangeführt. Damit sind sie sehr viel besser auf das Leben vorbereitet, als das beim herkömmlichen, kurzfristigen Auswendiglernen für Zensuren noch der Fall war. Denn früher haben wir doch immer für eine Belohnung von außen gelebt. Erst für Noten, später dann für Geld in Abhängigkeit vom Arbeitsplatz.

Überhaupt sprachen wir immer von Arbeitsplätzen, aber nie von dem Menschen, der intrinsisch motiviert handeln will. Und noch heute tun wir uns schwer damit, neue Technologien zu unserer eigenen Entfaltung zu entwickeln und zu nutzen. Stattdessen laufen wir immer noch viel zu oft hinter der Hightech her, um den Anforderungen gerecht zu werden, die sie an uns stellt. Dieses Verhalten geht für mich völlig am wirklichen Leben vorbei und zeigt mir gleichzeitig, dass es in unserer Gesellschaft noch immer Widerstände gibt gegen die Vision vom weisen Menschen."

„Und welche Technologien denkst du sind das, hinter denen wir herlaufen?" Mia war jetzt total gebannt von der Entwicklung, die das Gespräch nahm und hing Juliette gespannt an den Lippen.

„Nun, du hast vorhin bei der Frage nach der Wachstumswirtschaft von den knappen Energiereserven gesprochen. Seit langem wissen wir, dass es nicht um die Frage geht, wo wir genügend Ressourcen finden für unsere Energiebedürfnisse. Die Hauptfrage ist vielmehr: Wie gehen wir mit der uns zur Verfügung stehenden Energie am besten um?

Die Sonne liefert über 2000 Mal mehr Energie an der Erdoberfläche ab, als durch das zukünftig wieder renaturierte Biosystem unseres Planeten gepumpt werden wird und über 8000 Mal mehr, als wir maximal umsetzen dürfen, ohne dessen Robustheit dann zu überfordern. Das bedeutet, dass wir die arbeitsfähige Energie, die wir in den erforderlichen Grenzen täglich umsetzen dürfen, theoretisch vollständig von der Sonne beziehen könnten. In der Praxis scheitern wir bis heute. Das liegt aber nicht daran, dass es nicht geht."

„Woran liegt es dann?"

„Zu Zeiten der Elitenherrschaft hatte es eindeutig mit Zentralisierung, also Industrialisierung auf organisatorischer und Machtkalkül auf wirtschaftspolitischer Seite zu tun. Denn die Eliten hatten kaum ein Interesse daran, ihre Vermögen und Privilegien aufzuteilen. Sie entwickelten sogar Gegenkampagnen, damit das bestehende Weltbild auf keinen Fall durch einschneidende Veränderungen gefährdet wurde. Immer wieder wurden gesicherte Erkenntnisse der Wissenschaft infrage gestellt. Gerne wurde auch der Eindruck erweckt, man würde an globalen Problemen arbeiten. Doch brauchbare Ergebnisse blieben regelmäßig aus. Das lässt sich sehr gut an Beispielen wie dem damaligen Umgang mit dem Klimawandel oder auch an der Dezentralisierung von Energiequellen festmachen."

„Und woran scheitert es heute noch?", fragte Mia erregt. „Ich denke, die letzten Eliten haben sich vor rund 50 Jahren aus dem Staub gemacht und die Unternehmen sind spätestens seit jener Zeit wirklich dem Gemeinwohl verpflichtet."

„Wir haben", antwortet Juliette, „unsere Existenz und unser gesellschaftliches Miteinander den drastisch verschlechterten Umweltbedingungen angepasst. Dabei wurde und wird darauf geachtet, dass langfristig die Lebendigkeit des ganzen Biosystems, in dem wir eingebettet sind, bewahrt bleibt. Vor allem geht es darum, dass die natürlichen Lebensgrundlagen wiederhergestellt werden. Die Menschen sollen in Freiheit, Frieden und Gerechtigkeit dort miteinander leben können, wo sie wollen und jederzeit als von der Gemeinschaft geachtete Individuen ein erfülltes, selbstbestimmtes Leben als diejenigen führen, die sie wirklich sind.

Das alles lässt wenig Raum für eine elitäre Gesellschaftsordnung, die die Ökonomie über das Soziale und die Ökologie stellt. Denn letztendlich dient die Wirtschaft nicht der freien Entfaltung des Menschen, sondern sichert selbst in der heutigen Form nur seine materiellen Grundlagen. Dazu hat unter anderem die Gemeinwohlökonomie als ein System der Kooperation statt der Konkurrenz wesentlich beigetragen. Ethisches Handeln wird belohnt. Das schützt die Umwelt und fördert prinzipiell sinnstiftende und erfüllende Aufgaben für die Menschen."

*****

Bei ihren letzten Worten drehte sich Juliette zur Seite und wies mit dem ausgestreckten Arm auf eine reich mit asiatischen Ornamenten verzierte Tür, die von zwei Buddha-Statuen eingerahmt wurde. Und während sie die Tür öffnete, fuhr sie mit ihren Überlegungen fort:

„Wir haben also die Prioritätenfolge aus zwei entscheidenden Gründen umgekehrt: Erstens, weil wir endlich die Natur, von der wir ein Teil sind, als unsere natürliche Lebensgrundlage, als das Fundament unserer Existenz hier auf der Erde anerkennen. Und zweitens, weil wir aufgrund unserer spirituellen Entwicklung davon überzeugt sind, dass es sich nicht lohnt, vor den Folgen unseres Handelns davon zu laufen. Denn wohin wir auch gehen, wir bringen immer uns selber mit.

Im indischen Buddhismus beginnen alle Schriften mit einer sogenannten Anrufung. Eine von ihnen lautet: ‚Ehre der vollkommenen Weisheit, der lieblichen der heiligen!‘ Für mich ist das ein wunderschöner Appell.“

Mia, noch sichtlich beeindruckt von der Ausstattung der Bibliothek, in der sie jetzt standen, stimmte spontan zu. „Das finde ich auch. Was bedeutet diese Anrufung genau?“

„Sie besagt: Ich ehre die Weisheit die kommt, wenn ich ins Jenseits eingehe“, erklärte Juliette. „Und sie ist lieblich, und sie ist heilig – lieblich, weil jenes Ego, das nur Hässlichkeit in mein Leben gebracht hat, nicht mehr ist; heilig, weil ich heil, das heißt eins mit dem Ganzen geworden bin.

‚Vollkommene Weisheit‘ ist die Übersetzung von Prajnaparamita. Darin bedeutet Prajna zwar so etwas wie Weisheit, ist aber weder Wissen noch Abwesenheit von Wissen. Es lässt sich vielleicht eher als ein inneres Erwachen verstehen. Du begibst dich dazu in absoluter Stille nach innen und gestattest dem, was dort in dir verborgen ist, zu erblühen.

Weisheit ist also immer ursprünglich. Und sie ist immer deine in dem Sinne, dass sie aus dir selbst kommt. Sie erhebt folglich keinerlei Anspruch auf irgendein Ich. Denn das Ego ist ja ein Teil des Verstandes und nicht deiner inneren Stille. Und in dieser Stille, in dieser Leerheit gibt es keine Form, keine Empfindung, kein Erlangen und kein Nicht-Erlangen. Deshalb, weil die Erwachten ohne Erlangen sind, stützen sie sich auf die Vollkommenheit der Weisheit und verweilen darin. Und ihr Geist ist ohne Hindernisse – und daher ohne Furcht.

Paramita bedeutet jenseitig, aus dem Jenseits. Gemeint ist jenseits von Zeit und Raum. Du erfährst es, wenn dein Zustand einen Punkt erreicht, in dem Zeit und Raum verschwinden, wenn du also nicht mehr weißt, wann und wo du bist. Im Jenseits sind Zeit und Raum außerhalb von dir.

Ein raumloser Bereich in einem zeitlosen Augenblick.

Kannst du dann noch sagen: ‚Ich bin jetzt hier?' Nein, weil du jetzt auch dort bist. Und du kannst nicht sagen, dass du auf der Erde bist, denn du bist es nicht. Will sagen, wenn das Ego verschwindet, bist du eins mit dem Ganzen. Erinnert dich das nicht an irgendetwas?"

„Das ist unglaublich. Wunderschön, in der Tat. Und so wahr", schwärmte Mia, „wenn ich nur an meine Nahtoderfahrung denke. Und wahrscheinlich schon sehr alt, richtig?"

„Die Prajnaparamita-Literatur", und dabei zeigte Juliette auf einen bestimmten Bereich mit alten Büchern, „wurde im zweiten Jahrhundert nach Christus von Nagarjuna entscheidend geprägt und kommentiert. Kannst du dir vorstellen, warum ich gerade ihn hier anführe?", wollte Juliette nun von Mia wissen.

Die überlegte kurz und antwortete dann: „Ich spüre, dass seine Aussagen auch nach vielen Jahrhunderten noch aktuell sind. Andererseits vermute ich, dass sich zumindest in der westlichen Welt bisher nur relativ wenige Menschen mit seinen Werken auseinandergesetzt haben. Das könnte im besseren Fall damit zusammenhängen, dass Nagarjunas Schriften Jahrhunderte lang aus logistischen Gründen nicht hier angekommen sind oder sie zunächst niemand übersetzen konnte oder sie für viele zu unverständlich oder fremdartig waren. Ich fürchte allerdings, dass der Grund ein anderer ist. Ich fürchte, dass es einflussreiche Kräfte gab, die eine Verbreitung aus Gründen ihres Machterhalts zu unterdrücken wussten."

„Nicht schlecht, deine Schlussfolgerungen", lobte Juliette Mias Kombinationsgabe. „Zunächst: Es ist in der Tat bemerkenswert, wie hochgradig aktuell der philosophische Ansatz Nagarjunas immer noch ist. Denn erstaunlicherweise korrespondiert er nach wie vor sehr gut mit den Erkenntnissen der modernen Physik der ubiquitären Potenzialität (PUP)[e], bei der die Quantenmechanik und die allgemeine Relativitätstheorie zu sich ergänzenden Teilen eines Ganzen werden.

Lediglich bezüglich ihrer Ziele sind sie grundverschieden. Alle Physik führt uns nämlich zum Zwecke der Erklärung der Welt in sie hinein. Dagegen weist uns der Buddhismus einen Weg aus der Welt hinaus. Für mich ist es aber eine rein philosophische Frage, ob am Anfang und am Ende etwas unaufteilbares Ganzes steht oder das Nichts im Sinne von nicht-wirklicher Substanzlosigkeit, aus dem jeweils alles kommt und wohin alles wieder geht.

Gemeinsam ist beiden Ansätzen doch die wesentliche Erkenntnis, dass wir nicht getrennt sind – nicht voneinander und auch nicht von allem anderen. Das widersprach bis zum Durchbruch der Quantenphysik aber vollkommen dem abendländischen Denken. Denn unsere Wissenschaft, unsere Philosophie, einfach alles hat diese irre Idee von der Dualität so selbstverständlich vorausgesetzt, dass sie irgendwie fast unsichtbar wurde. Insofern ist zu vermuten, dass an allen deinen

Überlegungen etwas Wahres ist. Die Ursache, quasi die Wurzel des Übels, liegt meines Erachtens jedoch tiefer, viel tiefer. Und wir haben sie bis heute nicht wirklich aufgearbeitet."

„Was meinst du?", fragte Mia gespannt. Denn sie spürte die Antwort schon.

„Ich bin mir sicher", erwiderte Juliette, „es ist die Angst – speziell die Angst vor Veränderung, die Trennung und Verlust mit sich bringen könnte von Menschen, Dingen, Einfluss und letzten Endes der eigenen Existenz."

„Aber", warf Mia ein, „ich dachte, heute gibt es diese Vorstellung vom Getrenntsein gar nicht mehr in unserer Gesellschaft. Hat nicht spätestens seit dem Exodus der Eliten rund um die Welt ein rasantes spirituelles Erwachen stattgefunden, dass immer mehr Menschen in die Lage versetzte, in der direkten Erfahrung der Einheit zu verweilen? Und wächst seither nicht auch quer durch alle Wissenschaftsdisziplinen ein umfassendes Begreifen dieser grundlegenden Verbundenheit? Überall in der Gesellschaft ist Kooperation, Empathie, gegenseitige Abhängigkeit, Vernetzung: Es gibt meines Wissens keinen Bereich, der nicht betroffen wäre."

„Oberflächlich betrachtet mag das so erscheinen", gab Juliette zu bedenken. „Und die weit überwiegende Zahl der Menschen sieht und lebt das auch so wie du es empfindest. Denn anders hätten wir die Gesellschaft nicht so schnell wieder aufbauen können aus dem klimatischen und sozialen Scherbenhaufen, den uns der neoliberale Kapitalismus hinterlassen hat. Das bedeutet aber nicht, dass jeder Einzelne diese Veränderung bereits in vollem Umfang mitgemacht und verinnerlicht hat.

Es gibt nämlich nach unseren Informationen Bereiche in der Gesellschaft, in denen werden neuere Erkenntnisse trotz wissenschaftlicher Bestätigung einfach ignoriert. Stattdessen pflegt man dort insgeheim sogenannte ‚Traditionen' von einem ganz anderen Menschenbild. Das entspricht jedoch eher dem einer egozentrischen Überlebensmaschine, als einem empathischen, sozialen Wesen, das auf Kooperation aus ist."

„Aber das ist doch total reaktionär und weltfremd", entrüstete sich Mia spontan. „Da hätten die Verantwortlichen für diese kruden Ideen doch besser gleich mit den Eliten im All verschwinden sollen. Wo gibt's denn sowas heute noch?"

Juliette blieb ganz ruhig und antwortete vielsagend lächelnd: „Die Konkurrenz-Ideologie stammt ursprünglich wohl aus der frühgeschichtlichen Wildnis. Die Wildnis, mit der die Menschen dann später gekämpft haben, war in jedem Fall selbst erzeugt. Man kann keine Macht haben, ohne zu kämpfen, und Mitgefühl galt für Männer lange Zeit als Schwäche. Jetzt überleg mal, welcher gesellschaftliche Bereich bis zur Mitte des letzten Jahrhunderts besonders für diese Begriffe stand: Konkurrenz, Kampf, Macht, Männer."

„Verstehe", konstatierte Mia. „Ganz klar die Ökonomie, wenn man mal vom Militär absieht."

„Ja, aber militärische Auseinandersetzungen hatten spätestens seit dem 20. Jahrhundert fast immer ausschließlich wirtschaftliche Gründe", erklärte Juliette.

„Auch richtig", gestand Mia ein, startete aber dennoch den Versuch eines letzten Einspruchs: „Andererseits leben wir im Jahr 2126 und vieles hat sich in den letzten 70 Jahren speziell hier in Europa geändert, gesellschaftlich, aber auch ökonomisch. Angefangen mit der Bildung, die heute umfassend das vermittelt, was Maschinen nicht können: Intuition, Kreativität, Selbstbewusstheit, Meditation, selbstständiges Denken und die Fähigkeit, mit uneindeutigen Situationen umzugehen.

Die Menschen sind befreit vom Zwang zur Lohnarbeit und können in Freiheit und Sicherheit ganz nach ihren Fähigkeiten und Bedürfnissen leben. Es gibt eine digitale Grundversorgung, die frei ist von Manipulation und Überwachung. Wir leben in einem Europa ohne physische Grenzen in lediglich virtuell limitierten Heimatzonen. Unsere Gesellschaft ist stark auf Solidarität, Gemeinwohl, Nachhaltigkeit und Freundlichkeit ausgelegt und nimmt sich die Zeit fürs Leben wie keine vor ihr. Und du meinst wirklich, dass in einer solchen Umgebung in gewissen Wirtschaftskreisen noch heute dieses elitäre Gedankengut einen Nährboden findet? Das ist doch hochgradig rückwärtsgewandt und gefährlich fortschrittsfeindlich im Sinne von nicht lebensförderlich."

„Oh ja, allerdings", erwiderte Juliette mit unerbittlicher Überzeugung. „Trotzdem bin ich mir leider sehr sicher, dass es das gibt. Ich weiß nur nicht, wie weit verbreitet es ist und welchen Einfluss diese Reaktionären haben und wie sie ihn nutzen."

„Jetzt verstehe ich, warum du es für sinnvoll hältst, dass ich mein Engagement für die Befreiung der Gesellschaft von der Angst im EEP aufnehme", rief Mia aus und wurde von Juliette spontan umarmt.

„Ja", ergänzte diese, „nämlich zum Wohle der Individuen, der Organisationen und des ganzen Systems – und zwar in dieser Reihenfolge.

6. IN DER LUFTAUFSICHTSBARACKE

A) SEHEN UND GESEHEN WERDEN

Es war fast Mitternacht. Akito saß noch immer an seinem Arbeitsplatz. Seit Tagen hatte er nicht wirklich geschlafen und war für seine Kollegen aus dem Team inzwischen auch kaum noch ansprechbar. Besorgte Fragen nach seinem Wohlbefinden quittierte er mit einem gequälten Lächeln und dem vagen Hinweis auf etwas Merkwürdiges, wohl eher Unbedeutendes, dem er auf der Spur sei. Dabei handele es sich aber auf keinen Fall um etwas Besorgniserregendes und er stehe außerdem kurz vor der Lösung des Problems.

Exakt um 23h55 Ortszeit sprang Akito kreidebleich von seinem Stuhl auf. Den Blick starr vor Entsetzen auf einen bestimmten Punkt auf einem der vor ihm befindlichen Displays gerichtet, hatte es ihm im wahrsten Sinne des Wortes die Sprache verschlagen. Nach einer gefühlt unglaublich langen Zeit der Atemlosigkeit setze bei Akito die Schnappatmung ein. Auf seiner Stirn bildeten sich Schweißperlen. Dann hämmerte er mit der Faust auf den roten Alarmknopf.

Als wenige Augenblicke später die ersten Kollegen der schnellen Eingreiftruppe (RDF)[e] erschienen, hatte Akito sich wieder komplett gefangen. Er versuchte bereits, seine Entdeckung für alle sichtbar zu machen – ein Bug im operativen KI-System!

Das Szenario für derartige Notfälle war bei DIMENSION-n-START-UP (D[n]S) in zig Übungen durchexerziert worden. Ohne viel Aufhebens begaben sich die Mitglieder der Eingreiftruppe umgehend in einen geschützten Raum. Akito hatte das Wort.

„Vielen Dank für euer schnelles Erscheinen. Selbst zu dieser späten – oder sollte ich besser sagen – frühen Stunde. Dieses ist jedenfalls keine Übung und ich werde versuchen, mich so allgemeinverständlich wie möglich auszudrücken", betonte Akito speziell im Hinblick auf die heterogene Zusammensetzung der Gruppe. „Fakt ist: Wir haben einen Angreifer aus wenigstens einem fremden Quantencomputer in unserem operativen Algorithmus entdeckt. Die eindeutige Identifizierung erweist sich, wie in Quantensystemen üblich, als schwierig. Veränderungen, Schäden oder Datenschwund sind bislang jedoch nicht zu erkennen."

„Woher", unterbrach ihn Benjamin sofort, „wissen wir dann, dass es sich um einen Eindringling handelt und nicht um ein gutmütiges Produkt unseres eigenen Systems?"

„Das ist genau das, für das er sich zunächst ausgegeben hat und was seine Entdeckung so schwierig gemacht hat. Letztendlich hat uns der Zufall geholfen: Wir haben gerade ein neues Krypto-System getestet, das sich in seiner Beweistechnik an Quantenangreifer anpasst. Diese neue Technik der Anpassung ist hochkompliziert und zeitaufwendig. Bislang war es quantentechnisch gar nicht möglich, ein System zu generieren, das jedes beliebige Qubit perfekt auf ein anderes Qubit kopiert, ohne dabei das ursprüngliche zu verändern..."

„Okay. Okay", unterbrach jetzt der Leiter der RDF und CTO[e] von D[n]S, Noah, den drohenden Fachdialog. „Gehen wir also davon aus, dass wir einen ungebetenen Gast in unserem System haben. Dann stellt sich für mich zunächst die Frage, für wie bedrohlich wir ihn halten. Was glaubst du, Akito?"

„Schwer zu sagen", gab der Gefragte schulterzuckend zur Antwort, „dazu wissen wir noch zu wenig. Die Gefahr bei einer zu intensiven Untersuchung derartiger Erscheinungen ist andererseits immer, dass man sie erst dann aktiviert, wenn man sich ihnen nähert; das Risiko schien uns bislang jedoch zu hoch, nachdem keine Aktion seinerseits zu erkennen war."

„Du gehst mit deinem Team also davon aus, dass der Eindringling bislang nichts von seiner Enttarnung gemerkt hat?"

„Das ist ja gerade ein weiterer Vorteil des erwähnten neuen Krypto-Systems."

„Sehr gut. Und steht unser Gast damit jetzt sozusagen unter ständiger Beobachtung oder sogar einer Art Quarantäne?", wollte Noah weiter wissen.

„Weder noch – leider", musste Akito mit Bedauern eingestehen. „Wir können ihn nicht dauerhaft lokalisieren."

„Wie soll ich das jetzt verstehen?", fragte Noah irritiert.

„Wenn ich als technischer Laie mal in eure Diskussion eingreifen darf", meldete sich nun Thomas, der COO^e zu Wort und unterband – sehr zu dessen Erleichterung – eine unmittelbare Antwort des in Argumentationsnot geratenen Akito, „und kurz zusammenfasse, was ich verstanden habe: Wir haben etwas Fremdartiges, Unerbetenes in unserem System entdeckt. Von diesem Eindringling wissen wir weder, wie er beschaffen ist, noch welches Ziel er verfolgt. Und ob er überhaupt noch da ist, ist ebenfalls nicht bekannt. Und jetzt fragen wir uns, wie wir damit umgehen sollen. Richtig?"

„Ich denke, so könnte man es beschreiben, ja", antwortete Akito, der den zweifelnden Unterton in den Worten seines Chefs natürlich nicht überhörte. Andererseits hatte er gerade mit Quantencomputern in seinem Berufsleben schon so viele Überraschungen erlebt, dass er partout nicht bereit war, seinen Verdacht zu lange für sich zu behalten. Um aber auch den fachfremden Zweiflern im Team gerecht zu werden, suchte er jetzt nach einem Kompromiss das weitere Vorgehen betreffend.

„Ich schlage deshalb vor, den Alarmzustand vorerst von Stufe Rot auf Stufe Gelb herunterzustufen", empfahl er deshalb den Anwesenden, „und alle Arbeiten im Unternehmen auf allen Ebenen grundsätzlich mit uneingeschränkter Intensität fortzusetzten. Ich werde gleichzeitig mit meinem Team unter den erforderlichen Vorsichtsmaßnahmen versuchen, den Systemeindringling exakter zu identifizieren und möglichst zu neutralisieren. Bei der geringsten Auffälligkeit werde ich unverzüglich erneut Alarm auslösen. Die Security sollte schon deswegen bis auf weiteres in erhöhter Alarmbereitschaft bleiben. Ich weise darauf hin, dass das zu gewissen Einschränkungen bei der Nutzung des Systems führen kann. Alle Informationen sind bitte streng vertraulich zu behandeln."

Das Team folgte nach kurzer Beratung einstimmig Akitos Empfehlungen.

*****

Ein paar Etagen tiefer befand sich Paul zur selben Zeit auf seinem Routine-Kontrollgang. Hier lag der sogenannte ‚Verbotene Bereich' im Headquarter von D^nS. Zu dieser Sektion hatten nur wenige Mitarbeiter Zugang und gewöhnlich gab es auch keinen Grund, sich dort aufzuhalten. Denn alles hier unten lief automatisch ab und wurde von einer systemunabhängigen KI optimal gesteuert und überwacht. Beanstandungen hatte es bisher auch keine gegeben, so dass Pauls Kontrollgänge lediglich der Beruhigung seines Gewissens und der Einhaltung der Vorschriften dienten.

Den inneren Teil des verbotenen Bereichs hatte selbst er als Verantwortlicher schon seit mehreren Tagen nicht mehr betreten. Auch heute plante er, lediglich kurz den Kontrollraum vor dem eigentlichen Trackt aufzusuchen. Mit routinierter Selbstverständlichkeit identifizierte er sich gegenüber der KI und begann eine belanglose Konversation mit dem Algorithmus.

Gleichzeitig verschaffte sich der Wissenschaftler anhand mehrerer großer Displays einen persönlichen Eindruck vom Zustand der Probanden. Mit geschickten Gesten bediente er die Instrumente und zoomte näher an das Gesicht eines Mannes heran, der irgendwo hier unten hinter verschlossenen Türen in einem sonst scheinbar absolut leeren Raum mit weißen Wänden schwebte. Die Person, gekleidet in einen unifarbenen, mit Sensoren durchwirkten Vollkörperanzug, schien zu schlafen und die Instrumente meldeten normale Funktionen.

Paul kannte den Mann auf dem Bildschirm nicht persönlich. Er wusste aber, dass es sich bei ihm um Maxim, einen sehr erfahrenen Polizei-Agenten handelte, der draußen fieberhaft gesucht wurde. Er konnte sich ein hämisches Grinsen nicht verkneifen, wenn er daran dachte, wie geschickt er und sein Team es lanciert hatten, aus Maxim in den Augen des FBECI einen Kollaborateur zu machen. Dessen Leidenschaft für das andere Geschlecht war ihnen dabei sehr entgegen gekommen. Sein daraus entstandener unabhängiger Arbeitsstil machte Maxim schließlich auch zum leichten Opfer für D^{n}S – eine für die Firma und damit auch für Paul persönlich sehr wertvolle Beute.

„Unsere Lebensversicherung quasi", so hatte es Thomas bei Maxims Einlieferung bezeichnet. Diese Dramatisierung fand Paul seinerzeit etwas übertrieben. Denn Maxim war seiner Meinung nach doch *nur* zu wissenschaftlichen Versuchszwecken mit dem hypnotisch induzierten luziden Traum (HILD) vorübergehend gekidnappt worden. Er hatte aber gelernt, Fragen zum richtigen Zeitpunkt zu stellen. Und damit entsprach sein Verhalten genau den Erwartungen der Unternehmensleitung.

Auch vom Anblick der zweiten Testperson, die in einem anderen Raum unter vergleichbaren Bedingungen im künstlichen Koma gehalten wurde, war er emotional wenig berührt. Beim Blick auf die Kontroll-lämpchen stellt er lediglich fest, dass technisch ebenfalls alles im grünen Bereich war. Luca, der Informatikstudent, war jetzt schon einige Zeit länger im Haus und hatte ihnen bereits gute Dienste geleistet. Beinahe wäre es mit seiner Hilfe gelungen, auch seine Schwester Mia in Gewahrsam zu bekommen. Das wäre in Pauls Augen eine geniale Gelegenheit gewesen, die Erforschung der Potenzialwelten spürbar voranzutreiben. Mit ihr als Nahtoderfahrene bräuchte man sich zumindest nicht unbedingt länger mit der störrischen und ausgebufften Sophia im West-Krankenhaus herumzuschlagen, um signifikante Fortschritte in der Forschung zu machen.

„Was nicht ist, kann ja noch werden." Mit einem Schulterzucken hatte sein Chef den missglückten Kidnapping-Versuch bei Mia kommentiert und lakonisch hinzugefügt: „Wir bleiben einfach dran."

Position drei im Labor war deswegen logischerweise noch nicht belegt. „Es gibt keine weiteren Objekte in meinem Verantwortungsbereich", meldete sich auch umgehend die KI, als Paul den dritten Raum checken wollte. Der quittierte den Hinweis mit einem wissenden Lächeln, wandte sich von den Bildschirmen ab und verlies wortlos die Sektion.

B) ÜBER DEN WOLKEN

„Ich wusste gar nicht, dass das Schwimmen in diesem See hier erlaubt ist", bemerkte Louis, als er die Badesachen aus dem Laderaum des kleinen autonomen Flugtaxis holte.

Susanna hatte sich bei wunderschönem Sommerwetter einen Badeausflug für die beiden gewünscht und von einem Geheimtipp für schöne Sonnenuntergänge geschwärmt. Louis wollte kein Spielverderber sein und ließ sich überraschen. So marschierten die beiden Verliebten nun gut gelaunt Arm in Arm vom Landeplatz zum Ufer eines großen Regenrückhaltebeckens im Norden von Megabay. Es handelte sich dabei um ein Renaturierungsprojekt auf dem Gelände des alten Weltraumbahnhofs.

Im Beach-Club am Ostufer des Sees angekommen mieteten sich die beiden zwei Liegen und einen Sonnenschirm inklusive Verpflegungsservice. Susanna kannte sich aus und hatte auch sehr klare Vorstellungen bezüglich des genauen Platzes, an dem sie mit Louis den Rest des Tages zu verbringen gedachte. Der schmunzelte vergnügt vor sich hin, als sie mit einem Lastenroboter des Clubs im Gefolge zielsicher an anderen Ausflüglern vorbei durch das sandige Gelände stapften.

Nach etwa zweihundert Metern erreichten sie, hinter einem dichten Buschwerk gelegen, eine kleine menschenleere Bucht und Susanna erklärte freudig erregt: „Da sind wir."

„Aha, wirklich sehr schön hier, mein Schatz", lobte Louis sie und war ehrlich erstaunt über die maritime Ausstrahlung des Ortes. So entdeckte er auf Anhieb einen kleinen Palmenhain auf der anderen Seite der Bucht, die landseitig durch eine mehrere Meter hohe künstliche Düne vor unerwünschten Blicken geschützt war. Der Blick nach links, hinaus auf den See, weckte an dieser Stelle in ihm tatsächlich gewisse Erinnerungen an das offene Meer. Denn in der leicht diesigen, flirrenden Sommerluft vermochte Louis das gegenüberliegende Ufer nur in Umrissen auszumachen.

Susanna war sofort im Wasser, während Louis sich lieber noch ein wenig akklimatisieren wollte. Er machte es sich dazu auf seiner Liege bequem und erteilte dem Roboter Instruktionen bezüglich der gewünschten Versorgung mit Snacks, Getränken und passender Musik. Dann beobachtete er Susanna dabei, wie sie langsam aus der kleinen

Bucht hinaus ins offene Wasser schwamm. Und während er bei sich dachte, dass sie selbst beim Schwimmen eine blendende Figur machte, spürte er sein Herz klopfen. Sein Blick wanderte über Susanna hinaus zum Horizont jenseits des gegenüberliegenden Ufers.

Irgendetwas dort drüben schien Louis Aufmerksamkeit zu erregen, obwohl er mit bloßem Auge immer noch recht wenig erkennen konnte. Nur schemenhaft zeichnete sich das karg bewachsene Gelände drüben am Westufer vom Wasser ab. Dahinter flimmerte die heiße Luft über der Erde und Louis glaubte, darin einen dunklen Fleck ausgemacht zu haben. Eine Fata Morgana?

Mehr aus Neugier ließ er sich über seine Linse eine Rasterkarte einspielen. Ausgehend von seinem aktuellen Standort und seiner Blickrichtung lieferte sie live Satellitenbilder von der anderen Seite des Sees. Die Fläche etwa zweihundert Meter hinter dem Ufer war weiträumig ausgeixt.

„Was treibst du hier eigentlich? Komm mit ins Wasser, du Feigling. Es ist herrlich!" Louis hatte überhaupt nicht bemerkt, dass Susanna zurückgekommen war.

„Ich ... ähm ... wieso Feigling?", stotterte Louis und fühlte sich irgendwie ertappt. „Okay. Ich komme ja schon", sagte er beim Aufstehen von der Liege und deutete mit ausgestrecktem Arm in Richtung auf das gegenüberliegende Seeufer. „Siehst du den dunklen Punkt dort drüben?"

Susanna blickte kurz in die angezeigte Richtung und antwortete zu Louis Überraschung eher gelangweilt: „Ja. Was soll damit sein, mein Schatz?"

„Nun, ich habe mich gefragt, was das wohl ist. Wo doch da drüben eigentlich ein unbewohntes Sperrgebiet sein soll."

„Wenn du mit mir ins Wasser gekommen wärst, hätte ich dir gleich sagen können, was es ist: LAB."

„Nie gehört. Und wofür steht LAB?"

„Luftaufsichtsbaracke!", antwortete Susanna lachend beim Blick in Louis total verdutztes Gesicht.

„Luft- …wie? Was bitte ist eine Luft-Aufsichts-Baracke?" Louis wirkte für einen Moment vollkommen ratlos und begann bereits an seiner Allgemeinbildung zu zweifeln. Zu allem Überfluss tat Susanna auch noch so, als wüsste das jedes Kind und konnte sich vor Lachen kaum wieder einkriegen. Gleichzeitig erschien in seiner Linse die Erklärung: Historischer Begriff für Control-Tower.

„So haben wir als Kinder die baulichen Reste des alten Raumflughafens dort drüben bezeichnet", erklärte Susanna im selben Augenblick, „nachdem uns unsere Oma Yvonne mal ein uraltes Musikvideo von einem deutschen Sänger vorgespielt hatte. Den Namen des Künstlers habe ich vergessen, aber der Song hieß glaube ich ‚Über den Wolken'. Oder so ähnlich."

„Richtig. Von einem gewissen Reinhard Mey, bestätigt meine Linse."

„Stimmt. So hieß er. Das können wir uns ja später mal anschauen. Jetzt komm endlich, sonst ist die Sonne weg", rief Susanna fröhlich aus und zog Louis förmlich hinter sich her ins kühle Nass. Feixend und lachend standen sie im kniehohen Wasser, spritzten sich gegenseitig nass, umarmten und küssten sich innig und schwammen dann hinaus auf den offenen See.

Die beiden waren gerade einmal fünfzig Meter weit gekommen, als sich die KI in Louis Linse meldete. „Wir haben eine dringende Anfrage von Aang. Du möchtest dich bitte umgehend bei ihm melden."

Louis hatte für diesen sehr privaten Ausflug mit Susanna die Ortung abgeschaltet und murrte jetzt laut: „Nicht mal unter Wasser kann man mal für ein paar Stunden allein sein!"

„Was hast du gesagt, Louis?", wollte Susanna wissen.

‚Schon egal jetzt. Irgendwann muss sie ja doch mal erfahren, womit ich meinen Lebensunterhalt tatsächlich verdiene', dachte er und rief ihr, bereits zurück zum Ufer kraulend, über die Schulter hinweg zu: „Komm! Die Pflicht ruft!"

C) KOHÄRENZ

Nach seinem Gespräch mit Sophia zögerte Aang nicht lange. Er forderte sie auf, unverzüglich ihre Sachen zu packen und ein Zeugenschutzprogramm zu durchlaufen. Andernfalls könne er nicht länger für ihre persönliche Sicherheit garantieren, so argumentierte er.

Was war geschehen?

Aang war persönlich nach Megabay zurückgeflogen und hatte Sophia auf ihrem Nachhauseweg direkt beim Verlassen der Klinik abgefangen. Bei der ganzen Aktion waren ihm seine Kollegen sehr behilflich gewesen, die sich schon seit Tagen unbemerkt um den Schutz der Wissenschaftlerin gekümmert hatten.

Nach dem ersten Schreck hatte Sophia recht abweisend reagiert und die Hinzuziehung ihres Anwalts gefordert. Aang war es jedoch unter Hinweis auf Mia und die aktuellen Erkenntnisse der Ermittler in ihrem Fall recht bald gelungen, die Frau zu beruhigen. Letztlich schien Sophia sogar erleichtert über diese Entwicklung.

Im weiteren Verlauf der Befragung war dann schnell herausgekommen, dass die Wissenschaftlerin von Edina und Paul erpresst wurde. Sie hatte nämlich sämtliche Ergebnisse ihrer Nahtodforschung zunächst den beiden vorzulegen, die dann darüber befanden, was, wo und zu welchem Zeitpunkt veröffentlicht werden durfte. Bei Zuwiderhandeln war ihr angedroht worden, dass man sie wirtschaftlich und gesellschaftlich ruinieren würde. Man wollte in diesem Fall ihren Leumund durch gezielte Desinformation verunglimpfen. Sollte sie obendrein auf die Idee kommen, ihrer beider Namen in diesem Zusammenhang zu nennen, müsse sie gar mit körperlicher Gewalt rechnen.

„Natürlich habe ich darüber nachgedacht, eine Detektei einzuschalten", hatte Sophia mit bitterem Lächeln erklärt. „Mit aller Vorsicht habe ich da schon mal recherchiert und war erstaunt zu erfahren, wozu man in der Branche inzwischen mit Hilfe modernster Technologie in der Lage ist. Gerade dieser Aspekt ließ mich dann aber doch wieder zurückschrecken."

„Warum?", hatte Aang wissen wollen.

„Nun, aus den vielen Gesprächen und der ‚Zusammenarbeit' mit E-dina und Paul hatte ich den Eindruck gewonnen, dass hinter ihnen eine mit modernster Technologie ausgerüstete Organisation von Spezialisten unterschiedlichster Fachrichtungen steht. Also bedeutend mehr als nur die Neurologie betreffend."

„Du meinst DNS?"

„Ja."

„Und warum hast du dich nicht an die Polizei gewandt?"

„Es erschien mir noch sehr viel riskanter", war Sophias überzeugte Antwort gewesen, „mich direkt an euch zu wenden. Denn wie sollte ich sicher sein, dass ihr dort nicht auch einen Maulwurf habt?"

Aang war bei dieser Frage sofort wieder Maxim in den Sinn gekommen. Sollte er also vielleicht doch ...? Der Zweifel stieg wieder in ihm auf. Er hatte den Gedanken jedoch schnell beiseitegeschoben und geantwortet: „Alles ist möglich. Obwohl sehr unwahrscheinlich bei der ausgefeilten inneren Sicherheit in unserem Haus."

„In jedem Fall wollte ich vorsichtshalber den indirekten Weg wählen, um mit euch in Kontakt zu kommen. Ich hatte darauf gehofft, dass Mias Fall euch früher oder später zu mir führen würde. Denn David war ja kurz vor seinem Tod bei mir gewesen. Umso erstaunlicher war es für mich, dass sich dann niemand vom FBECI bei mir meldete. Ich hatte die Hoffnung bereits aufgegeben, da kam die Interviewanfrage von einem freien Reporter."

„Was war daran so ungewöhnlich?" hatte Aang mit gespielter Neugier gefragt.

„An der Anfrage selbst zunächst eigentlich nichts", so Sophias Antwort. „Außer, dass sich in letzter Zeit nur noch sehr selten Journalisten in die Notfallmedizin verirrten. Ich wollte jedenfalls unbedingt die Chance nutzen und Signale platzieren in der Hoffnung, sie mögen von den richtigen Empfängern gelesen und verstanden werden. Und dann erschien ein freier Journalist, der sich ganz besonders für mein Forschungsgebiet, den Nahtod, interessierte. Welch glücklicher Zufall."

„Eher nicht."

„Bitte?"

„Ich will sagen, dass das eher kein Zufall war, weil es sich bei dem freien Reporter um einen meiner Kollegen handelte. Und das hast du wirklich nicht gemerkt?", hatte Aang wissen wollen.

„Nun, ich muss sagen, dass mir schon mal irgendwie der Verdacht gekommen ist. Vielleicht war es aber auch nur die Hoffnung, es möge so sein. Ich war mir aber keineswegs sicher und musste auch davon ausgehen, dass Louis – heißt er übrigens wirklich so?"

„Ja."

„Also, dass Louis von DNS geschickt worden war, um mich auf die Probe zu stellen. Deswegen habe ich im Interview im Wesentlichen auch nur bereits Bekanntes geschildert – und eben ein paar Andeutungen gemacht, die ja offensichtlich ihre Wirkung nicht verfehlt haben. Sonst wärest du jetzt wohl nicht hier."

Aang hatte Sophia zugestimmt und ihr erläutert, warum er und sein Team sich nicht früher bei ihr gemeldet hatten.

„Was wollte David damals genau von dir wissen?", hatte Aang dann gefragt. „Waren ihm deine Verbindungen zu DNS bekannt?"

„Nein, zunächst nicht", hatte Sophia erwidert. „Bis zu dem Zeitpunkt hatten Edina und Paul aber auch noch keinen Druck auf mich ausgeübt und mir war überhaupt nicht bewusst, dass sie mich einfach nur ausnutzten wollten. Im Verlauf des Gesprächs mit David, bei dem es ähnlich dem mit Louis im Wesentlichen um meine gesamte Forschung ging, kamen wir zwangsläufig auch auf mein Team zu sprechen. Ich habe ihm dann alle Kontaktdaten meiner externen Mitarbeiter gegeben, weil er danach fragte. Speziell zu DNS hatte er aber keine Fragen. Und es wirkte auf mich auch nicht so, als kannte er die Firma."

„Dann muss er später irgendwie mehr über diese Organisation herausgefunden haben", hatte Aang mehr zu sich selbst gerichtet sinniert.

„Wahrscheinlich hat sich aufgrund seiner weiteren Untersuchungen dann auch der Druck auf mich durch Edina und Paul erhöht", hatte Sophia angefügt. „Denn wenn ich mich recht erinnere, waren die beiden etwa eine Woche nach David bei mir und haben mich erstmals massiv bedroht. Ich wusste zunächst gar nicht wie mir geschah und glaubte meinen Ohren nicht zu trauen. Den Zusammenhang mit Davids Besuch habe ich erst viel später erahnt."

Aang hatte dann versucht, von Sophia noch weitere Informationen über die beiden DNS-Mitarbeiter zu erhalten. Er wollte nichts unversucht lassen, um dieser geheimnisvollen Organisation auf die Schliche zu kommen. Außer einer detaillierten Personen- und Persönlichkeitsbeschreibung war aber auf die Schnelle auch von der Neurologin kaum etwas Konkretes zu erfahren. Weder war sie jemals außerhalb der Klink mit einem von den beiden zusammengetroffen, noch wusste sie aus irgendwelchen anderen Quellen etwas über deren Gewohnheiten. Das Arbeitsverhältnis zu ihnen bezeichnete Sophia als sachlich korrekt und durchaus gegenseitig förderlich – bis zum Zeitpunkt des besagten Drohgesprächs jedenfalls.

Aang blieb nicht viel anderes übrig als auf die Zeit zu hoffen. Irgendwann würde es ihm und seinen Leuten schon gelingen, die fehlenden Informationen über Davids Aktionen und Erkenntnisse zu erlangen. Da war er sich sicher. Er wünschte sich allerdings sehr, dass bis dahin nicht noch größeres Unheil von DNS ausgehen möge. Wobei natürlich längst noch nicht fest stand, ob diese Organisation überhaupt für den Tod von David verantwortlich war.

Jetzt saßen die beiden in seinem Heli-Jet und warteten. Aangs Kolleginnen waren dabei, auf Anweisung von Sophia die von ihr am dringendsten benötigten persönlichen Gegenstände aus ihrer Wohnung zu holen. Aang hatte jedes Risiko vermeiden wollen und die Wissenschaftlerin nicht mehr selbst hinein gehen gelassen.

An Bord des Heli-Jets sortierte X in einer holografischen Darstellung alles ordentlich auf einem Tisch und einem Kleiderständer. Sophia fand die Szene so rührend, dass sie trotz der angespannten Lage unweigerlich schmunzeln musste. Wenig später hob die Maschine ab.

*****

„Wohin fliegen wir eigentlich", erkundigte sich Sophia als erstes. Ganz offensichtlich vermochte sie sich sehr schnell an Veränderungen anzupassen. Sie konnte also annehmen, was ist, konstatierte Aang.

„Ins Elsass. In ein Zen-Kloster", antwortete der Agent, der innerlich unwillkürlich die Szene mit Mias Flug vor wenigen Tagen verglich. Allmählich wird's voll bei Muho, dachte er bei sich. Ihm war auch nicht recht wohl dabei, alle seine Schutzbefohlenen im selben Versteck unterzubringen. Im Moment wusste er aber keine bessere Lösung. Er sehnte sich ohnehin immer mehr nach dem entscheidenden Hinweis, um die ganze Sache zu einem Ende zu bringen. „Zumindest erst einmal für die nächsten Tage", fügte er an. „Dann schauen wir weiter."

„Klingt spannend", meinte Sophia. „Im Zen soll es nämlich auch Methoden geben, die uns dem Ursprung allen Seins näherbringen. Ich hatte bisher keine Gelegenheit, mich in Ruhe damit zu beschäftigen. Darüber mehr zu erfahren, würde mich aber schon interessieren."

„Da bist du bei Muho, dem dortigen Zen-Meister, mit Sicherheit an der richtigen Stelle. Ich bin schon ganz gespannt auf die Ergebnisse eurer Diskussionen. Mich persönlich würde vorab allerdings interessieren, was deine neurologischen Forschungen auf dem Gebiet bisher ergeben haben und was von deinem Wissen du bereits mit DNS geteilt hast. Immerhin war doch der Kern einer deiner Andeutungen, dass der Zugang zu der, wie du es gegenüber Louis nanntest, holistischen Potenzialität nicht nur über Meditation und Nahtoderfahrung möglich sei. In dem Zusammenhang fiel doch auch das Stichwort ‚Quantenverschränkung', oder?"

„Ja, ich weiß schon, worauf du hinauswillst, Aang", entgegnete Sophia. „Ich habe natürlich längst nicht alles Wissen weitergegeben. Das war ja auch der eigentliche Grund, weshalb ich dringend der

Überwachung durch DNS zu entkommen suchte. Der Druck wurde ständig höher. Denn Edina und Paul sind nicht dumm. Sie forschen tatsächlich selbst und hätten sich irgendwann mit Sicherheit gewundert, wenn sie von mir nichts wirklich Neues mehr erfahren hätten.

Die Fortschritte auf diesem Gebiet sind in letzter Zeit so immens, dass das Wissen darüber in falschen Händen sehr schnell zu einer großen Gefahr für die Menschheit werden kann. Lass es mich mal möglichst kurz und allgemeinverständlich so beschreiben: Wir wissen, dass das Bewusstsein prinzipiell unabhängig vom Körper existiert. Damit hat es seine eigene Identität aus Information und Energie. Es ist also amateriell."

„Entschuldigung. Amateriell?", unterbrach Aang Sophias Ausführungen gleich zu Beginn. „Den Begriff hab' ich vor kurzem schon einmal gehört. Ist das nicht gleichbedeutend mit immateriell?"

„Quantenphysikalisch gesehen gibt es nur Beziehungsstrukturen, keine Objekte", erklärte Sophia geduldig. „Deshalb ist Materie ja auch im Grunde nicht Materie. Also ist die Frage danach genauso sinnlos, als würde ich fragen, welche Farbe der Kreis hat."

Kurze Pause. Dann hatte es bei Aang klick gemacht.

„O-kay-i. Verstanden," kam grinsend die leicht gedehnte Erkenntnis.

„Wie auch immer," fuhr Sophia unbeirrt fort, „äußert sich das Bewusstsein in unserem Gehirn unter normalen Umständen entweder ‚bewusst', womit wir ‚wach' meinen, oder ‚bewusstlos', wenn wir narkotisiert oder ohnmächtig sind. Dabei spielt in beiden Zuständen der Spin[e] der Elementarteilchen die entscheidende Rolle.

Quarks – darauf komme ich gleich noch zurück – besitzen grundsätzlich die quantenphysikalische Eigenschaft der Verschränkung. Bekanntlich bedeutet dies, dass zwei Teilchen, die durch Energieeinwirkung zu

‚Zwillingen' geworden sind, sich stets gleich verhalten, unabhängig von Zeit und Raum zwischen ihnen. Damit steht fest, dass diese Zustände auch im Gehirn existieren.

Nun wissen wir seit längerem, das sich Zellelemente, die von der Umwelt quasi ‚nicht beachtet' werden, in eine universale kohärente Superposition verwandeln ..."

„Eine ... sorry ... bitte was?", unterbrach Aang die Wissenschaftlerin erneut.

„Entschuldigung", antwortete Sophia. „Also, das meint den Wechsel in den ‚Raum der Möglichkeiten' oder in die ‚holistische Potenzialität' oder wie du den Zustand kohärenter Überlagerung von Wellenfunktionen auch immer bezeichnen möchtest."

„Energie der schlafenden Potenzialität", warf Aang ein.

„Auch sehr schön", befand Sophia. „In jedem Fall ordnen sich momentan nicht benötigte, nicht beobachtete oder nicht abgefragte Spin-Muster in das universelle Informationsfeld ein und stehen erst dann wieder als Information zur Verfügung, wenn sie gebraucht werden. Bei den Quantenspins handelt es sich folglich um Schnittstellen zwischen ‚hier' und ‚drüben'. Werden sie aus der Wellenfunktion für potentielle Eigenschaften heraus abgerufen, setzt das für uns verwertbare Information frei."

„Und wodurch werden sie abgerufen?"

„Durch das Bewusstsein, weil es quasi einen Schaltmodus für die Energie der ... schlafenden Potenzialität darstellt, die im Grunde genommen überall in uns und außerhalb von uns bis in jedes Atom hinein vorhanden ist. Das war aber alles schon bekannt. Entscheidend war für uns die neue Erkenntnis, dass Gefühle alle Eigenschaften dieser das gesamte Universum durchdringenden Energie besitzen. Folglich gehen wir davon aus, dass das Gefühlsfeld identisch ist mit jener Energie."

„Herzlichen Glückwunsch. Das klingt doch genial. Damit wäre dann also die Frage beantwortet, wie Gedächtnisinhalte in der schlafenden Potenzialität gespeichert und wieder abgerufen werden können, richtig?"

„Prinzipiell schon. Es gibt jedoch", schränkte Sophia die aufkommende Begeisterung bei Aang gleich ein wenig ein, „noch einige Fragen zu beantworten."

„Okay. Selbstverständlich", lenkte Aang sofort ein. „Dennoch vermute ich, dass deine Forschungsergebnisse sehr weitreichende Konsequenzen in der Praxis haben werden."

„Davon ist auszugehen. Zumal eben, wie bereits erwähnt, auch die Eigenschaften des Gehirns wie die aller materiellen Systeme auf der Quantenphysik beruhen und deshalb auch dort verschränkte Zustände herrschen. So ist es uns auch gelungen, kohärente Energien zu entwickeln, die bedarfsweise die Verschränkung von Quantenspins zweier oder mehrere Gehirne zulassen. Damit wären beispielsweise Potenzialübertragungen von einer Person auf die andere möglich, unabhängig von Raum und Zeit."

„Gedanken-Teleportation! Klingt utopisch," staunte Aang, der allerdings sofort die weitreichenden Konsequenzen derartiger Erkenntnisse begriff und feststellte: „Deshalb ist in jedem Fall zu vermeiden, dass Details in falsche Hände geraten. Wo befinden sich denn die Daten eurer Forschungen jetzt, wie sind sie gesichert und wer weiß darüber sonst noch Bescheid?"

„Ich habe den gesamten Vorgang stets mit einem geschlossenen Quantensystem bearbeitet und alles auf einem externen Datenträger gespeichert. Niemand außer mir hat Zugriff. Grundsätzlich wissen überhaupt nur zwei meiner engsten Mitarbeiter von dem Projekt, aber eben auch nur fraktal."

„Was verstehst du unter ‚fraktal'?", fragte Aang leicht irritiert.

„Obwohl ich den beiden hundertprozentig vertraue", erwiderte Sophia selbstbewusst, „haben sie lediglich nur bei ganz bestimmten Arbeiten mitgeholfen, die unmöglich in den richtigen Gesamtzusammenhang gesetzt oder gar entscheidend reproduziert werden können."

„Magst du mir trotzdem ihre Personendaten geben. Es ist zu ihrem Besten, wenn wir sie von jetzt an mal ein wenig im Auge behalten."

„Verstehe. Kein Problem."

„Und was ist dein externes Speichermedium?", bohrte Aang weiter. „Du musst verzeihen, aber wir trauen den Leuten von DNS in technischer Hinsicht inzwischen eine ganze Menge zu. Ich frage also nur zu unser aller Sicherheit so penetrant nach."

„Du musst dich nicht dafür entschuldigen. Ich habe volles Verständnis für dein Anliegen. Selbst die normalen Daten in unserem neurologischen Institut in der Klinik waren schon als ‚hoch sensibel' eingestuft und bedurften stets einer besonderen Sicherheitsbehandlung."

Nach kurzem Schweigen fragte Aang: „Also?"

„Also, was?"

„Wo ist dein Speichermedium?"

„Ach so, ja", lachte Sophia. „Kleiner Aufmerksamkeitstest. Ich trage es bei mir."

„Das hätte aber bei der Startkontrolle zu unserem Flug auffallen müssen", erwiderte Aang zweifelnd. „Wärst du zu einer weiteren Überprüfung direkt hier und jetzt bereit?"

„Bitte gerne."

Als wenige Augenblicke später der bekannte Serviceroboter am Teleskoparm aus der Lehne von Sophias Stuhl hervorkam und die Frau zu scannen begann, glaubte Aang kurz an ein Déjà-vu. ‚Erstaunlich diese Ähnlichkeiten zum Flug mit Mia', dachte er. Dann unterbrach der Roboter seine Gedanken: „Negativ."

*****

Ein Anruf von Enzo mit der höchsten Dringlichkeitsstufe beendete jäh Aangs Konversation mit Sophia. „Wir haben Maxim geortet", schnaufte der Head Technology spürbar erregt ins Mikro.

„WAS? WO?", war Aangs heftige, erste Reaktion.

„In der Luftaufsichtsbaracke", kam die trockene Antwort von Enzo.

„Wie bitte? Wo? Was ist das? Soll das ein Witz sein?"

„Ganz ruhig, altes Schlitzauge. Der gute Enzo scherzt nicht bei Alarmstufe Rot", erwiderte der HT und klärte Aang kurz über die Örtlichkeit auf. „Wir wissen nicht, wie und warum er dort hingekommen ist und in welchem Zustand er sich befindet. Wir wissen lediglich, dass er lebt und dort ist."

„Aber ist das nicht militärisches Sperrgebiet? Und wird denn das Gebäude überhaupt noch genutzt? Ich dachte es sei eine Ruine", fragte Aang weiter, nachdem er sich langsam gefasst hatte.

„Hab' ich auch gedacht", meinte Enzo. „Erste Antworten der Verwaltung bestätigten das auch. Durch intensivere Nachfrage beim verantwortlichen Militär kam dann heraus, dass das Gebäude in sogenannter ‚niedriger Betriebsbereitschaft' gehalten wird für den Fall, dass der alte ‚Weltraumbahnhof' doch noch einmal genutzt werden müsse. Das schließt nach deren Aussage gelegentliche Instandsetzungen ein. Wir checken gerade, was mit ‚gelegentlich' genau gemeint ist und scannen sehr behutsam die ganze Gegend."

„Okay. Sehr gut. Und was heißt, ihr habt Maxim ‚geortet'? Wie seid ihr denn überhaupt auf diese verlassene Gegend gekommen?", wollte Aang jetzt wissen.

„Eigentlich durch die Wohnungsdurchsuchung von diesem Paul. Du weißt, wie sehr mich die Unbrauchbarkeit der Sensoren dort geärgert hat."

„Allerdings", gab Aang lächelnd zu verstehen. „Und das hat dir natürlich keine Ruhe gelassen."

„Klar nicht. Wir sind die ganze Geschichte gleich anschließend nach allen Regeln der Kunst noch einmal durchgegangen. Nachdem wir zunächst weiterhin voll auf dem Schlauch standen, kam plötzlich Emily mit unserem neuen Physikus im Schlepp an und meinte, der hätte da so eine Idee. Also, ich kann nur sagen, der Schlaumeier frisst meine Nerven zum Frühstück ..."

„Enzo, bitte", bat Aang. „Kannst du dich kurzfassen?"

„Emily sitzt neben mir", antwortete Enzo. „Sie kann dir besser erklären, was da abläuft. Ich kann nur feststellen: Genial."

„Hallo, Emily", begrüßte Aang seine Kollegin. „Was habt ihr denn da wieder ausgeheckt? Sind die Informationen sicher?"

„Hallo Aang", antwortete Emily und schon bei den ersten Worten konnte Aang die unglaubliche Präsenz und Agilität der jungen Frau spüren. „Ich versuche mal alle wissenschaftlichen Feinheiten soweit wie möglich auszuklammern und mich mit möglichst verständlichen Worten und Begriffen auf den Effekt zu konzentrieren:

Wir haben in dem Appartement von Paul eine Verzerrung der Raumzeitgeometrie identifiziert. Deshalb konnten unsere Sensoren nichts anzeigen. Diesen Effekt hat Lian, unser neuer Physiker im Team, jedoch genutzt, um dort eine Art Wanze zu hinterlassen. Diese nimmt definierte (menschliche) Schwingungen auf und folgt ihnen. Offensichtlich hat sie in diesem Fall – ich will es mal so bezeichnen – Paul als Brücke genutzt und jetzt Maxim in dessen Umfeld lokalisiert. Irrtum ausgeschlossen."

„Danke Emily. Details später", sagte Aang leicht irritiert, weil er sich so einige Fragen nur schwer verkneifen konnte. Er hatte allerdings keine Zeit mit technologischen Finessen zu verlieren und wechselte sofort in den Aktionsmodus. „Alle verfügbaren Kräfte sind in erhöhte Alarmbereitschaft zu versetzen. Als nächstes erwarte ich euren Lagebericht zu dem Zielobjekt ‚LAB', Luftaufsichtsbaracke. Wisst ihr da inzwischen schon was Neues?"

„Ja, allerdings", war Enzos sonore Stimme wieder zu vernehmen. „Die Zahl der Besuche dieser alten Hütte war in den letzten drei Jahren offensichtlich erheblich höher, als von der Verwaltung gezählt. Für die Zeit davor stimmen die offiziellen Angaben mit unserer Auswertung der Satellitenaufnahmen überein. Da hat wohl neuerdings jemand den Hintereingang benutzt."

„Ich glaube, ich weiß auch schon, wer das war", meinte Aang.

„DNS", brummte Enzo. „Alles klar."

„Vielen Dank, Enzo. Du weißt, was zu tun ist. Wir bleiben in engem Kontakt", beendete Aang das Gespräch und informierte anschließend umgehend Louis. Dann setzte der Heli-Jet am Zen-Kloster auf.

D) "BEAM ME UP, SCOTTY!"

Mia war hoch erfreut über das unerwartete Erscheinen von Sophia im Kloster. Die beiden kannten sich aus dem West-Krankenhaus. Dort waren sie sich zwar nur zweimal begegnet, hatten aber sofort sehr viel Sympathie für einander empfunden. Nun saßen sie zusammen mit Juliette und Muho in dessen Arbeitszimmer und warteten gemeinsam auf Nachricht von Aang. Der war nämlich, nachdem er Sophia der Obhut von Muho und Juliette übergeben hatte, sofort wieder nach Megabay zurückgeflogen. Er wolle nun unbedingt dem Spuk um DNS ein Ende setzen, hatte er zum Abschied betont.

Mia hing ihren Gedanken nach. Sie dachte an die Möglichkeit, dass im Zuge dieser Polizeiaktion auch etwas über Lucas Abbleiben oder sogar über den Mord an David zu erfahren sein könnte, als sie Sophia sagen hörte:

„Nicht immer stellte sich im Nachhinein etwas als Spuk heraus, nur weil es nicht sein durfte. Ich denke dabei an Albert Einstein, der im Zusammenhang mit dem physikalischen Phänomen der Verschränkung von einer spukhaften Fernwirkung sprach. Seit langem wissen wir nun allerdings, dass er unrecht hatte. Es kann also durchaus auch sein, was nicht sein darf."

„Aber Natürlich!", rief Muho engagiert aus. „Was maßen sich die Menschen an, was sie zu wissen glauben? Auch heute noch, in dieser aufgeklärten Gesellschaft. Im Zen heißt es deshalb: Lass dein Wissen los und dein Wesen bekommt eine andere Qualität.

Und Wissen ist so gesehen alles, was du jemals von anderen bekommen hast, alles, was man dich jemals gelehrt hat: Angefangen mit deinem Namen und deiner Identität bis hin zu deinem Glauben und dem, was du für Freiheit hältst. Der Intellekt lebt vom Input, von der Tuition. Die In-Tuition hingegen braucht dich niemand zu lehren, sie kommt von innen. Intuition, Erkennen, Zeitlosigkeit, Jetzt – das ist die Bewusstseinsqualität, die ich meine.

Der Verstand ist Materie und damit alles, was vom Verstand erzeugt wird, ebenfalls. Wissen hat keine Schwingung und ist nur aufgestaute Materie. Emotionen hingegen sind Schwingung. ‚Not education, but inspiration.‘ So steht es heute zu Recht über den Eingängen vieler Lehranstalten.“

„Du bist also der Meinung, dass die überall vorhandene Energie, gerne auch als ‚Raum der Möglichkeiten‘ bezeichnet, gar kein Wissen enthält?“, fragte Sophia.

„Welchen tieferen Sinn sollte das haben?“, fragte Muho ruhig zurück. „Jeder urteilt doch immer nur aufgrund seines derzeitigen Wissensstands. Das meiste Wissen ist zudem nicht einmal faktisch, sondern nur geglaubt. Abgesehen davon, dass Wissen grundsätzlich vergangenheitsorientiert ist, wird Glaube bekanntlich in der psychischen Wirklichkeit schnell zur Überzeugung und in der gesellschaftlichen leicht zum Machtfaktor.

Aber auch das wissenschaftsbasierte, logische Wissen hat nichts mit Wahrheit zu tun. Die Wahrheit ist einfach das, was ist. Sie wird nur erkannt, wenn der Verstand nicht ist. Denken kann in der Wahrheit nicht operieren. Aber Wahrheit kann ohne Gedanken operieren. Erkennen ist daher ein Zustand des Nichtdenkens.“

„Aber ist es nicht unmöglich, ohne Denken in unserer materiellen Welt zu überleben?“, wollte Mia wissen.

„Das ist vor allem eine philosophische Frage", erwiderte Muho. „Denn nur die Kinder und die Heiligen können ohne Verstand existieren. Bei Kindern ist der Verstand noch nicht ausgeprägt und die Heiligen sind über den Verstand hinaus gegangen. Beide Gruppen sind dem Jenseits am nächsten, aber ihre Körper können hier nur mithilfe Dritter überleben. Die Frage ist, ob die materielle Welt überleben muss, wenn es genügend Heilige gibt?

Im Osten haben die Menschen Körper und Materie über Jahrhunderte verdammt und alles Materielle als Illusion bezeichnet. Sie haben die äußere Welt verleugnet und sind darüber arm und physisch krank geworden. Die andere Hälfte der Menschheit hat die materielle Welt bejaht und ist dabei innerlich verarmt und psychisch krank geworden. Beide waren nur halb und ein halber Mensch kann nicht gesund sein. Jetzt ist unsere Gesellschaft auf einem guten Weg, ganze Menschen zu schaffen – körperlich reich, in der Wissenschaft reich, reich an Meditation und an Bewusstsein. Für mich ist nur ein ganzer und heiler Mensch auch heilig."

„Genau wie Jesus", ergänzte Juliette, „den ‚Weg zur Unsterblichkeit'[e] beschrieben hat: Wenn ihr zwei zu eins macht, und wenn ihr das Innere wie das Äußere und das Äußere wie das Innere und das Göttliche wie das Irdische macht und das Männliche und das Weibliche zu einer Einheit macht, dann werdet ihr in das Königreich eintreten."

*****

„Andere Zeitgenossen scheinen sich dieser göttlichen Entwicklung derweil durch Flucht in andere Dimensionen entziehen zu wollen", war plötzlich Aangs Stimme zu hören. Und als er wenig später mittels AHT-Verfahren bildlich vor den Augen der vier körperlich Anwesenden erschien, fuhr er fort: „Entschuldigt bitte, wenn ich hier etwas unvermittelt in eure spannende Konversation platze. Aber ich dachte, es sei an der Zeit, euch mit Informationen der neuesten Entwicklungen hier in Megabay zu versorgen.

Das Wichtigste vorab für dich, Mia: Wir haben deinen Bruder Luca. Es geht ihm den Umständen entsprechend gut und er befindet sich zur medizinischen Kontrolle und Nachsorge in einer Klinik. Das gleiche gilt für meinen Kollegen Maxim. Beide wurden in dem Gebäudekomplex, der zur Luftaufsichtsbaracke am ehemaligen Raumfahrtbahnhof in Megabay gehört, von DNS gefangen gehalten."

Mia war vor Freude aufgesprungen und wäre Aang beinahe um den Hals gefallen. Im letzten Moment erinnerte sie sich jedoch, dass er physisch gar nicht anwesend war und blieb, indem sie ihre Hände vor den Mund hielt, zu Tränen gerührt stehen. Juliette nahm sie in den Arm und versuchte sie zu beruhigen. Dann setzten sich beide Frauen wieder und Muho ergriff das Wort: „Hat man die beiden Männer misshandelt?"

„Physisch ganz offensichtlich nicht über ein gewisses medizinisch notwendiges Maß hinaus", antwortete Aang, „soweit das die erste Untersuchung noch vor Ort ergeben hat. Es wird zurzeit noch untersucht, wie sich die psychischen Belastungen ausgewirkt haben, denen die beiden durch diverse Tests und Anwendungen ausgesetzt waren. Immerhin wissen wir ja, dass zumindest Luca wenigstens einmal an einem HILD mitwirken musste."

„Wenn ich da irgendwie unterstützen kann", warf Sophia spontan ein, „lass es mich bitte wissen, Aang."

„Danke, Sophia. Ich habe gewusst, dass du deine Hilfe anbieten würdest. Ich komme kurzfristig gerne darauf zurück. Zunächst mal haben wir hier aber noch einige Dinge zu klären, die eine Lockerung der Sicherheitsvorkehrungen gegenwärtig nicht zulassen. Bitte habt Verständnis dafür."

„Wie müssen wir uns die örtlichen Bedingungen vorstellen, die ihr vorgefunden habt?" fragte Muho weiter. „Ich war der Meinung, dass das Gebäude unbenutzt war und eher einem alten Bunker glich."

„Das hatten zunächst alle vermutet, die schon mal etwas von der Luftaufsichtsbaracke gehört hatten. Aber wie heißt es doch so richtig: Never Assume! Setze nie etwas als gegeben voraus. Es war eine fast perfekte Tarnung. Der Zufall kam uns schließlich zu Hilfe. Dazu später mehr. Jedenfalls war das ganze Gebäude, das wir hier schließlich vorfanden, effektiv erheblich größer und natürlich moderner ausgerüstet, als es von weitem den Anschein hatte.

Neueste holografische Anwendungen vermittelten dem flüchtigen Betrachter von Weitem den Eindruck des Alten und Verfallenen. Hinter dem gefakten Äußeren verbarg sich jedoch modernste Technologie in bislang noch nicht gesehener Vollendung. Hier ist mit sehr hochqualitativem materiellem und personellem Aufwand daran gearbeitet worden, wissenschaftliche Theorie Wirklichkeit werden zu lassen. Und zwar durchaus erfolgreich bis zu unserem Eingreifen, wie man sachlich neidlos anerkennen muss."

„Aber wie konnten diese Leute denn unbemerkt ihren wahrscheinlich nicht gerade geringen Energiebedarf decken?", fragte jetzt Juliette.

„Soweit wir bisher wissen, haben sie sowohl die unterirdischen Treibstofflager, als auch einen alten Brunnen des ehemaligen Weltraumbahnhofs angezapft. Durch Manipulation der Zähler haben sie sich schließlich noch unbemerkt den Zugang zum Stromnetz gesichert", erklärte Aang.

„Und kann man schon sagen, worum es den Leuten dort letztendlich ging?", setzte Muho nach.

„Sagen wir mal so", entgegnete Aang. „Ohne das Ergebnis weiterer Untersuchungen vorwegnehmen zu wollen: Alle Indizien scheinen den Verdacht zu bestätigen, dass man in diesem Labor versucht hat, unter Anwendung quantenphysikalischer Erkenntnisse Methoden zur Manipulation und Spionage zu entwickeln. Gegen wen und zu welchem Zweck genau lässt sich aktuell nicht sagen. Ebenso wenig ist uns weiterhin etwas über die Hintermänner bekannt. Nach dem ersten Eindruck unserer Spezialisten vor Ort, dürfte es ohnehin recht unwahrscheinlich sein, dazu an diesem Ort aussagekräftige Informationen zu finden.

Da tröstet es auch herzlich wenig, dass unsere Internal Investigation im FBECI gerade aktuell das Datenleck gefunden hat, durch das offensichtlich alle Aufzeichnungen von David verschwunden sind. Alles wurde irreversibel gelöscht. Spuren gibt es keine im System. Der Verdacht gegen Maxim als Mitwisser oder Maulwurf muss jedenfalls aufgrund der jüngsten Erkenntnisse endgültig fallengelassen werden. Und justiziable Beweise für einen Mord an David haben wir danach weiterhin auch keine."

„Was sagen denn die ersten Befragungen von Leuten wie Edina und Paul? Wenigstens die DNS-Systemspezialisten müssen doch zu einigen offenen Fragen Antworten haben. Oder verweigern die alle bisher die Aussage?", wollte Sophia wissen.

„Es gibt hier", antwortete Aang sichtlich ernüchtert, „jetzt leider keine menschlichen Wesen mehr, die wir befragen könnten. Und wir tun uns momentan auch verdammt schwer, irgendeinen von ihnen zu lokalisieren. Denn das gesamte Team von geschätzt 20 Experten aus verschiedensten Wissensgebieten ist – spurlos verschwunden."

„Wie? Spurlos verschwunden. Die können sich doch nicht alle in Luft aufgelöst haben", hakte Sophia nach.

„Gewissermaßen schon", antwortete Aang. „Ich bin ja nicht so bewandert auf dem Gebiet der Quantenverschränkung. Aber unsere Experten gehen von Teleportation aus. Darauf lassen zumindest die wenigen unbeschädigt zurückgebliebenen Gerätschaften und Daten schließen."

Erstauntes Schweigen bei den anderen. Dann gab Sophia zu bedenken: „Teleportation selbst von niederen Lebewesen ist meines Wissens bisher noch nie erfolgreich durchgeführt worden."

„Dann wir haben jetzt den Gegenbeweis", stellte Aang lakonisch fest.

SCHLUSS

„Ich freue mich, Sie als meine Gäste hier an Bord der *von Humboldt* begrüßen zu dürfen. Unser Raum-Schiff ist am Ende seiner Reise angelangt. Wir haben den Asteroidengürtel von Gliese 667 im Sternbild Skorpion erreicht. Hinter mir sehen Sie das faszinierende Panorama dieses Dreifachsonnensystems live und in voller Größe, wie es zuvor noch kein menschliches Auge gesehen hat."

Und in diesem Moment voller Stolz auf das Geleistete erinnert sich Commander Alexander an die ersten Teleskopaufnahmen vom heimischen Sonnensystem aus. Er hat diese Bilder immer und immer wieder vor seinem geistigen Auge abgespielt. Sie sind stets sein Antrieb und seine Motivation gewesen. Doch all diese Erinnerungen verblassen jetzt vor der Wahrheit, der unvergleichlichen Schönheit der Wirklichkeit.

„Selten zuvor dürften Menschen auch so unmittelbar mit der Relativität der Zeit konfrontiert worden sein", setzt Alexander seine Begrüßung fort. „Als diese Mission vor fünfzig Erdenjahren startete, war von Ihnen noch niemand geboren. Ich selbst bin erst vor wenigen Tagen von meiner Kryokonservierung[e] wieder aufgeweckt worden. Jetzt stehen wir uns hier gegenüber, schauen uns in die Augen und könnten meinen, wir gehörten ein und derselben Generation an.

Sie, liebe Gäste, kommen aber aus meiner Vergangenheit und bringen mir doch die Zukunft. Eine Zukunft allerdings, die im Gegensatz zur gewöhnlichen Vorstellung nicht nur Ungewissheit in sich birgt. Mit Ihrer geglückten Teleportation hierher beweisen Sie von **D**imension-**n**-Startup vor allem eins: Nämlich, dass wir Menschen tatsächlich nicht getrennt sind."

GLOSSAR

Erläuterungen von mit einem ᵉ gekennzeichneten Begriffen

AHT (Advanced Holographic Technique): Die Holografie ist ein Verfahren zur Aufzeichnung von kohärenten Wellenfeldern nach Frequenz, Amplitude und Phase und dient der dreidimensionalen Abbildung eines Objekts. Bei der AHT wird statt durch die geometrische Form eines licht transmittierenden oder reflektierenden Objektes, wie z.B. bei Linsen oder Spiegeln, das Licht im Strahlengang durch die im Hologramm meist als Veränderung des Brechungsindex gespeicherte Information verändert. Die verwendeten Hologramme sind dabei nicht als Abbildungen von realen Objekten produziert, sondern als Überlagerung verschiedener ebener oder sphärischer Lichtwellen, deren Interferenzmuster den gewünschten optischen Effekt bewirkt. Außerdem gibt es bei der Aufnahme kein holografisches Material im eigentlichen Sinne mehr. Stattdessen wird das benötigte Interferenzmuster durch synthetische Biopolymere gespeichert, weil diese ein extrem hohes Auflösungsvermögen aufweisen, das die Darstellung von über 100.000 Linien pro Millimeter erlaubt.

Bedingungsloses Grundeinkommen: Mit der sich rasant entwickelnden Digitalisierung erlebt die industrialisierte Welt zu Beginn des 21. Jahrhunderts einen epochalen Umbruch: Von den ehemaligen Arbeitsplätzen bleiben innerhalb weniger Jahre nur wenige übrig. Alles, was durch Algorithmen und Roboter ersetzt werden kann, wird ersetzt. Damit einher geht das Ende der Identität mit der Lohnarbeit. Um eine digitalisierte Welt nicht zur Dystopie mit vielen Verlierern werden zu lassen, ist eine materielle Grundsicherung erforderlich geworden. Das bedingungslose Grundeinkommen emanzipiert die Menschen in einer humanen Zukunft vom Broterwerb.

COO: Chief Operating Officer, Leiter operatives Geschäft

CTO: Chief Technology Officer, Leiter Technologie

Digperts: Digitalexperten (Agentenjargon)

Dynamische Systeme/Logik: Die Dynamik von Systemen ist mit einem mehrstufigen Bild zu beschreiben, in dem auf unterschiedlichen Ebenen Bewegungen entstehen und ihrerseits miteinander wechselwirken. Für alle Ebenen ist der Rückbezug auf das System im Ganzen wesentlich.

Emergenz: Mit Emergenz werden Prozesse beschrieben oder einfach nur als Emergenz bezeichnet, die sich nicht reduktionistisch erklären lassen: Im Moment der Emergenz entsteht etwas Neues, das nicht auf das ursprüngliche System und dessen Elemente reduziert werden kann.

Emotive Living System (ELS): Das System analysiert die Gefühlslage der Anwesenden und gestaltet anschließend den Wohnraum entsprechend. Wer in trüber Laune gefangen ist, wird über heiteres Ambiente (vornehmlich durch Licht und Geräusche) fröhlicher gestimmt, gedämpftes Licht hilft hingegen eher gegen eine gewisse Überreiztheit. In einer nächsten Stufe wird den Betroffenen das Angebot eines therapeutischen Gesprächs mit einer KI unterbreitet.

ESI (Earth Similarity Index): Skala für die Bewertung der Ähnlichkeit eines Himmelskörpers mit der Erde. Der Wert liegt zwischen 0 und 1, wobei die Erde den Wert 1 hat. Er wurde für Planeten und Exoplaneten entwickelt, kann aber auch auf andere Objekte angewandt werden. Der ESI wird aus dem Radius, der Dichte, der kosmischen Geschwindigkeit und der Temperatur an der Oberfläche errechnet.

Exodus der Eliten: Getrieben von der Angst, die Erde sei nach diversen aufeinanderfolgenden Klimakatastrophen in absehbarer Zeit nicht mehr bewohnbar, machen sich in den 70er und 80er Jahren des 21. Jahrhunderts viele Menschen auf den Weg ins All. Es sind überwiegend Angehörige der wohlhabenden Eliten, die es sich leisten können, auf diese Weise zu versuchen, doch wenigstens ihren Nachkommen ein Überleben in einer anderen Welt zu sichern. Denn in vielen Fällen ist davon auszugehen, dass die benutzten Raumschiffe ihre Ziele erst nach 50 oder deutlich mehr Jahren erreichen werden. Folgende Entwicklungen waren die Voraussetzung für den Start dieses Projekts:

- Ab 2. Dekade/21. Jahrhundert: Unter Einsatz von HARPS (High Accuracy Radial velocity Planet Searcher) Spektographen an Riesenteleskopen wurde die Existenz von einer ständig wachsenden Anzahl möglicherweise bewohnbarer Exoplaneten nachgewiesen. Zum aktuellen Stand siehe: http://phl.upr.edu/projects/habitable-exoplanets-catalog
- 2. D/21. JH: Entdeckung von Proxima b, dem der Erde nächsten, möglicherweise bewohnbaren Planeten im System Alpha Centauri, 4,2 Lichtjahre von der Erde entfernt.

- 2. – 3. D/21. JH: Entdeckung und Entwicklung erster Prototypen von mit Lasersegeln auf Basis photonischer Kristalle angetriebenen Mini-Raumsonden, die auf ein Fünftel der Lichtgeschwindigkeit beschleunigt werden konnten. Damit ließ sich Proxima b theoretisch innerhalb von etwa 20 Jahren erreichen.
- 3. – 5. D/21. JH: Weiterentwicklung der Sternensegler durch sprunghafte technische Verbesserungen bei den Lichtsegeln und den Lichtstrahl-Beamern. Nutzung der Technik zum Transport von Rohstoffen, die im heimischen Sonnensystem auf Planeten, Monden und Asteroiden gewonnen wurden, zur Erde – zunächst nur unbemannt, schließlich auch in der bemannten Variante. Start erster unbemannter Flüge nach Proxima Centauri.
- 3. – 5. D/21. JH: Stationierung von verbesserten ‚HARPS-Teleskopen' außerhalb unseres Sonnensystems. Dadurch gelang eine nochmalige erhebliche Steigerung der Anzahl entdeckter habitabler Planeten im All und der Qualität der Messergebnisse über deren Eigenschaften, die inzwischen mittels Quantenteleportation instantan zur Erde übertragen werden konnten.
- 6. D/21. JH: Rückschlag bezüglich der Erwartungen hinsichtlich Proxima b: Bei Proxima Centauri handelt es sich um einen Zwergstern, der zu heftigen Eruptionen neigt. Dabei werden Mengen an Ultraviolett- und Röntgenstrahlung freigesetzt, die bei einer Entfernung von nur 5% derjenigen zwischen Erde und Sonne ein Leben für Menschen auf dem Planeten Proxima b unmöglich machen.
- 6. D/21. JH: Zunehmender Druck der aufgeklärten Weltbevölkerung auf die herrschenden Eliten, die für die dramatisch verschlechterten klimatischen Bedingungen auf der Erde verantwortlich gemacht wurden.

FBECI: Federal Bureau of Economic Crime Investigation, Bundesamt für Wirtschaftskriminalität

Gemeinwohlökonomie: Ziel ist es, durch ein naturerhaltendes, soziales Wirtschaftssystem den notwendigen Wandel der Leistungsgesellschaft in eine Welt der selbstbestimmten Tätigkeit zu vollziehen und alle Menschen an dem gemeinsam erarbeiteten Zuwachs der Wertschöpfung teilhaben zu lassen.

Wichtigste Maßnahmen:

-   Der Staat steuert unter Beachtung der gesamtwirtschaftlichen Logik (trivial-arithmetische Zusammenhänge) die Volkswirtschaft.
-   Wirtschaftliches Gleichgewicht wird dadurch erzielt, dass die privaten, also die nichtstaatlichen Geldsparpläne abgesenkt und die Staatsverschuldung zu ‚guten' und ‚schmerzfreien' Schulden gemacht werden.
-   Die Lösung beinhaltet eine gleichzeitige Demokratiereform: Die Zentralbank wird zu einer eigenen Staatsgewalt, der völlig unabhängig agierenden und mit eigener Steuerhoheit ausgestatteten Monetative. Deren neue Aufgaben bestehen daher im Wesentlichen aus steuerlichen Maßnahmen. Sie ist in ihren Zielen und geldpolitischen Instrumenten eindeutig dem Wohle aller Menschen verpflichtet und nicht wie in der neoliberalen Konterrevolution vornehmlich der Freiheit der ‚Märkte'. Die Regierung wird dadurch ihrerseits nicht in die Rolle eines Nachtwächters gedrängt, sondern kann sich - ebenfalls im Sinne des Gemeinwohls - voll auf die Regulierung der Finanzmärkte konzentrieren.

- Die neuen steuerlichen Instrumente schaffen neben der automatischen Mikrosteuer die entscheidenden Anreize, Sachwert- und Eigenkapitalinvestitionen dem Sparen im herkömmlichen Sinne, also zur risikolosen Geldhaltung, vorzuziehen.
- Staatsschulden sind bekanntlich bisher zu wenig erhobene Steuern bei den Angehörigen der eigenen Staatengemeinschaft. Schon aus diesem Grund lässt man sie nicht länger verbrieft auf den Finanzmärkten der Welt vagabundieren, sondern bucht und tilgt sie fortan selbst.
- Die Deregulierung der Finanzmärkte, die die Politik seit Ende der 1980er Jahre vorangetrieben hatte, wird 2055 weltweit beendet.
- Neben der Beendigung der Spekulation mit Wirtschaftswerten – allen voran Währungen, Rohstoffe und Zinsen – wird die Trennung der Banken analog zu ihren bisherigen Hauptaktivitäten institutionell in Geschäfts- und Investmentbanken verfügt.

Alle Maßnahmen zusammen führen u.a. zu folgenden, gesellschaftspolitisch entscheidenden Wirkungen:

- Die emittierten Währungen werden zu kaufkraftstabilen Zahlungsmitteln und (kurzfristigen) Wertaufbewahrungsmitteln.
- Die Staatsverschuldungen werden abgebaut.
- Der Zwang zum Wirtschaftswachstum (in der herkömmlichen Weise) wird beendet.
- Die Eigenkapitalisierung und damit die Krisenfestigkeit der Wirtschaft wird gestärkt.
- Der Anteil der Kapitalerträge am Volkseinkommen wird erheblich verringert – dadurch wächst die soziale Gerechtigkeit.

Alle übrigen Zusammenhänge, die auf bestimmten Märkten vom menschlichen Verhalten abhängen, werden von der Gesellschaft im Sinne der größtmöglichen Wohlfahrt aller geregelt.

Heli-Jet: VTOL(Vertical Take-Off and Landing)-Flugmaschine mit elektrischem Fuelcell-Antrieb auf Wasserstoffbasis (siehe auch Wasserstoffautos) und drei Rotoren von je 1,9 m Durchmesser, davon zwei schwenkbar jeweils rechts und links vorne an den beiden Flügeln und einer fest im hinteren Rumpf mit Gleit-Abdeckung nach oben für den horizontalen Flug.

Mit den drei hybrid-elektrisch angetriebenen Rotoren hebt der Heli-Jet vertikal ab. Innerhalb von Sekunden drehen sich die beiden Flügelrotoren vorwärts, um einen nahtlosen Übergang zum Hochgeschwindigkeitsflug zu gewährleisten. Und in nur 60 Sekunden erreicht die Maschine seine Reisegeschwindigkeit von max. 870 km/h und kann in 8 Minuten die maximale Flughöhe von 10.200 Metern erreichen. Dort sorgen wie bei jedem anderen Flächenflugzeug die Tragflächen für den erforderlichen Auftrieb. Der nicht mehr benötigte Rumpflüfter schließt sich automatisch nach dem Start. Zur Landung kehrt er den Prozess um. Der Heli-Jet hat je nach Beladung und Start-Prozedur (vertikal oder horizontal) eine Reichweite von max. 1.500 nautischen Meilen. Er kann vertikal genau dort landen, wo es sein muss - auf jeder freien, gepflasterten Oberfläche von der Größe eines Hubschrauberlandeplatzes.

Der Heli-Jet der Tropos-Klasse bietet sechs Personen Platz, wobei ein Frontsitz optional von einem Piloten zur manuellen Steuerung genutzt werden kann. Ansonsten gilt das Modell als rein autonomes Flugzeug.

HILD (hypnotically induced lucid dream): Im Gegensatz zu einem normalen luziden Traum ist sich der Träumer bei einem HILD nicht darüber im Klaren, dass er träumt, weil eben ein Hypnotiseur ihn steuert. Der Träumer bzw. Hypnotisand glaubt deswegen fälschlicherweise, er hätte die Entscheidungsfreiheit. Sein Bewusstsein ist jedoch klar, es gibt auch hier keine traumtypische Verwirrung oder Bewusstseinstrübung. Ebenfalls ist die Wahrnehmung der fünf Sinne wie im Wachzustand. Darüber, wer man ist, besteht Klarheit. Nach dem Traum gibt es eine klare Erinnerung und keine Zweifel am Sinn des Traums.

Humanistische Informationsökonomie:

Nutzung:

- Die Teilnahme ist freiwillig.
- Die Grundlagen für die Online-Identitäten jedes Einzelnen werden vom Staat bereitgestellt.
- Jeder Nutzer wird zum ökonomischen Akteur und darf die Dateien/Informationen anderer für eigene Werke benutzen, hat also das Recht auf Vermischung.
- Der Wert der Information reflektiert den Nutzen für andere und bestimmt sich daher zum einen situationsbedingt durch die momentane Konstellation zwischen Käufer und Verkäufer, zum Teil aber auch durch allgemeine, automatische Faktoren, die sozusagen „ererbt" sind.

Technik:

- Jede Datei gibt es nur einmal.
- Kopien sind nicht erlaubt und auch gar nicht nötig, weil im Netzwerk das Original immer bereitsteht.
- Ein System von Zweiwege-Links sorgt dafür, dass sowohl die durch einen Nutzer erzeugte Vermischung auf die ursprüngliche Datei verweist, als auch umgekehrt die ursprüngliche Datei auf die Vermischung.

Finanzierung: Die Kosten, die bei der Berechnung der Transaktionen entstehen, werden durch die Mikrosteuer gedeckt.

Jiddu Krishnamurti: Indischer Philosoph und Theosoph, *1895 - †1986, zeigt in seinem Buch ‚Einbruch in die Freiheit' von 1969, dass die wirkliche Freiheit darin liegt, das eigene Dasein und die Umwelt täglich als etwas Neues, Unbekanntes zu erleben. Nirgends wird der Wunsch des Meisters, den Menschen zu wirklicher Freiheit zu verhelfen, so deutlich wie in diesem Werk.

KI: Die künstliche Intelligenz als Technologie; die KI als Anwendung einer AHT.

Kryokonservierung: Verfahren, mit dem zunächst nur einzelne Zellen, später ganze Organe und seit 2056 auch menschliche Körper durch Einfrieren ohne Schäden haltbar gemacht werden können.

Linse: Eine Weiterentwicklung der Virtual Reality (VR) Brillen und Augmented Reality (AR) Anwendungen des 20. und 21. Jahrhunderts. In der Zeit, in der der Roman spielt, ist das Tragen der Linse in der Öffentlichkeit Pflicht, weil einerseits etwa Hinweise und Warnungen zum Verkehr und Transport für den jeweiligen Standort des Anwenders eingespielt (Vorteil: Entfall physischer Verkehrszeichen) und die automatische Kommunikation mit den entsprechenden Geräten der anderen Verkehrsteilnehmer in der Nähe sichergestellt wird (autonomous walking). Durch die Standorterfassung ist andererseits eine schnellstmögliche Hilfeleistung bei Unfällen, Katastrophen oder Verbrechen möglich.

Außerdem ersetzt die VR/AR-Linse (hier kurz Linse genannt) in Verbindung mit einem Headset Smartphones und -watches oder Tablets herkömmlicher Bauart. Die Steuerung erfolgt über Sprache, Augenbewegung und Sensoren an den Händen.

Massentierhaltung: Die nicht artgerechte Haltung von Tieren in Betrieben mit hoher Tierzahl sowie die wirtschaftlich orientierte Tierhaltung mit hohen Besatzdichten und hoher Mechanisierung ist seit 2052 weltweit verboten. Dies ist nicht nur aus Gründen des Tierschutzes (Art der Haltung) und der umweltschädlichen Anpflanzung von Futtermitteln geschehen, sondern auch zum Schutz der Menschen vor multiresistenten Keimen. Denn um die Tiere trotz unpassender Haltung leistungsfähig zu erhalten, war eine häufig routinemäßige Gabe von Antibiotika unvermeidlich geworden. Die sowohl über die Nahrungskette, als auch über die Luft auf den Menschen übertragene, überschüssige und ungezielte Aufnahme von Antibiotika war bis zum Jahr 2045 nachweislich für bis zu 10 Millionen Tote verantwortlich.

Megabay: Bereits Jahre vor der großen Klimakatastrophe 2050 schaffen sich die Eliten Europas im östlichen Bayern zwischen zwei ehemaligen Truppenübungsplätzen ein gigantisches, vorwiegend unterirdisch gelegenes Refugium zum Schutz vor ‚äußeren Gefahren'. Während der chaotischsten Phase zwischen 2046 und 2060 leben und arbeiten dort etwa zwei Millionen privilegierte Menschen unter extremstem militärischem Schutz weitestgehend autark. Teile der europäischen Administration sind zu der Zeit hier beheimatet.

Nach dem Exodus der Eliten erhöht sich die Zahl der Einwohner von Megabay laufend, zumal sich mit Abklingen der klimatischen Extreme die Stadt auch oberirdisch schnell ausbreitet. Zur Zeit der Handlung dieser Geschichte hat die Metropole längst die 10-Milionen-Einwohner-Marke überschritten. Aufgrund der durch die Folgen der Klimakatastrophe stark rückläufigen Zahl der Erdbewohner insgesamt ist Megabay damit zu einem sehr bedeutenden politischen und wirtschaftlichen Zentrum geworden.

Mikrosteuer: Unter den Prämissen, das Steuersystem insgesamt gerecht, möglichst ideologiefrei, ergiebig, leicht verständlich und leicht umsetzbar zu machen, wird die automatische Mikrosteuer eingeführt. Die Leitidee besteht darin, den gesamten Zahlungsverkehr einer Volkswirtschaft als ein einziges riesiges Steuersubstrat zu betrachten. Sämtliche gebuchten Belastungen und die entsprechenden Gutschriften werden danach – je zur Hälfte im Promille-Bereich – besteuert. Es werden also nicht länger Personen, Unternehmen, Arbeit oder Produkte besteuert, sondern eine übergeordnete Sache, ein gemeinsamer Nenner: der Zahlungsverkehr.

Diese Neuausrichtung hat eine fundamentale Verschiebung der Steuerlast zur Folge. Die finanzielle Gesamtbelastung von Einzelpersonen, Haushalten und Unternehmen wird enorm reduziert. Der Staat kommt für die ihm auferlegten Aufgaben nach wie vor zu seinen budgetierten Einnahmen, da ein Substrat von enormen Ausmaßen angezapft wird. Der Wirrwarr an direkten und indirekten Steuern und Abgaben kann weitgehend durch eine einzige Steuer ersetzt werden.

Prekarisierung: Prekarisierung ist ein Begriff aus der französischen Arbeitssoziologie der 1980er-Jahre und beschreibt einen tiefgreifenden Wandel in der Arbeitswelt. Dabei handelt es sich um die die stetige Zunahme der Zahl von Arbeitsplätzen mit zu geringer

Einkommenssicherheit, also um Arbeitsplätze, mit denen der Betroffene seine Existenz nicht bestreiten kann.

SEPHI (Statistical-likelihood Exo-Planetary Habitability Index): Skala für die Bewertung der Bewohnbarkeit eines Exoplaneten mit der Erde. Sie wurde entwickelt, um gegenwärtige und zukünftige Merkmale abzudecken, die für ein entsprechendes Klassifizierungsschema erforderlich sind. Das SEPHI verwendet Wahrscheinlichkeitsfunktionen, um das Bewohnbarkeitspotential abzuschätzen. Es ist definiert als das geometrische Mittel von vier Subindizes, die mit vier Vergleichskriterien in Beziehung stehen:

- Ist der Planet tellurisch?
- Hat er eine Atmosphäre, die dicht genug ist und eine Schwerkraft, die mit dem Leben vereinbar ist?
- Hat er flüssiges Wasser auf seiner Oberfläche?
- Hat er ein Magnetfeld, das seine Oberfläche vor schädlicher Strahlung und Sternenwinden schützt?

Nur mit sieben physikalischen Eigenschaften kann der SEPHI geschätzt werden: Planetenmasse, Radius und Umlaufzeit; Sternmasse, Radius und effektive Temperatur; Alter des Planetensystems.

PUP: Die Physik der ubiquitären Potenzialität definiert die Prozesse der Quantenmechanik neu und formuliert String*- wie M-Theorie** von Anfang an quantenmechanisch. Damit gelingt es erstmals, auch fundamentale Fragen beantworten zu können wie etwa die, warum es überhaupt etwas gibt und weshalb gerade in der zu beobachtenden Form. Mit erheblich fortschreitender Verbesserung der künstlichen Intelligenzen gelingt es, wesentliche Annahmen der beiden zugrunde liegenden

Theorien durch Experimente zu beweisen und dort aufgestellte Näherungsgleichungen in exakte mathematische Formeln zu verwandeln.

*) Stringtheorie: Die Theorie, der zufolge die fundamentalen Bestandteile des Universums Strings (räumlich eindimensionale Objekte, deren Schwingungen Elementarteilchen beschreiben) sind und die konsistent Quantenmechanik und allgemeine Relativitätstheorie vereinen soll.

**) M-Theorie: Eine hypothetische, alles umfassende Theorie, die alle bekannten Versionen der zehndimensionalen Stringtheorie und der elfdimensionalen Supergravitation vereint.

RDF: Rapid Deployment Force, schnelle Eingreiftruppe

Spin: Elementarteilchen wie Elektronen weisen einen Spin auf, eine Art nie endender Rotation, die wie die Masse oder die elektrische Ladung ihr Wesenskern ist. Bei der Rotation handelt es sich um eine quantenmechanische Eigenschaft, die allen Elementarteilchen zu eigen ist. Atomkerne und Elektronen, die Bausteine der Materie, existieren seit Milliarden Jahren, und genauso lange drehen sich auch ihre Spins. Sie werden sich auch mindestens noch einmal genauso lange drehen, denn Protonen existieren etwa 10^{31} Jahre und Elektronen gelten als ‚unsterblich'.

Spins besitzen einerseits informative (Kräfte an Massen betreffende), andererseits aber auch ganz irdische Eigenschaften wie magnetisches Moment und Drehimpuls. Sie verhalten sich gewöhnlich so, als ob das Teilchen eine bestimmte Drehrichtung innerhalb der vierdimensionalen Raumzeit vollführt. Die Kraft eines Spins ist immer so groß wie die innere Energie des Teilchens.

Studie aus dem Jahre 2013: 'Surge of neurophysiological coherence and connectivity in the dying brain.' https://www.pnas.org/content/110/35/14432

Talmud: Eine der bedeutendsten Schriften im Judentum. Talmud, ein hebräisches Wort, bedeutet „Belehrung" oder auch „Lehre". Im Talmud sind keine Gesetzestexte aufgeschrieben, sondern der Talmud ist die Interpretation der biblischen Gesetze. Das Zitat, um das es hier geht, lautet frei übersetzt: ‚Wir sehen die Dinge nicht wie sie sind, sondern wie wir sind.'

Wasserstoffautos der dritten Technologiestufe: Befreit von jedem gewinnorientierten Denken kann Wasserstoff endlich in großem Stil durch Elektrolyse aus Wasser gewonnen werden. Dabei wird durch Zusatz eines Kobaltphosphat-Katalysators der Wirkungsgrad auf 100 Prozent gesteigert. Sobald der elektrische Strom durchgeleitet wird, um die Elektrolyse zu initiieren, haftet sich der Katalysator an der Sauerstoffelektrode an, um seine Effizienz zu erhöhen. Beim Abschalten des elektrischen Stroms löst sich das Kobaltphosphat wieder im Wasser auf. Dieses einfache Verfahren ermöglicht den Einsatz kostengünstiger basischer Elektrolyseure. Ein CO_2-Ausstoss unterbleibt vollkommen.

Weg zur Unsterblichkeit: Niedergeschrieben im Thomas-Evangelium der Nag-Hammadi-Bibliothek

Wodex: In der Vergangenheit bildete das Bruttoinlandsprodukt (BIP) trotz begrenzter Aussagekraft den Maßstab für den Wohlstand einer Volkswirtschaft. Im Jahr 2028 wird der Wodex (Nachfolger des deutschen NWI) als bedeutend aussagekräftigeres Maß zur Messung der Wohlfahrt einer Gesellschaft zunächst in Europa parallel zum BIP, später ab 2055 exklusiv in den einschlägigen Statistiken geführt. Er umfasst vor allem folgende Einzelkomponenten:

- Einkommensverteilung
- Privater Konsum
- Wert der Hausarbeit
- Öffentliche Ausgaben für Gesundheits- und Bildungswesen
- Kosten durch Verkehrsunfälle, Kriminalität sowie Alkohol-, Tabak- und Drogenkonsum
- Gesellschaftliche Ausgaben zur Kompensation von Zivilisationskrankheiten und Umweltbelastungen
- Kosten durch Bodenbelastungen, Luftverschmutzung, Lärm, Treibhausgase und Atomenergienutzung
- Schäden durch KI-Anwendungen
- Wert der kulturellen und sozialen Zusatzleistungen
- Einfluss der allgemeinen Lebenszeitverlängerung
- Wirkung des bedingungslosen Grundeinkommens, materiell und sozial
- Folgelasten der Umweltkatastrophe der 2050er Jahre
- Entwicklung der Artenvielfalt
- Einsatz extraterrestrischer Rohstoffe
- Entwicklung der Stabilisierungsenergie des Biosystems

Der Mehrwert des Wodex gegenüber dem BIP besteht insbesondere in der Verbesserung der informatorischen Grundlage politischer Entscheidungsfindungen. Darüber hinaus eröffnet man sich

Reflexionschancen über die Bedeutung des gesellschaftlichen Fortschritts allgemein, womit eine fortgesetzte Zieldiskussion aufgrund sich verändernder Messwerte oder gesellschaftlicher Prozesse des Wertewandels verbunden ist.

Zazen: Ein wichtiges Element des Zen ist Zazen, die tägliche Meditation in einer bestimmten Sitzhaltung. Diese soll Körper und Geist zur Ruhe bringen und den Boden für mystische Erfahrungen wie Satori bereiten. Die Aufmerksamkeit gilt dem langen und tiefen Ausatmen, bis das Einatmen von selbst wiedereinsetzt. Der Meditierende atmet durch die Nase. Er konzentriert sich nur darauf, voll und ganz zu sitzen. Er nutzt weder bildliche Vorstellungen noch Töne noch ein Mantra oder andere Hilfen für die Aufmerksamkeit. Wenn Gedanken auftauchen, lässt er sie vorbeiziehen "wie die Wolken am Himmel" oder "wie ein Blatt auf einem Fluss", ohne ihnen Aufmerksamkeit zu schenken.

Es bleibt spannend. Denn sie geht weiter,

die ultimative Reise.

Wie und wann?

Für Neugierige im Internet:

dieultimativereise.carrd.co und/oder dieultimativereise.de

… und für alle – im Herzen.

Namaste

Zeitfracht Medien GmbH
Ferdinand-Jühlke-Straße 7
99095 Erfurt, Deutschland
produktsicherheit@kolibri360.de